Bibliografische Information der Deutschen Nationalbibliothek:
Die Deutsche Nationalbibliothek verzeichnet dies Publikation in
der Deutschen Nationalbibliografie;
detaillierte bibliografische Daten sind im Internet über
dnb.dnb.de abrufbar

©2021 Robert Hubrich

Herstellung und Verlag: BoD-Books on Demand, Norderstedt

ISBN: 978-3-7557-3674-5

Ohne Gnade

Robert Hubrich

Der alte Benz stolperte über die marode Einfahrt, die mit Großpflastersteinen einreihig gegen den Bürgersteig abgegrenzt war. Der hufeisenförmige Hof war weder geteert noch gepflastert. Irgendwann hatte irgendwer ein paar Fuhren Kies darauf gekippt, der sich dann im Laufe der Jahrzehnte so festgefahren hatte, dass er hart wie eine Betondecke geworden war. Kleine lose Steinchen verursachten dann dieses knirschende Geräusch, das die Menschen in dem Wohngebäude hören konnten und sogleich wussten, dass ein Fahrzeug herein gefahren war.

Bruno Wagner, der Bauer aus dem Nachbarort Täfertingen, stellte den hustenden Diesel ab und rutschte schwerfällig aus dem ockergelben Fahrzeug, das bestimmt schon – wohl in einem früheren Leben - wesentlich bessere Tage gesehen hatte. Das schon im Neuzustand abstoßende Ockergelb war seltsam matt geworden, es war keiner exakten Farbgebung mehr zugehörig, fast schon einzigartig in seiner substantiven Hässlichkeit. Ein Fahrzeug wahrlich zum Wegsehen, das paradoxerweise trotzdem die Blicke auf sich zog. Jedenfalls die Blicke der unverwüstlichen Nostalgiker. Für den neutralen

Betrachter war das ganze Vehikel lediglich ein Schrotthaufen mit einer Farbgebung, die ein loses Würgen provozierte. Aber Bruno Wagner dachte gar nicht daran, sich einen neuen anzuschaffen. Manch einer vermutete ab und an, dass der Blechhaufen wesentlich älter war als sein 72-jähriger Besitzer. Oder dass beide zumindest dasselbe Geburtsjahr im Ausweis stehen hatten. Wagner interessierte das nicht. Der Benz hatte ihn bisher überall hin gebracht – er würde das auch weiterhin tun. Die Aufforderung der Familienmitglieder, den stinkenden und umweltschädlichen Diesel endlich zu entsorgen, um sich einen verbrauchsorientierten und moderneren Wagen zu kaufen, ignorierte Wagner. Die heutige Qualität war mies und stümperhaft und hielt dem Vergleich früherer Autos niemals stand, sagte er immer. Irgendwann hatten es alle aufgegeben, ihn von seinem Stinker befreien zu wollen. Der alte Mann war zu stur und wischte jedes noch so logische Argument weit weg. Wagner hatte Übergewicht, Knieprobleme und ständig musste er husten - obgleich er das Rauchen längst aufgegeben hatte. Vielleicht war es ihm auch zur allzu lieben Angewohnheit geworden. Wahrscheinlich merkte er es selber nicht mehr, dass er seiner Umwelt dadurch gewaltig auf die Nerven gehen konnte. Manchmal kamen die Kinder zum Sonntagsbraten nach Hause. Verabschiedeten sich aber bald wieder, weil sie ihrerseits dieses ständige Husten und Schleimhochziehen absolut ekelerregend fanden. Es verging ihnen regelmäßig das Essen dabei. Bruno Wagner störte das nicht. Und wahrscheinlich merkte er es auch nicht. Oder wollte es nicht merken. Zweiundsiebzig Jahre war er nun alt, den Hof hatte er schon vor Jahren dem zweitältesten Sohn übergeben, der schon immer ein Faible für die Landwirtschaft und Viehzucht hegte. Viehzucht betrieben sie schon lange nicht mehr. Es rentierte sich für so einen kleinen Hof nicht und die beschwerliche Arbeit machte damit auch keinen Sinn. Vielmehr konzentrierte sich Harald Wagner auf die Nutzflächen, teilweise auf

Verpachtung und auf verschiedene kleinere Nebeneinnahmen wie die Kürbisse für Halloween, Schnittblumen im Frühjahr und Sommer oder Weihnachtsbäume in den vier Vorweihnachtswochen. Nebenbei baute er auch verschiedene Kräuter und ein bisschen Gemüse an, die er dann in einem Hofladen – wie so viele seiner Berufskollegen - wieder an die Kunden verkaufte. Bruno Wagner teilte nicht das Geschäftsgebaren seines Sohnes. Er war jemand vom alten Schlag, dem nichts wichtiger war als Kontinuität. Was früher gut war, sollte auch jetzt gut sein. Er wollte nicht verstehen, dass die Tierhaltung keine Gewinne mehr abwerfen konnte, ohne dass man in dieses Geschäft groß einstieg. Die großen Zuchtbetriebe waren der Tod vieler ehemaliger Bauernhöfe. Der alte Wagner wischte auch das zur Seite. Er hatte eben keine Ahnung von Betriebswirtschaft, Kostenrechnung, Gewinnspannen und Rohertragsermittlung. Harald hatte sich durchgesetzt. Seine betriebswirtschaftlichen Kenntnisse und die permanente Beobachtung des Marktes hatten den Hof aus den einst roten Zahlen wieder in ein beachtliches Plus gebracht. Der alte Wagner mischte sich nicht mehr ein, seit er dann doch erkannt hatte, dass sein Sohn genau wusste, was und wie es zu tun sei. Ohne es jemals zugegeben zu haben, hatte er verstanden, dass die Zeiten sich eben änderten und die ehemals landwirtschaftlichen Höfe zum Umdenken und zum Handeln gezwungen waren, wenn sie überleben wollten. Jetzt rotzte und hustete er eben in seiner vielen Freizeit herum - was andererseits seiner Familie dementsprechend zu Gute kam, wenn er fast täglich mit dem alten Diesel zu Nachbarn und Freunden fuhr, um denen mit seiner unappetitlichen Angewohnheit auf die Nerven zu gehen.

Auch jetzt, da er schnaufend und hustend aus dem Wagen stieg, besuchte er alte Freunde. Die Klammthalers waren schon Freunde seiner Eltern gewesen. Ihr Hof existierte als Bauernhof längst nicht mehr. Die drei Kinder hatten kein

Interesse an der Weiterführung gezeigt und so hatte schon vor vielen Jahren Anton Klammthaler beschlossen, alle Äcker und Felder zu verpachten. Der einst vorzeigefähige Hof an sich lag brach. Nur die Stallungen, die Garage und der kleine ehemalige Schweinepferch standen noch so da wie vor fünfzig oder mehr Jahren. Der Stall wurde von den Pächtern genutzt, das Heu zu stapeln. In der Garage standen noch zwei Autos. Ein alter VW-Golf eins und ein Opel. Aber niemand fuhr sie noch. Anton war fast neunzig Jahre alt und seine Frau Hertha feierte diesjährig ihren achtundachtzigsten. Sie fuhren nicht mehr mit dem Auto. Das Augenlicht, der starke Verkehr und die Unsicherheit, die sich mit dem Alter einstellte, hatte sie vernünftig entscheiden lassen, sich dies nicht mehr anzutun. Und jetzt standen die Fahrzeuge eben in der Garage herum, wo sie langsam aber sicher vor sich hin rosteten. Einen TÜV-Stempel hatten sie längst nicht mehr und ob sich der Motor überhaupt noch rühren würde, wusste nur der Himmel. Vielleicht noch die Ratten und Mäuse, die es sich unter der Motorhaube gemütlich machten. Und denen war es vollkommen egal.

Der ehemals schöne Hof in Hufeisenform vergammelte nach und nach. Gras wuchs aus den Fugen des alten Pflasters vor dem Eingang des Wohnhauses. In der Mitte des Hofes konnte man noch die Fundamente der quadratischen Einfassung sehen, das einmal der Misthaufen gewesen war. Wenn man den Blick auf die Dächer des Anwesens richtete, fielen die durchgebogenen Firste auf, die eben im Laufe der vielen Jahrzehnte dem Gewicht nachgeben mussten. Immer noch waren die hölzernen Fensterläden vor den Fenstern verankert. Das zarte Grün und das verwaschene Weiß des Hauses vermittelte eine seltsam nostalgische Anmut, das gleichbedeutend mit den Reminiszenzen einer vergangenen Epoche war. Ein Außenstehender würde fast auf den Gedanken kommen, ein Denkmal geschütztes Gebäude vor sich zu haben. Irgendwie vermittelte das ganze Gehöft auch ein romantisches

Idyll. Erinnerte an Zeiten, wo alles schöner und besser gewesen war. Angeblich. Man erinnerte sich wohl ausschließlich an die schönen Zeiten, die bei genauerem Hinsehen doch nicht so schön erscheinen – eher entbehrungsreich, hart und mit sehr viel Arbeit verbunden.

Wagner schlurfte zur Haustüre und betätigte den Klingelknopf. Keine Reaktion. Noch einmal drückte er darauf. Er konnte das bekannte Bim-Bam hören, aber nichts rührte sich. Verwundert versuchte er es ein weiteres Mal. Die Klammthalers konnten gar nicht weg sein. Sie waren immer hier. Vielleicht befanden sie sich in ihrem Kräutergarten hinter dem Haus. Möglich, dass sie die Klingel gar nicht hören konnten. Er drehte sich um und schritt auf die Stalltüre zu, die einen kleinen Spalt geöffnet war. Um in den Garten zu kommen, musste er durch die Scheune gehen. Mühevoll zog er an dem mächtigen Holztor. Schnaufend konnte er es soweit aufziehen, dass er hindurch passte. Heugeruch schlug ihm entgegen. Die Pächter hatten die Scheune mit Heu für ihr Vieh gefüllt. Der Geruch erinnerte ihn an alte Zeiten. An Zeiten, in denen alles viel einfacher gewesen war – wie er fand. Die Dorfgemeinschaft blieb unter sich, keine Ausländer waren hier. Ab und zu vielleicht eine türkische Familie, aber die blieben eh außen vor. Regelmäßig trafen sich die Bauern in der Dorfschänke „Zum Krug". Sonntags gingen sie zusammen in den Gottesdienst und Montagmorgen waren sie schon wieder auf den Feldern oder in den Ställen. Es war eine schöne und einfache Zeit. Dass die Zeiten damals auch sehr entbehrungsreich und hart gewesen waren, hatte er verdrängt. Die Einfachheit bedingte eben auch das harte und lange Arbeiten. Das hatte der Wagner vergessen. Das entsprach nicht seiner rosaroten Vorstellung einer langsam entschwindenden Vergangenheit.

In der Scheune herrschte ein diffuses Zwielicht. Durch die hölzernen Wände an der Rückseite fielen Lichtbündel durch die Ritzen und ließen den umher fliegenden Staub sichtbar werden. Es sah fast so aus, als ob die winzigen Staubteilchen einen Tanz im Spot der Scheinwerfer vollführten. Wenn sich ein paar Wolken vor das Sonnenlicht schoben, intonierte das Licht eine sanfte Sinfonie der Bewegung – als wenn jemand einen Spot ausschaltete und andere einschalten würde. Ein Fotograf hätte seine wahre Freude an diesem kreativen Spiel des Lichts mit den diffusen Schatten gehabt. Die hintere Türe war unverschlossen und quietschte in den rostigen Angeln. Sie befand sich nicht im Schloss und der sanfte Wind ließ sie sachte hin und her schwingen. Irgend etwas hing von den Querbalken herunter. Seine Augen hatten sich noch nicht an das Halbdunkel gewöhnt. Er blieb einen Augenblick stehen und versuchte, das Ding, das herunterhing, zu erkennen. Es war nicht nur eins, daneben schaukelte ein ähnliches hin und her. Plötzlich konnte er auch ein Summen wahrnehmen. Penetrant. Wohl bekannt. Fliegen. Viele Fliegen. Der seltsam intensiv scharfe Geruch erreichte seine Nase und erinnerte ihn an ein Schlachthaus von früher. Es war beißend, unangenehm, abstoßend. Wie Verwesungsgeruch – kam ihm in den Sinn, aber bevor er sich sicher sein konnte, war dieser Schwall schon vorbei. Die Augen gewöhnten sich an das schummrige Licht und konnten die dunkle Umgebung wieder wahrnehmen. Die hängenden konturlosen Schatten defragmentierten sich, erlaubten dem Auge, die natürliche Schärfe wieder einzustellen. Und dann konnte er auch erkennen, was da hin und her baumelte. Er riss die Augen vor Schreck immer weiter auf, bis sie fast aus den Höhlen hervortraten, er öffnete den Mund und für einen winzigen Augenblick vergaß er zu atmen. Seine Lebensfunktionen standen für eine Sekunde still. Sein Geist weigerte sich, das Bild vor ihm als real anzusehen. Sein ganzer Körper erstarrte zu Eis und ließ sich nicht mehr bewegen. Die gesamten Körperhärchen stellten sich auf und legten sich nicht wieder hin. Voller Grauen starrte er auf das blutige Bild vor sich.

Von den Holzbalken hingen zwei Menschen herunter. Sie baumelten sachte hin und her, als wenn die Fliegen sie immer wieder anstießen. Das mehrtönige Summen und Brummen vernahm er als widerwärtig und wirkte auf den alten Mann wie ein monotones Lied des Todes. Er konnte den Blick nicht von den Körpern nehmen. Der plötzliche Schock und das entsetzliche Grauen nagelten ihn fest. Wagner erkannte sie. Es waren die Klammthalers, über und über mit Blut beschmiert. Sie hingen mit den Köpfen nach unten wie Schweine im Schlachthaus. Der Leib war aufgeschnitten worden und Teile der Gedärme waren nach außen gequollen. Wagner spürte, wie ihm schlecht wurde, wie sein Magen rebellierte und der Mageninhalt den Drang verspürte, ins Freie zu entweichen. Sein Blick glitt nach unten, er sah in die offen stehenden Augen, die voller Blut gelaufen waren – und er sah, dass beiden eine Hand abgetrennt worden war. Hell schimmerte der Armknochen aus der schrecklichen Wunde. Der Boden unter ihnen war Blut durchtränkt. Die Körper waren regelrecht ausgeblutet. Vollkommen paralysiert stand Wagner vor dem schrecklichen Bild, verspürte dieses tiefe Grauen und konnte sich nicht bewegen. Er wollte den Blick abwenden, aber irgend eine eiserne Hand ließ es nicht zu. Die Muskeln ignorierten seinen Befehl und waren vollständig blockiert. Sein revoltierender Magen schrie immer noch und er spürte, wie ihm kalter Schweiß ausbrach und sein Puls in abnorme Dimensionen raste. Panik ergriff ihn, ohne dass er etwas dagegen tun konnte. Entsetzt schaffte er es, sich endlich umdrehen, quetschte sich heftig atmend durch das Stalltor, zerriss sich an einem rostigen Nagel sein Hemd und hastete hektisch schnaufend zurück auf den Hof. Mit beiden Händen stützte er sich an der Hauswand ab – und übergab sich lautstark. Er fühlte, wie seine Beine zu zittern anfingen und wie

11

ihn die Schwäche zu übermannen drohte. Schweiß rann ihm in Strömen über den Nacken in das Hemd. Er wollte das schreckliche Bild aus seinem Gehirn verbannen, aber gleichzeitig wusste er, dass es ihn bis ans Ende seiner Tage verfolgen würde. Er schlurfte schwerfällig zu der Bank an der weißen Wand und musste sich setzen. Unkontrolliert atmete er ein und aus. Hektisch und unregelmäßig. Sein Blick war starr auf den Boden gerichtet und im Moment wusste er nicht, was er nun tun sollte. Die Übelkeit fiel über ihn wie ein Eimer voller Flüssigkeit, den man über ihm ausgeschüttet hatte. Ein machtvolles Zittern ließ seine Hände zucken wie in einem epileptischen Anfall. Er versuchte, Gedanken festzuhalten, aber sie rasten vollkommen durcheinander durch sein Gehirn und veranstalteten ein schreiendes Chaos. Einen winzigen Moment hatte er alle Kontrolle über sein Denkvermögen verloren. Sein Atem ging stoßweise und abgehackt. Wären seine Lebensfunktionen von seinem Geist abhängig, wäre er in diesem Augenblick tot. Erst nach Minuten beruhigte sich sein Atmen und sein panisches Denken.

´Die Polizei`, dachte er. `Ich muss die Polizei rufen´.

Mühsam erhob er sich und stapfte zu seinem uralten Vehikel. Seine Jacke lag auf dem Rücksitz. Er bückte sich und zerrte ein Handy aus der Innentasche. Harald hatte ihm einmal so ein Ding mitgebracht, damit er im Notfall jemanden anrufen konnte. Es war ein älteres Modell mit einem akzeptablen Display, kein Smartphone, aber ausreichend für den alten Mann. Sein Sohn hatte ihm die wichtigsten Nummern mit einer Kurzwahl einprogrammiert und die kleine Liste auf die Rückseite geklebt. Wagner drehte es um. Polizei, Polizei...da ist es...Nummer drei…

Er drückte die Drei und auf Abheben. Dann hielt er es ans Ohr.

„Hier Polizeinotruf, was kann ich für Sie tun?“

„Ja...hallo...i bin der Wagner Bruno aus Täfertingen...und jetzt bin i in Neusäß bei den Klammthalers. Die sin...sie sin...alle tot...“

„Wie bitte? Wiederholen Sie bitte...Ihren Namen?“

„Bruno Wagner...sie sind tot, vasteans denn ned? Da muss doch jemand komma...“

„Wo sind Sie jetzt gerade, Herr Wagner?“

„Bei den Klammthalers...in Neusäß...sie hänga im Stall und ois is volla Bluad...“

„Die Adresse bitte...es kommt sofort eine Streife...“

„Dorfstraße...in der Dorfstraße...der alte Hof...Nummer 14...“

„Neusäß, Dorfstraße 14...bleiben Sie dort und rühren Sie bitte nichts an. Die Beamten sind sofort bei Ihnen.“

„Ja, is ja recht...“ flüsterte er schwer.

Keine zehn Minuten später hörte er bereits die Sirenen. Anscheinend hatte man ihn ernst genommen. Der Streifenwagen hielt geräuschvoll und zwei Beamte stiegen aus dem Wagen. Das Blaulicht blinkte nach wie vor.

„Sind Sie Herr Wagner? Haben Sie uns gerufen?“

„Ja, i bin der Bruno Wagner...do, im Stall, sie hänga im Stall, alles volla Bluad...“

Er zeigte auf die Stalltüre und schüttelte sich. Die Beamten sahen sich an. Was erzählte der alte Mann da, dessen Gesichtsfarbe so blass war wie die weißgetünchten Wände der Hausmauer?

Dann nickten sie und traten auf das Tor zu, das immer noch so weit offen stand, dass gerade eine Person durchschlüpfen konnte. Der Jüngere der beiden betrat die Scheune – und blieb wie angewurzelt stehen. Sein Kollege folgte ihm und mit geweiteten Augen starrten sie das grausame Bild vor ihnen an. Etliche Augenblicke waren sie nicht fähig, irgendeinen Laut von sich zu geben, dann blickten sie sich an. Kreidebleich und kurz davor, sich übergeben zu müssen.

„Oh, mein Gott...was ist denn hier passiert?" stammelte der Jüngere.

Sein Kollege hatte sich wieder in der Gewalt.

„Ich ruf sofort den Notarzt und die Kripo..." sagte er leise.

„Die brauchen keinen Notarzt mehr. Nur noch einen Leichenwagen.." flüsterte sein Kollege leise.

Sie verließen gemeinsam die Scheune und forderten Verstärkung an. Bruno Wagner hatte sich wieder auf die Bank gesetzt und starrte verwirrt auf den Boden. Seine Hände zitterten, er sah es – aber er konnte sie nicht ruhig halten. Er hatte große Mühe, seine Gedanken zu sammeln. Und ganz langsam erhob sich eine Frage, die ihn immer wieder und immer öfter heimsuchte...Wer um Himmels Willen hat das nur getan???

*

Hauptkommissar Gerd Stöcklein lehnte sich gegen den Container und umfasste den Griff seiner Pistole mit beiden Händen. Sein Blick suchte seinen Kollegen und Freund Arthur Weissenberg. Auch er hatte eine schussbereite Waffe in der Hand. Er stand etwa zehn Meter entfernt hinter einem Nachbarcontainer. Sie nickten sich zu. Jetzt, dachte Stöcklein. Er trat einen schnellen Schritt nach vorne und richtete die Waffe auf die drei Männer, die ihn erschrocken ansahen.

„Polizei!!! Keine hastige Bewegung, Leute...Hände über den Kopf und mit dem Gesicht zur Wand...pronto...."

Langsam ging er mit der Waffe im Anschlag auf die Männer zu, die ihren ersten Schock überwunden hatten und ihn aufmerksam und mit zusammen gekniffenen Augen beobachteten. Sie zögerten – und Stöcklein war aufs Äußerste gespannt. Sein Zeigefinger befand sich am Abzug und nichts entging seiner Aufmerksamkeit. Wo bleibt Arthur? dachte er noch, dann versuchte einer der Männer, eine Waffe zu ziehen.

14

Die Kugel des Hauptkommissars traf den Mann in die Schulter und warf ihn zu Boden. Im selben Moment erschien hinter den Männern Weissenberg. Er war um den Container herum geschlichen und stand nun im Rücken der Männer, die sich im selben Moment aller Chancen beraubt sahen.

„An die Wand...Hände auf den Rücken... sofort...“ schrie er die Männer an, die augenblicklich taten, was er gesagt hatte. Die beiden Drogenfahnder, die sie begleitet hatten, traten schnell aus ihrer Deckung heraus und richteten die schussbereiten Waffen auf die Männer. Die Handschellen schnappten hörbar ein und Stöcklein ließ sie auf den Boden sitzen. Arthur durchsuchte sie und entwaffnete sie. Der verletzte Mann wand sich am Boden und stöhnte mit zusammen gebissenen Zähnen auf. Mit aufeinander gepressten Lippen versuchte er den Schmerz zu ertragen.

„Ich verhafte Sie wegen illegalen Drogenhandels, Mord und versuchten Mord. Erpressung und Nötigung...und mir fällt bestimmt noch mehr ein...“

Der Hauptkommissar erhob sich, sicherte die Waffe und steckte sie zurück in das Schulterhalfter. Weissenberg hatte bereits die Kollegen gerufen und forderte gerade einen Notarzt für den Verletzten an. Die vier Polizisten sahen sich an und nickten. Der Überraschungszugriff war vollkommen aufgegangen.

Keine zwei Minuten später rasten drei Streifenwagen, der Notarzt und eine zivile Streife heran. Polizisten sprangen aus den Wagen und nahmen die beiden unverletzten Männer fest. Der Notarzt untersuchte die Schusswunde, dann wurde der Mann auf eine Trage gebunden und in die Klinik gebracht. Stöcklein und Weissenberg sahen sich an. Sie waren zufrieden. Die Geld- und Drogenübergabe war dokumentiert und gefilmt worden. Und Andrejew, der Russe, war endlich überführt.

Sie saßen im Büro des Hamburger Polizeipräsidenten Bernd Krug und tranken eine Tasse Kaffee. Krug hatte eine Akte aufgeschlagen und las den Bericht seiner Ermittler. Ab und zu nickte er, brummte Unverständliches in seinen Vollbart und spitzte anerkennend die Lippen.

Dann schloss er den Akt und sah beide lächelnd an.

„Meine Anerkennung, meine Herren. Sehr gute Arbeit und ausgezeichnete Ermittlung. Endlich können wir Andrejew unter Verschluss nehmen. Ich denke, die Beweislage ist eindeutig. Der Staatsanwalt hat schon angedeutet, dass er gute Chancen sieht, die Männer länger aus dem Verkehr zu ziehen. Wenn die beiden Morde schlüssig nachgewiesen werden können, ist sogar lebenslänglich drin. Das war wirklich ein außergewöhnlicher Erfolg...“

„Es hat auch lange genug gedauert. Nur dürfen wir nicht in die Vorstellung verfallen, dass die Szene nun geschockt ist und ihre Geschäfte einstellt. Das wird nicht passieren. Ich denke, in kürzester Zeit wird sich der nächste einen Namen machen wollen. Vielleicht nicht so groß, aber mindestens genauso gefährlich.“

Stöcklein sah seinen Vorgesetzten ernst an. Eine Schlacht war gewonnen, aber niemals der Krieg.

„Ich weiß schon. Aber solche Erfolge ermutigen zu mehr und zu der Erkenntnis, dass wir die kriminelle Szene doch noch aufmischen können. Bleiben Sie am Ball, Stöcklein. Wir brauchen die Zulieferer und wir müssen die Dealer abschöpfen. Mir ist klar, dass wir die Kette nur kurzzeitig unterbrechen können, aber wenn wir die Quellen kennen, werden wir auch früher reagieren können. Die Drogenfahndung ist da dran.“

Er stand auf und gab den beiden Kommissaren die Hand.

„Ich bin sehr zufrieden. Richten Sie Ihrer Abteilung meine Anerkennung aus. Mit den Kollegen der Drogenfahndung werde ich natürlich auch noch sprechen.“

„Werden wir. Danke, Herr Krug.“

Stöcklein nickte und drehte sich um. Als er an der Türe war, rief ihn Krug noch einmal zurück.

„Ach, Herr Stöcklein...einen Moment noch...“
Der Hauptkommissar drehte sich um und sah ihn an.
„Ja...?“
Krug fummelte auf seinem Schreibtisch in den Papieren herum und winkte ihn heran.
„Geh´ schon vor, ich komm´ gleich nach,“ sagte Stöcklein zu seinem Kollegen.
Weissenberg nickte und schloss die Türe hinter sich. Stöcklein trat auf den Schreibtisch zu.
„Aah...da ist es ja...bitte, setzen Sie sich noch einmal...“
Krug nahm das Papier und las es noch einmal durch. Dann setzte auch er sich in seinen ledernen Sessel. Über die Brille fixierte er seinen Mitarbeiter.
„Ich habe hier eine Anfrage aus der Hauptstelle in Augsburg...Sie sind doch ursprünglich aus Augsburg, wenn ich mich recht erinnere?“
„Ja, ich habe dort meine Ausbildung begonnen. Was ist denn damit?“
„Das ist eine Anfrage an verschiedene Dienststellen der Mordkommissionen. Die Augsburger in Bayern haben ein schwerwiegendes Personalproblem und bitten um Hilfe in einem speziellen Mordfall. Da dachte ich an Sie...“
„An mich? Aber...wieso ich? Ich bin seit mehr als zwanzig Jahren nicht mehr dort gewesen.“
„Jaa...schon. Aber...“
Er sah auf und sah Stöcklein an.
„Aber...? Um was geht es denn eigentlich?“
„Nun...es geht um einen Doppelmord in einer Kleinstadt bei Augsburg. Der Ort heißt...Moment, ich....“
Er sah wieder auf die Anfrage.
„...ein Ort namens Neusäß. Kennen Sie den?“
Stöcklein erstarrte augenblicklich und zuckte unwillkürlich ein Stück zurück.

„Neusäß? Ein Mord in Neusäß? Ja...natürlich kenne ich den Ort...ich habe dort meine Kindheit und Jugend verbracht..."

Er lächelte und zog die Augenbrauen nach oben.

„Lange her...," sagte er und neigte leicht den Kopf. Erinnerungen bahnten sich ihren Weg.

„Wirklich? Nun, das wäre ja schon ein Vorteil. Es geht um einen Doppelmord eines Ehepaares. Beide sehr betagt. Er war fast neunzig und seine Frau achtundachtzig. Ehemaliger Bauernhof..."

Stöcklein unterbrach ihn. Er zwickte die Augen zusammen und eine dunkle Ahnung stieg in ihm auf.

„Bauernhof??? Wie ist der Name?"

„Anton und Hertha Klammthaler."

Stöcklein riss die Augen auf und spannte unwillkürlich die Schultern an. Krug stockte einen Augenblick, als er die Reaktion von Stöcklein bemerkte.

„Was?? Die kenne ich...die Klammthalers...mein Gott. Was ist denn passiert? Ein Überfall?"

„Man weiß es nicht genau. Eher nicht. Sie wurden von einem Freund aus dem Nachbarort im Stall gefunden. Mit den Füßen aufgehängt. Man hat ihnen den Bauch aufgeschnitten und es fehlt beiden die rechte Hand. Ein regelrechtes grausames Schlachtfest muss es gewesen sein..."

Stöcklein zog die Augenbrauen wieder nach oben. Er konnte es kaum glauben, dass die Vergangenheit – eine sehr schöne Vergangenheit – ihn mit solchen Bildern eingeholt hatte. Und ein Mord in Neusäß, dieser fast schon verschlafenen Kleinstadt, kam ihm so vor, als ob jemand diesen Ort lediglich ins Gerede bringen wollte.

„Klingt ja furchtbar...wie weit ist die Polizei?"

„Das ist es ja. Sie haben im Moment keinen Ermittler, der den Fall übernehmen könnte. Einer ist schwer krank geworden, der andere wurde nach Köln versetzt und der Dritte ist gerade von der Akademie gekommen. Darum ersuchen sie um Hilfe.

Hätten Sie Interesse? Zumindest könnten Sie mal wieder die alte Heimat sehen."

Stöcklein dachte nach. Es würde ihn schon reizen, wieder dahin zu gehen, wo er eine unbeschwerte Jugend verbracht hatte. Vielleicht wohnten noch Schulfreunde dort oder Schulfreundinnen. Aber die Klammthalers? Ausgerechnet die Klammthalers....

„Ich gehe nicht davon aus, dass ich lange Bedenkzeit habe...und außerdem haben wir noch jede Menge aufzuarbeiten. Das schafft Weißenberg nicht alleine..."

„Ja, ich weiß schon. Sie bekommen doch einen neuen Kollegen. Diesen Herrn Bader. Er wird Sie ersetzen, bis Sie wieder hier sind. Er muss sowieso eingearbeitet werden, da trifft es sich gut. Also, ich würde das befürworten, wenn Sie zusagen."

„Kann ich noch überlegen?"

Krug lachte.

„Nein, ich muss sofort Bescheid geben. Der Fall darf natürlich nicht noch länger auf eine professionelle Ermittlung warten. Sie müssten noch heute abreisen. Also?"

Stöcklein sah ihn angestrengt an. Von Hamburg nach Augsburg, von Nord nach Süd. Zurück in die alte Heimat...warum nicht? Schließlich wurde der Fall durch die Bekanntschaft mit den Opfern auch ziemlich persönlich.

„Gut, wenn die noch nicht jemand anderen haben, dann würde ich kommen."

Krug nickte und nahm den Hörer ab.

„Ich werde mal nachfragen..."

Er ließ sich mit Augsburg verbinden und Stöcklein konnte mithören. Nein, sie hatten noch niemanden, der kurzfristig abkömmlich war. Und ja, sie erwarteten ihn mit großer Erleichterung. Krug legte auf.

„Also, Sie haben es gehört. Sie können von mir aus sofort aufbrechen."

Stöcklein stand auf.

„Seltene Überraschung...aber ich freue mich, wieder mal dorthin zu kommen. Wenngleich das unter diesen Umständen jetzt nicht schön sein wird."

„Viel Erfolg und viel Glück...melden Sie sich mal, wie weit Sie kommen. Würde mich interessieren..."

„Mach´ ich. Wie lange werde ich freigegeben?"

„Solange die Ermittlung dauert oder wenn die ihr Personal wieder vollständig beisammen haben. Ich werde dahin gehend unterrichtet werden. Machen Sie uns Hamburgern alle Ehre, Hauptkommissar..."

Krug zwinkerte ihm zu und gab ihm die Hand.

Zwei Stunden später saß er schon in seinem Wagen und machte sich auf den Weg nach Süden. Er freute sich auf ein Wiedersehen. Er war gespannt, was sich alles verändert hatte. Mittlerweile war Hamburg seine Wahlheimat geworden, aber wie so oft bezeichnete man seine richtige Heimat doch immer nach den Kindheits- und Jugendjahren. Da, wo man in seinem ganzen Umfeld die ersten wichtigen Erfahrungen gemacht hatte. Und die waren für Gerd Stöcklein unvergessen.

Doch nach und nach bekam der Mordfall eine größere Dimension. Die Stunden auf der Autobahn vergingen und seine Gedanken beschäftigten sich mehr und mehr mit den Klammthalers. Wer zum Teufel tötete zwei alte Menschen auf so eine grausame Art und Weise? Und warum? Sie hatten niemandem je etwas getan. Seine Erinnerungen rannten zurück, als er noch ein Junge war. Zusammen mit Florian, dem Sohn, war er zur Schule gegangen. Jede freie Minute trafen sich die vier engsten Freunde auf dem Klammthaler Hof, um im Heuschober zu spielen oder im weitläufigen Garten zu zelten. In den Ferien verbrachten sie oft die Nächte im Zelt und am Morgen durften sie immer ein großzügiges Frühstück genießen, das Frau Klammthaler für die Jungs zubereitete. Der Hof war für die Jungs ein reiner Abenteuerspielplatz. Es war eine ausgesprochen schöne, aufregende Zeit. Neusäß war noch klein damals, keine Stadt, ein Dorf in der Augsburger Peripherie. Beschaulich und sogar idyllisch. Um einer Eingemeindung durch die Stadt Augsburg zu entgehen, wurden zuerst die kleineren umliegenden Gemeinden zusammengenommen, dann, erst im Jahre 1988, wurde Neusäß zur Stadt erhoben. Aber da war Stöcklein schon in München. Neusäß hatte er trotzdem nie vergessen. Er war dort zur Grundschule gegangen. St. Ägidius...neben der Kirche. Ein ehemals moderner Flachbau mit angrenzender Turnhalle und einem großen Pausenhof. Ja, er erinnerte sich genau an die beiden schattenspendenden Bäume. Es war lange her...so lange her. Er wurde 1965 eingeschult. Fünf Jahre hatte er in dieser Schule verbracht. Der Klammthaler Hof befand sich in der Parallelstraße. Dorfstraße. Gegenüber war ein Weiher gewesen. Längst war daraus ein kleiner Spielplatz geworden. Aber die Bilder von damals waren in seinem Gehirn nie gelöscht worden. Es war eine aufregende Zeit gewesen...ohne große Probleme...keine Sorgen…eigentlich die Wurzeln seines Lebens. Die Jugendjahre waren eben prägend. Immer.

*

Die Türe ging auf und ein junger Mann trat ein. Stöcklein sah auf und musterte ihn. Schlank, sportlich, blond mit braunen Augen. Ein offenes Lächeln im Gesicht. Er war Stöcklein auf Anhieb sympathisch.
„Herr Griesmann, das ist Hauptkommissar Gerd Stöcklein aus Hamburg. Er wird die Ermittlung im Mordfall Klammthaler leiten. Herr Stöcklein, das ist Rolf Griesmann. Ihr Partner in diesem Fall."

Gerhard Meitinger, der Augsburger Polizeipräsident, nickte und sah die beiden an. Stöcklein erhob sich und gab dem jungen Mann die Hand.

„Freut mich. Ich hoffe, ich kann behilflich sein, um schnellstmögliche Ergebnisse zu bekommen."

„Freut mich auch. Ich bin froh, dass Sie da sind. Ich werde Sie mit den Fakten vertraut machen und wenn Sie wollen, können wir auch gleich zum Tatort fahren."

Stöcklein stand auf und sah Meitinger an.

„Gut. Wenn alles klar ist, können wir beginnen..."

„Natürlich. Viel Erfolg, meine Herren...halten Sie mich auf dem Laufenden."

Er stand auf und gab Stöcklein die Hand.

„Ich bin wirklich sehr froh, dass Sie hier sind. Wenn Sie etwas brauchen, lassen Sie es mich wissen. Oder sagen Sie es meiner Sekretärin."

„Mach´ ich, Danke..."

Griesmann begab sich mit Stöcklein in den ersten Stock, um ihm sein Büro zu zeigen. Stöcklein wurde eine Sekretärin zugeteilt, was ihm sehr gelegen kam. Als sie die Türe öffneten, sah er sich Daniela Schäfer gegenüber, eine Frau mittleren Alters, die den beiden Ermittlern freundlich zulächelte.

„Hallo, Sie sind bestimmt Hauptkommissar Stöcklein. Herr Meitinger hat mich bereits informiert. Ich bin Daniela Schäfer und Ihre Assistentin bis auf weiteres. Willkommen in Augsburg."

Sie kam um den Tresen herum und gab ihm die Hand.

„Hallo, Rolf, wie geht's?" fragte sie den jungen Mann und warf ihm einen kurzen Blick zu, der ihn lächelnd erwiderte.

„Danke schön. Ich hoffe, wir können diesen Fall schleunigst aufklären. Habe ich auch einen Schreibtisch?"

Er zeigte auf die Tische hinter dem Tresen. Beide sahen so aus, als ob sie permanent in Gebrauch waren.

„Ja, natürlich. Sie haben sogar ein eigenes Büro. - Bitte…"

Sie öffnete eine Seitentüre und winkte den beiden Männern einzutreten. Stöcklein war überrascht. Das Büro war hell und groß. Neben dem Doppelschreibtisch war auch eine kleine Besprechungsecke mit Tisch und vier Stühlen hergerichtet worden. Er sah Frau Schäfer an und zog anerkennend die Unterlippe nach oben.

„Sehr schön. Unerwartet, dafür doppelt schön. Teile ich den Schreibtisch mit noch jemandem?" fragte er sie und zeigte auf den riesigen Ecktisch.

„Eigentlich nicht, aber das können Sie selbst entscheiden. Rolf sitzt eigentlich hier bei mir und hat seinen eigenen Tisch. - Aber wie Sie möchten...wenn Sie irgend etwas benötigen, bitte sagen Sie es mir."

„Danke, Daniela," sagte Rolf und setzte sich an den Schreibtisch, auf dem eine Mappe lag. Er öffnete sie und sah Stöcklein an.

„Das sind die vorläufigen Berichte über den Fall. Wir können sie ja kurz durchgehen, damit Sie wissen, wo wir stehen."

Stöcklein nickte und setzte sich. Daniela verließ wieder das Büro und schloss die Türe. Der Kommissar sah Griesmann an, der die Aktenblätter studierte.

„Nun? Was sind die Fakten?"

„Die Opfer sind Hertha und Anton Klammthaler. Er ist 90 und seine Frau 88. Man hat sie mit den Füßen nach oben in ihrem Stall aufgehängt. Der Leib wurde aufgetrennt und beiden fehlte die rechte Hand. Sie sind verblutet. Das ist zwar erst der vorläufige Bericht. Die Gerichtsmediziner gehen noch in die Details. Suchen nach fremden Substanzen, die da nicht hingehören oder auch sonst was."

„Mögliches Motiv? Gibt´s Anhaltspunkte über einen Raubmord, Affektmord oder was auch immer?"

Griesmann schüttelte den Kopf.

„Bis jetzt noch nicht. Wir sind da noch ganz am Anfang. Bisher habe ich gerade mal die Nachbarn befragen können. Ein Nachbar ist der Bruder des Opfers und hat auch einen Hof."

„Hat man eine Tatwaffe gefunden?"

„Leider Fehlanzeige. Die Spurensicherung hat so gut wie nichts entdecken können. Fingerabdrücke an den Werkzeugen, aber die scheiden als Tatwaffe aus. Der Abgleich fehlt aber noch."

„Nicht sehr viel...Na gut. Dann fahren wir beide mal zum Tatort, okay?"

„Ja, dann los..."

Die beiden Männer verließen das Büro und fuhren mit dem Aufzug in die Tiefgarage.

„Und? Was gibt es bis jetzt noch für Erkenntnisse? Haben Sie eine Theorie?"

Sie stiegen in den zivilen Wagen ein und Griesmann betätigte den Anlasser.

„Die Tat an sich ist ja schon brutal und grausam. Ich tippe auf eine gestörte Persönlichkeit, die Spaß am bestialischen Morden hat. Das war zumindest mein erster Gedanke. - Ein Freund hat die beiden gefunden. Anton Wagner...er..."

„Wagner? Aus Täfertingen?"

Griesmann sah ihn erstaunt an.

„Ja, genau...kennen Sie den vielleicht? Woher?..."

„Ja...von früher...ich bin in Neusäß aufgewachsen."

Griesmann sah ihn erstaunt an. Das hatte er jetzt nicht erwartet.

„Wirklich? Aah...darum. Ich wunderte mich schon, dass ein Hauptkommissar aus Hamburg zu uns kommen würde. Jetzt wird mir einiges klar."

„Ja...war mit ein Grund...also weiter..."

„Wagner hat die beiden als erster gefunden und dann die Polizei gerufen. Sie wurden im Stall an einen Querbalken gehängt. Mit dem Kopf nach unten. Wie gesagt - der Bauch wurde mit einem scharfen Messer oder sogar mit einem

Skalpell geöffnet und die rechte Hand wurde abgetrennt. Bei beiden. Die Wundränder der Bauchwunden sind exakt scharf. Wir haben sie nicht gefunden. Also, die Hände, meine ich."

„Klar. Todesursache Verbluten…!"

„Ja. Sie sind verblutet...allem Anschein nach lebten sie wohl noch, als man sie aufgehängt hatte. Der Fundort ist wahrscheinlich auch der Tatort. Aber das ist nur eine Annahme. Wir warten den abschließenden Bericht noch ab. Ziemlich grausam und krank, meiner Meinung nach. Normal ist das nicht...die Tat eines Wahnsinnigen, wenn Sie mich fragen."

„Wie lautet der vorläufige Obduktionsbefund?"

„Ich habe die ganze Akte dabei. Liegt auf dem Rücksitz...aber wie gesagt, der Abschlussbericht kommt noch."

Er zeigte nach hinten und Stöcklein holte sie nach vorne und begann zu lesen.

„Gibt´s irgendeinen anderen möglichen Anhaltspunkt für ein Motiv?"

Griesmann schüttelte den Kopf und zuckte die Schultern,

„Bis jetzt noch nicht. Aber wir sind ja noch am Anfang. Wir müssen erst die Kinder, mehrere Nachbarn und Freunde konkret befragen...recht großes Umfeld...die Klammthalers sind eine alteingesessene Familie, die schon seit Generationen dort wohnen. Dementsprechend groß ist ihr Bekanntenkreis."

„Ja, ich weiß. Ist etwas gestohlen worden?"

„Sieht nicht so aus. Zumindest war nicht zu erkennen, ob jemand ins Haus eingedrungen wäre. Wir warten noch auf den vollständigen Bericht der KTU. Bislang haben wir lediglich das Obduktionsergebnis."

„Nicht sehr viel...na ja...."

„Ach ja, der älteste Sohn hat ausgesagt, dass wohl nichts gestohlen worden war. Sogar das Geld war noch da. In einer Schublade im Küchenbuffet. Großartige Wertgegenstände hat es nicht gegeben, die für einen Dieb von Nutzen gewesen wären."

„Florian Klammthaler?"

„Kennen Sie den auch?"

„Ein Schul- und Jugendfreund..."

Griesmann sah ihn mit zusammen gepressten Lippen von der Seite an.

„Mir scheint, dieser Fall wird für Sie recht persönlich werden. Ist das nicht belastend, dann der Ermittler zu sein?"

Stöcklein nickte.

„Ja...das ist richtig." Er zuckte die Schultern.

„Kann sein...Vielleicht war das gerade auch der Grund, warum ich zugesagt habe. Na ja...ich bin fast ein Vierteljahrhundert nicht mehr hier gewesen. Wahrscheinlich wird er mich auf Anhieb gar nicht erkennen."

„Haben Sie nicht Angst, vielleicht einen Ihrer Jugendfreunde verhaften zu müssen? Oder zumindest einen Bekannten?"

Stöcklein schüttelte den Kopf.

„Nein. Wir sind Ermittler, Herr Griesmann Wir haben einen Mord aufzuklären...Auch wenn ich mir mittlerweile alles Mögliche und Unmögliche vorstellen kann...das eigentlich nicht. Wir werden sehen..."

Er starrte aus dem Fenster und dachte über die Möglichkeit nach. Ein Schauer lief ihm über den Rücken. Griesmann hatte Recht. Natürlich hatte er davor eine gewisse Angst. Aber er hatte auch diesen Fall zu lösen. Dabei hatten Emotionen und gefühlsmäßige Gedankenspiele keinen Platz. Ein Mörder musste gefunden werden und hatte sich für seine Tat zu verantworten. Wer das war, spielte für Stöcklein keine Rolle. Ob Bekannter oder Fremder hatte keinerlei Einfluss auf die Ermittlungen. Die ersten relevanten Fragen wurden geboren.

Stöcklein wurde nachdenklich. Als Ermittler stand die Frage nach einem Motiv natürlich als erstes im Raum. Aber gleich danach fragte er sich auch, warum man zwei alte gebrechliche Menschen derart peinigen musste. Ein sadistischer Mörder? Ein Psychopath? Krank im Kopf? Jemand, der Lust am Töten hatte? Er kannte die alten Klammthalers. Sie waren immer nett und freundlich gewesen, sehr fleißig und ausgesprochen verantwortungsbewusst gegenüber der ganzen Familie. Genauso hatten sie auch die Kinder erzogen. Stöcklein konnte sich nicht erinnern, dass Flo einmal von Stress zu Hause erzählt hatte. Zumindest nicht in seiner Jugendzeit.

Er sah aus dem Fenster. Sie hatten gerade die Kreuzung am Oberhauser Bahnhof überquert und fuhren nun auf den Kobelweg, der in den Kreisverkehr nach Neusäß mündete. Vieles hatte sich verändert. Die Bundesstraße 17 kannte er noch, aber die Straße zwischen Neusäß und der Überführung mit der Einfahrt der vierspurigen Umgehung war gänzlich anders als er es in Erinnerung hatte. Links und rechts der Straße waren Industriegebiete entstanden. Firmen, Tankstellen, ATU, Bürogebäude und ein Elektroladen waren hierher gezogen. Sogar ein modernes Restaurant war entstanden. Früher waren die Amerikaner hier. Ein Riesenareal der amerikanischen Besatzungsmacht. Die Flak-Kaserne. Er erinnerte sich an die Panzer und die anderen Militärfahrzeuge, die er täglich neugierig beobachtet hatte, während er später hier zur Realschule nach Oberhausen, einem Augsburger Stadtteil, geradelt war. Das ganze Gelände war ehemals mit einem hohen Zaun geschützt, auf dem zusätzlich Stacheldraht befestigt war. Ihm kam das ganze Gelände immer sehr geheimnisvoll vor, obwohl der riesige Platz mit den Fahrzeugen und Panzern für jeden sichtbar gewesen war. Auf der gegenüber liegenden Seite war nur eine große Wiese gewesen, die sich bis zu den Gleisen der ehemaligen Lokalbahn ausbreitete. Der Kobelweg war eine reine Verbindungsstraße zwischen Neusäß und Augsburg. Jetzt war alles verbaut worden. Der Verkehr war chaotisch und die Ampel in der Mitte der Verbindung war der unwillkommene Stauverursacher. War früher noch genügend Raum zwischen Augsburg und der Kleinstadt vorhanden, waren die beiden Orte nun zusammen gewachsen. Nur das Ortsschild machte darauf aufmerksam, dass man sich nun in der Stadt Neusäß befand. Tatsächlich war auch eine Umgehung entstanden, die den Verkehr durch einen längeren Tunnel um die Stadt leitete und die Ortsdurchfahrt dadurch von dem stetig ansteigenden Verkehr entlastete. Stöcklein schüttelte innerlich den Kopf. Nichts war mehr da von Idylle und ländlichem Charme. Es war genauso hektisch und verkehrsreich wie überall in der angrenzenden Peripherie einer größeren Provinzstadt. Dafür sorgte in erster Linie auch das riesige Klinikum mit seinen vielen Nebengebäuden.

Griesmann bog in die Hauptstraße ein. Rechts eine Eisdiele, links war doch...wo war die ehemalige Stammkneipe? Weg. Man hatte das kleine Gebäude einfach abgerissen und ein Wohnhaus war am Entstehen.

Para Pluie...seine Erinnerungen rasten zurück. Tatsächlich eine richtige kleine Stammkneipe, in der man sich ein paarmal die Woche traf. Mächtige Räusche waren daraus hervor gegangen...lange her. Tief lächelte er in sich hinein, wenn er daran dachte, dass, egal, an welchem Tag er die Kneipe betrat, eigentlich immer jemand da war, den man kannte. Und wenn man einmal doch allein am Tresen saß, war immer noch die hübsche Tochter der Besitzerin da, die dafür sorgte, dass man auch dann nicht früher gehen wollte. Die Siebziger und die Achtziger...ja, so lange her. Aber die Erinnerungen waren präsent, als ob es gestern gewesen wäre.

Sie durchfuhren den Tunnel, die Straße machte einen Bogen. Links war doch die alte Wirtschaft Schuster...auch weg? Weg. Abgerissen. Gegenüber die Apotheke und die Einfahrt in die Dorfstraße, die früher die Durchgangsstraße des Ortes gewesen war. Heute verkehrsberuhigt, aber immer noch mit den alten Gebäuden der ehemaligen Gehöfte. Immer noch der kleine Park mit dem Teich und der Ägidius-Kapelle, deren Kern aus dem 16. Jahrhundert stammt. Der Wagen rollte weiter und hielt vor der Einfahrt des Klammthaler-Hofes.

Sie stiegen aus und Stöcklein hielt einen Moment inne. Sein Blick verweilte auf dem Anwesen, auf der Einfahrt, den Gebäuden und den hellgrünen Fensterläden. Es war ihm, als ob die Zeit spurlos daran vorbei gegangen wäre. Genauso hatte er es noch in Erinnerung. Er sah die Menschen wieder, die hier wohnten und arbeiteten. Sein Schulfreund Florian als der Älteste hatte immer sehr viel zu tun. Das Vieh versorgen, die Ernte einbringen, die Felder vorbereiten. Er erinnerte sich an den kleinen Schweinestall rechts der Einfahrt. Und er erinnerte sich natürlich an die Hühner und die Küken, die sie immer in die Hand genommen hatten und das flauschige Federkleid streichelten. Sogar Hasen hatten die Klammthalers damals. Es war so lange her – fünfzig Jahre und mehr. Seltsam, dachte er, dass die Bilder immer noch so klar und präsent waren.

„Gehen wir?"

Griesmann sah ihn fragend an, bemerkte seinen fast entrückten Blick. Stöcklein nickte.

„Kennen Sie den Hof?" fragte ihn Griesmann.

Stöcklein lächelte und neigte den Kopf.

„Ja, allerdings...ich bin mit dem ältesten Sohn Florian ja zur Schule gegangen. Und wir und ein paar Freunde haben viel Zeit hier verbracht. Dort im Stadel, im Kuhstall und da, im Schweinestall."

Er zeigte auf die jeweiligen Gebäude und lächelte wissend.

„Dann wird ja dieser Fall schon mehr als persönlich, denke ich. Frischt wohl Erinnerungen auf, oder?"

Doch Stöcklein schüttelte den Kopf und nickte gleichzeitig.

„Es war nur meine Jugendzeit. Ich bin ewig nicht mehr hier gewesen. Das letzte Mal wegen eines Klassentreffens – aber nur ein paar Tage. Schöne Erinnerungen. Aber natürlich kannte ich die Klammthalers gut...wo hat man sie gefunden? Dort, im Stadel?"

Griesmann nickte und langsam gingen sie auf das große Schiebetor zu. Das ganze Gehöft war immer noch mit

Polizeibändern abgesperrt. Erst wenn die Kriminalpolizei es erlaubte, würde es wieder frei zugänglich sein.

Griesmann schob das Tor zur Seite und sie betraten den Heuschober. Sekundenlang blieben sie stehen, weil die Augen sich erst an das diffuse Licht gewöhnen mussten. Dann sah sich Stöcklein um. Überall Heuballen, links wie rechts, oben auf einer hölzernen Fläche noch mehr Ballen. Das Heu duftete intensiv und sofort holte ihn die Erinnerung daran wieder ein. Sie waren von den oberen Querbalken immer ins Heu gesprungen. Hatten viel Spaß gehabt. Dass es mitunter äußerst gefährlich sein konnte, war für die Jungs nicht relevant gewesen. Die Erinnerungen wurden plastisch und er meinte, das Lachen und Schreien der Freunde wieder zu hören, wenn sie im Heu landeten. Der Staub und der Dreck hatte ihnen nichts ausgemacht. Niemand bekam eine Allergie oder Asthma. Vielleicht waren auch noch keine aggressiven Allergene in der Umwelt wie heute, wo jeder zweite sich mit irgendwelchen Allergien herumzuschlagen hatte.

Stöcklein hob den Kopf und suchte die Balken ab, fast so, als ob er die Jungs und Flo wieder darauf erkennen konnte. Dann sah er wieder auf den Betonboden, auf dem noch immer die großen dunklen Flecken des Blutes zu sehen waren, die den ganzen schönen Erinnerungsbildern einen dumpfen Stoß verabreichten.

„Hier hat man sie aufgehängt?" fragte er. Griesmann nickte.

„Ich könnte mir vorstellen, dass es gar nicht so einfach ist, einen Menschen hier hoch zu ziehen. Man bräuchte dafür ja fast schon einen Flaschenzug. - Sehen Sie die Balken?"

Er zeigte nach oben und sah Griesmann an, der seinem Blick gefolgt war.

„Ja. Was ist damit?"

„Sie sind ja nicht rund, sondern gekantet. Haben Sie schon einmal etwas Schweres hochgezogen, ohne dass das Seil über eine Rolle lief oder zumindest der Querbalken rund war? Es ist ausgesprochen schwer und nicht einfach."

„Man braucht wohl viel Kraft und ein Seil, das sich nicht verhaken kann."

„Richtig. Was für ein Seil war das?"

„Es war ein Hanfseil."

„Dick?"

„Ja. Mit einem dicken Hanfseil…"

„Der Täter kann also kein Schwächling sein. Auch wenn die Klammthalers alt waren, wiegen sie nicht nur einen Zentner."

„Sie denken, es war auf jeden Fall ein Mann?"

„Es ist wahrscheinlich, aber muss nicht sein."

„Ich kann mir nicht vorstellen, dass eine Frau dies getan haben könnte…also, so auf Anhieb…"

Stöcklein lächelte leicht und nickte.

„Hat man dasselbe Hanfseil irgendwo anders gefunden?"

Griesmann sah ihn verwirrt an.

„Woanders? Wie meinen Sie das?"

„Na…war das Seil von hier oder wurde es mitgebracht? Das ist wichtig, denn wenn es von hier gewesen ist, dann wäre der Verdacht, dass die Tötung spontan entschieden wurde, größer."

„Ääh…Nein, wir haben nichts finden können. Es…."

„Die Morde waren also geplant…" unterbrach ihn Stöcklein.

„Könnte sein…das wissen wir nicht. Vielleicht doch ein Psychopath, der durch die Verstümmelung erst die Lust am Töten bekommen hatte."

„Weiß man, woher das Hanfseil stammt?"

„Alltägliches Baumarktmaterial. Nichts Ungewöhnliches. Ein Seil, das man überall kaufen kann."

„Ich nehme an, es wurden keine Spuren daran gefunden…"

„Nein. Nichts. Außer von den Opfern."

„Trotzdem gehörte es nicht hierher. Hat man andere Seile gefunden?"

„Ja, drüben im ehemaligen Kuhstall hängen noch etliche an der Wand, aber kein Hanfseil. Vor allen Dingen keinerlei neue Seile oder Stricke. Das hängt alles schon seit Jahren dort rum."
Stöcklein schritt durch den Stadel und sah sich um. An der Wand stand eine Heugabel, eine Schaufel und ein großer Rechen. Daneben zwei Besen, ein Eimer mit Schaufel und einem kleinen Besen darin. Eine Sense...er trat näher und begutachtete die Geräte. Dann drehte er sich zu seinem jungen Kollegen um.
„Sind die Spuren alle schon aufgenommen worden?"
„Ja. Die KTU war natürlich schon hier. Keine Spuren an den Werkzeugen."
Stöcklein drehte sich um und begutachtete den ganzen Stadel.
Er senkte den Kopf und zeigte auf den staubigen Betonboden.
„Da liegt sehr viel Staub auf dem Boden..." murmelte er.
„Äh...ja...wie immer in einem Heustadel..."
„Hat man keine Fußspuren entdeckt? Sehen Sie..."
Er ging ein paar Schritte, drehte sich um und zeigte auf die Abdrücke, die recht gut zu erkennen waren.
„Nein, keinerlei Spuren. Der Täter muss sie wohl wieder verwischt haben. Denn auch von den Opfern haben wir keine Abdrücke gefunden."
Stöcklein nickte.
„Aha."
Sonst sagte er nichts dazu.
Nachdenklich ging Stöcklein weiter. Er öffnete die hintere Türe und sah hinaus in den Garten. Dann drehte er sich wieder um und sah Griesmann, der ihm gefolgt war, in die Augen.
„Warum trennt jemand die rechte Hand seines Opfers ab und nimmt die Hand mit? Und wie geht das, dass sich gar keine Spuren zeigen? Es gibt immer etwas...und wenn es noch so winzig sein mag. Keinerlei Spuren auf dem Boden. Der Täter hat nach seiner Tat in aller Ruhe die Spuren verwischt.

Anscheinend sehr akkurat. Das ist nicht die Art einer Affekthandlung, denke ich."

„Ich frage mich dann, ob jemand wirklich ein blutiges Schauspiel planen kann, ohne dass man ihm ein krankes Hirn unterstellen kann."

„Es gibt nichts, was es nicht gibt. - Aber warum nimmt er die Hände mit?" murmelte er wieder.

Griesmann zuckte die Schultern.

„Keine Ahnung. Vielleicht empfindet er Lust dabei, mit abgetrennten Gliedmaßen zu spielen...und die Spurensicherung hat wirklich nichts weiter gefunden."

„Möglich...oder auch nicht. Setzen wir mal zwei Dinge voraus: erstens...der oder die Morde waren geplant. Dann müssen wir nach einem Motiv suchen. Ein zwingendes Motiv engt den Täterkreis weitgehend ein. Zweitens: nicht geplant...dann könnte man von einer spontanen Mordlust ausgehen. Psychopathisch, okay...krank im Kopf, ja...Lust am Morden....kann alles sein...was, wenn nicht?...geplant oder nicht geplant, das ist die Frage…"

Er starrte wieder auf die Holzbalken und schien mit sich selbst zu sprechen.

„Vielleicht sollten wir erst einmal alle Verwandten und Bekannten befragen. Möglicherweise ergibt sich daraus wenigstens ein Anhaltspunkt..."

Stöcklein nickte zustimmend.

„Ja, Sie haben recht. Kümmern Sie sich um die Nachbarn, ich werde mit der Familie sprechen."

„Okay, wann fangen wir an?"

Stöcklein drehte sich wieder um.

„Jetzt...wir dürfen keine Zeit verlieren. Wenn der Täter im näheren Umfeld zu suchen ist, müssen wir schnell sein. Denn mit jedem Tag, der vergeht, wird er selbstsicherer werden. Los geht's!!"

33

Sie planten den nächsten Tag für die Befragung aller relevanten Personen und verabschiedeten sich. Stöcklein würde zuerst Florian Klammthaler aufsuchen. Er war der einzige, der in unmittelbarer Nähe seiner Eltern wohnte. Vielleicht konnte er ein mögliches Motiv entdecken.

*

Die Türe ging auf und ein korpulenter Mann mit dunklen Haaren, die schon längst graue Ansätze aufwiesen, stand vor dem Hauptkommissar. Es war Florian Klammthaler, er erkannte ihn sofort wieder. Florian hatte sich nicht verändert. Noch immer das kantige Gesicht, kraft- und Energie strotzend. Ein Gesicht, das Durchsetzungsvermögen und Wille ausstrahlte. Florian war groß, über eins achtzig. Er hatte gewaltig an Gewicht zugelegt, wie Stöcklein fand. Aber mit sechzig Jahren war das keine Seltenheit und zeugte eben von einem genussvollen Lebensstil. Und wenn er sich selbst in den Spiegel sah, bildete auch er keine Ausnahme.
„Hallo, Flo, ich bin..." begann Stöcklein. Er hatte seinen Ausweis gezückt und hielt ihn hoch, so dass Florian ihn lesen konnte. Er las den Namen und zog die Augenbrauen nach oben. Dann sah er den Hauptkommissar überrascht an. Ein schmales Lächeln überzog sein Gesicht. Er hatte ihn auf Anhieb nicht erkannt.
„Gerd?? Du bisch des?? Des is ja eine seltene Überraschung...komm´ rein. Freut mi, dich wieder zu sehen. Auch wenn das nicht gerade der beste Zeitpunkt ist…"
„Manches kann man sich einfach nicht aussuchen...tut mir leid, was passiert ist. Hat mich tief getroffen...wirklich."
Florian lächelte schwer, gab ihm die Hand und klopfte ihm auf die Schulter. Stöcklein nickte und presste die Lippen zusammen. Er betrat den Hausflur und Florian schloss die Türe.

„Sag´ bloß, dass du des alles untersuchsch..." begann er und zeigte auf den Tisch.

„Allerdings...ich..."

„Guten Abend...." wurde er unterbrochen. Stöcklein drehte sich um und sah vor sich eine blonde Frau, die ein Spültuch in der Hand hatte.

„Oh...guten Abend, Frau Klammthaler. Ich bin Hauptkommissar Stöcklein und der leitende Ermittler in diesem Fall."

Er gab ihr die Hand und sie nickte mit einem schalen Lächeln.

„Mein tiefstes Beileid," sagte er.

„Danke..." erwiderte Frau Klammthaler.

„Setz´ dich, Gerd," sagte Florian und nickte ihm zu. Seine Frau Christa machte ein erstauntes Gesicht, als er den Hauptkommissar duzte und sah fragend Flo an.

„Gerd is a Schulfreund von mir. Wir sin zam aufgwachsn und er is nach der Polizeischule erst nach München und dann nach Hamburg gangen."

Sie zog die Augenbrauen nach oben.

„Aha...das ist aber ein schon merkwürdiger Zufall."

Sie sah Stöcklein fragend an, der den Kopf schüttelte.

„Tja, eigentlich nicht. Das Kommissariat hier hat gewaltige Personalprobleme und da ich aus Augsburg bin, hat mein Chef mich gefragt, ob ich für diesen Fall hier einspringen könnte. Zugegeben, keine schöne Gelegenheit, die alte Heimat wieder zu sehen, aber manchmal kann man es sich einfach nicht aussuchen...und da die Augsburger noch niemanden hatten, habe ich spontan zugesagt. Dass ich gleichzeitig erfahren habe, um wen es sich handelt, hat mich erst mal geschockt, aber eigentlich auch die letzte Überlegung beiseite geschoben."

Florian nickte und schnaufte geräuschvoll aus.

„I nehm mal an, du bisch jetzt dienstlich hier. Willsch was trinken?"

„ Danke, nein...Richtig. Wir müssen uns zu allererst ein Bild machen. Und darum werden mal alle Freunde, Bekannte und natürlich die Familie befragt. Das ganze ist schrecklich genug. Aber es ist unumgänglich..."

„Natürlich...frag´ nur..."

„Hast du einen Verdacht, wer und warum jemand so etwas tun könnte? Hat sich irgend etwas angedeutet? Streit, Probleme mit irgendwem oder sonstige Schwierigkeiten?"

Florian schüttelte den Kopf. Er hatte nicht den geringsten Verdacht.

„Nein...i hab´ ned die leiseste Ahnung. I denk, da is jemand durchgedreht und vollkommen irre worn. Meine Eltern haben niemandem was tan und i ko mi wirklich ned erinnern, dass sie mit irgend jemand Streit hatten. In die letzten Joahr sowieso ned. Ned mol a Meinungsverschiedenheit. Warum au? Sie warn alt und ham den Hof doch kaum no verlassen. Getroffen haben sie sich doch bloß mit a paar Freund und meim Onkel und der Tante."

Stöcklein nickte. Er hatte nichts anderes erwartet.

„Ich muss dich leider auch so etwas fragen...wie sind die Besitzverhältnisse? Wer erbt? Hat jemand Anspruch auf die Felder oder Grundstücke? Wie geht's jetzt weiter?"

„In erster Linie sin wir drei die Erben. I, Gertrud und Sabine. Ein Teil geht au an mein Onkel. Das is im Testament auch so verfügt worden. In beiden Testamenten."

„Beiden Testamenten?"

„Ja. Vater und Mutter. Sie haben beide a Testament gmacht, weil sie ja beide Eigentümer sin. Im Falle des Falles auf Gegenseitigkeit."

„Verstehe...und...wo warst du an diesem Montag, dem 8. September nachmittags zwischen fünf und neun Uhr abends? - Tut mir leid, ich muss das fragen wegen des Protokolls..."

Stöcklein zuckte die Schultern und sah ihn aufmerksam an.

„Scho gut...is scho klar. I war bis eins arbeiten und dann aufm Bau. Es warn no zwoi Installateure und ein Elektriker da. Kurz nach fünf hamma die Baustell wieder verlassen. Zusammen...wir warn no in der Kneipe bis etwa acht."

„Okay..."

Er sah Christa an.

„Und Sie?"

„Ich? I war bei meiner Schwiegertochter in Hammel. Wir ham die große Feier zum Neunzigsten meines Schwiegervaters geplant...aber jetzt is des ja..."

Tränen liefen ihr über das Gesicht und Florian legte seine Hand auf die ihre.

„Ja, alles klar...ich..."

„Wer kann denn so was bloß tun?" fragte Florian und sah Stöcklein an.

„Ich weiß es noch nicht. Aber ich werde es heraus bekommen, Flo. Ich werde es herausfinden..."

Er stand auf und verabschiedete sich. Es war für heute genug für die beiden Menschen.

„Ich meld´ mich, wenn ich noch etwas wissen muss. Mein allerherzlichstes Beileid nochmal..."

Florian nickte. Man konnte beiden den schweren Schock immer noch ansehen.

An der Türe drehte er sich noch einmal um.

„Woisch, wann meine Eltern für die Beerdigung freigegeben wern?" fragte ihn Florian.

„Sobald alle Berichte fertig sind. - Ich kümmere mich darum..."

„Danke...bis bald, Gerd..."

„Mach´s gut, Flo...ich melde mich. Wiedersehen Frau Klammthaler..."

Er winkte beiden kurz zu und verließ das Haus.

Als er wieder im Wagen saß, starrte er gedankenverloren durch die Windschutzscheibe. Er würde mit den anderen Geschwistern noch sprechen müssen. Auch mit den Nachbarn und mit den Freunden, die in diesem hohen Alter noch verblieben waren.

Er ließ den Motor an. Während er auf dem Schotterweg zur Straße rollte, wurde ihm bewusst, dass dieser Fall alles andere als einfach aufzuklären sein würde. Wer brachte schon aus reinem Spaßvergnügen alte Menschen um? Natürlich gab es immer wieder mal solch abstrakte Mordfälle, aber er glaubte nicht an einen Psychopathen. Gleichzeitig wusste er, dass die Möglichkeit natürlich auch in Betracht gezogen werden musste. Sie müssten schleunigst die Vermögensverhältnisse der Klammthalers recherchieren. Er würde ein Ausschlussverfahren für ein Motiv eröffnen. Das Einfachste war die Offenlegung des Gesamtvermögens und des testamentarischen Erbes. Oft genug fand man ein schlüssiges Motiv im Materiellen, sprich Geld, Immobilien und Grundstücke. Und Stöcklein war sicher, dass noch genügend Felder vorhanden waren, die vielleicht bereits Bauerwartungsland waren. Denn dann ging es mit Sicherheit um Millionen.

Während sein kriminalistischer Sachverstand die nächsten Schritte einleitete, merkte er nicht, dass er vollkommen unbewusst vor der Einfahrt in den Klammthalerhof stand. Etwas erstaunt sah er sich um. Gerade wollte er wieder wenden, da entschied er sich anders, parkte das Auto und stellte den Motor ab. Es war bereits Abend geworden und die Dämmerung legte sich über den verlassenen Hof. Er öffnete das Handschuhfach und holte eine Taschenlampe heraus. Dann stieg er aus und betrat den Hof. Die Kieselsteine knirschten unter seinen Schritten und bedächtig schritt er auf die Scheune zu. Da der Tatort mittlerweile wieder frei gegeben worden war, konnte er auch keine Absperrbänder mehr sehen. Das

Scheunentor hatte kein Schloss. Es war nur zugezogen worden. Mit beiden Händen griff er in den Metallbogen, mit dem man das Tor aufschieben konnte. Die alten rostigen Rollen machten ein quietschendes Geräusch, als er das schwere Tor zurückschob. Dann betrat er die Scheune. Es war dunkel darin und augenblicklich konnte er die Hand vor den Augen nicht mehr sehen. Dafür nahm er eine Bewegung gegenüber wahr. Nur kurz, nur schemenhaft, aber er war sicher, dass sich jemand in der Scheune befand. Er schaltete die Taschenlampe ein und leuchtete bis zur gegenüberliegenden Wand. Aber niemand war da. Er konnte nichts sehen. Er trat ein paar Schritte vor, hielt inne und lauschte. Nichts. Er schaltete die Lampe wieder aus und schloss die Augen. Vehement konzentrierte er sich auf ein Atmen, ein Geräusch, ein Scharren. Aber er konnte nichts wahrnehmen. Hatte er sich vielleicht doch getäuscht? Er schaltete die Taschenlampe wieder ein und ließ den Lichtkegel von links nach rechts wandern. Dann nach oben, zwischen die Heuballen, wieder nach unten. Nichts. Er musste sich getäuscht haben. Vielleicht spielte ihm seine Fantasie einen Streich, weil der Ort der Tötung etwas Unheimliches an sich hatte.

Langsam ging er vorwärts. Der Lichtkegel wanderte über die hölzernen Wände, über die Holzbalken und über die Heuballen. Schemenhaft und mystisch zugleich spielten die diffusen Schatten mit seiner Fantasie. Es bildete sich ein seltsamer Tanz aus imaginären Figuren, die sich ständig bewegten und den Mann schlagartig aufmerksamer werden ließ. Da...wieder eine Bewegung, die nicht durch den Lichtkegel der Taschenlampe entstehen konnte. An der gegenüberliegenden Wand, eine sichtbare Bewegung. Jemand war hier und Stöcklein spürte dessen Anwesenheit ganz genau. Sein Herzschlag beschleunigte die Schlaggeschwindigkeit.

„Hallo??!! Polizei...kommen Sie raus, ich habe Sie gesehen. Treten Sie sofort in den Lichtkegel...! Sie befinden sich in polizeilicher Sperrzone."

Seine Stimme war scharf und auffordernd. Aber nichts geschah. Es trat niemand heraus. Stöcklein schaltete die Lampe aus und ging in die Knie. Er hielt den Atem an und legte eine Hand auf seine Dienstwaffe, die an seinem Gürtel befestigt war. Er lauschte. Mit aufgerissenen Augen versuchte er, die Dunkelheit zu durchdringen. Die Wände des alten Stadels waren nicht geschlossen. Durch die Ritzen der Holzplanken konnte er jetzt das letzte Licht des Tages eindringen sehen. Sein Blick konzentrierte sich auf die hintere Bretterwand. Langsam gewöhnte er sich an die Dunkelheit. Da...schon wieder eine schemenhafte Bewegung. Die Gestalt kauerte an der Bretterwand. Stöckleins Blick brannte sich in das unförmige dunkle Etwas, das zusammengesunken dort hinten an der Wand lehnte. Er konnte das leise Atmen hören – und er konnte etwas anderes riechen als das duftende Heu. Es war...es war wie...er versuchte, den Geruch zu definieren. Es war beileibe kein Parfüm...es war wie...wie eine Creme...allerdings nichts angenehmes...oder wie etwas abgestandenes...Kleidung, ja...es roch wie Kleidung...abgestandene ungewaschene Kleidung...

Stöcklein erhob sich und machte ein paar schnelle Schritte nach vorne. Gleichzeitig schaltete er die Taschenlampe wieder ein und im Lichtkegel konnte er für einen Sekundenbruchteil die Gestalt wahrnehmen. Sie hatte eine weite Kapuze auf und er konnte kein Gesicht erkennen. Blitzschnell sprang sie auf und huschte zu der hinteren Türe.

„Stehenbleiben!!! Sofort!!! Bleiben Sie stehen... Polizei!!! Halt...."

Die Gestalt hörte nicht. Mit einem gewaltigen Satz war sie draußen und Stöcklein hörte sich schnell entfernende Schritte. Der Eindringling rannte davon. Stöcklein stürmte nach draußen und suchte mit der Taschenlampe den flüchtenden Menschen. Doch der war schon verschwunden. Das Gras verschluckte die Geräusche und die großen Zypressen ließen es nicht zu, dass er weiter sehen konnte als es der Lichtkegel seiner Lampe erlaubte.

Tief ausatmend stand er da und presste enttäuscht die Lippen zusammen. War er gerade dem Mörder begegnet oder war es nur ein neugieriger Nachbar, der den Tatort besichtigen wollte? Er beleuchtete den Boden vor sich. Lockerer Sand und Erde lagen vor der hinteren Scheunentüre. Ein Fußabdruck. Stiefel. Na also, wenigstens etwas…

*

Er beugte den Kopf vor, um besser sehen zu können. Vor ihm lag der Gipsabdruck, den die KTU von den Spuren des mysteriösen fremden Mannes oder Frau gemacht hatte.

„Schuhgröße 46...Ich denke, es ist ein Mann. Ich habe Ihre Abdrücke mit denen des gefundenen verglichen, Herr Stöcklein. Fast gleiche Tiefe in einem identischen Boden. Sie wiegen vielleicht 85 Kilo? Schätzungsweise..."

„Knapp neunzig..."

„Nun, wenn dieser Besucher dasselbe wiegt wie Sie, können wir von einem Mann ausgehen. Was denken Sie?"

Richard Brandel sah ihn fragend an.

„Sieht so aus...nach einer Frau sah der Bursche in seinem ganzen Bewegungsablauf auch nicht aus. Er war auch groß, größer als ich. - In meinem Alter ist es gar nicht so einfach, einen Flüchtenden zu verfolgen. Das war leider nicht möglich...hab´ ihn auch nicht mehr gesehen bei der Dunkelheit."

„Tja, die Frage ist jetzt, wie wir den passenden Schuh dazu finden werden..."

„Ich werde einfach alle Nachbarn, Verwandte und Freunde nach ihren Schuhen fragen."

„Wie bitte?"

Brandel sah ihn etwas konsterniert an. Das konnte der Hauptkommissar nicht ernst meinen. Stöcklein hatte die Unterlippe vorgeschoben und zuckte mit den Schultern.

„Wie könnte ich den Mann sonst finden?"

„Aber...Sie wissen schon, dass da vielleicht einige hundert Schuhe in Frage kommen könnten..."

„Ich hab´ Zeit," grinste Stöcklein ihn an. Natürlich war es nicht möglich, den Besitzer der Schuhe dadurch zu finden.

„Ist das jetzt Hamburger Humor?" fragte Brandel ihn.

„Nee...meiner. Egal. Wahrscheinlich war es eh ein Nachbar oder Bekannter, der den Tatort aus nächster Nähe sehen wollte. Ich glaube nicht, dass der oder die Täter zurück gekommen ist, nur um sich im eigenen Ruhm zu sonnen. Wir werden Schritt für Schritt vorgehen müssen. Griesmann hat schon begonnen, die Nachbarn zu befragen...und ich werde mich mal um die Verwandtschaft kümmern. Irgendwo muss doch ein Motiv begraben sein..."

„Und wenn´s keins gibt?"

„Ein spontaner Doppelmord? Ohne einen Hinweis auf einen Überfall oder Raub? Ich denke, das wäre zwar eine Möglichkeit, aber ausgesprochen vage. Natürlich müssen wir auch das in Betracht ziehen."

„Na, bin gespannt, ob Sie fündig werden...ich muss wieder ins Labor. Wir sehen uns, Kommissar. Wenn ich noch etwas Wichtiges entdecke, lasse ich es Sie wissen. Bis dahin..."

Brandel verabschiedete sich und ließ Stöcklein mit seinem Schuhabdruck alleine. Ein Merkmal war zumindest auffallend. Da, wo der große Zehballen sein musste, befand sich eine runde Vertiefung. Wie wenn in der Sohle irgend etwas stecken musste. Klein und rund, wie ein Nagelkopf. Nachdenklich stand er noch etliche Minuten vor der Gipsform und überlegte die nächsten Schritte.

Sein Handy klingelte.

„Stöcklein...“

„Polizeipräsidium Augsburg...Daniela Schäfer...Hallo, Herr Stöcklein...wo sind Sie denn gerade? Hier ist Besuch für Sie.“

„Ich bin in der KTU...welcher Besuch denn?“

„Verstärkung aus Berlin...“

Überraschung.

„Tatsächlich? Ich bin in fünfzehn Minuten da...ist ja großartig...“

Als er die Türe zum Vorzimmer öffnete, sah er Daniela Schäfer telefonierend an ihrem Schreibtisch sitzen. Mit der Hand zeigte sie in das verschlossene Büro des Kommissars. Er nickte und trat ein. Auf einem der beiden Stühle vor dem Schreibtisch saß eine Frau und sah ihn lächelnd an. Sie stand auf und gab ihm die Hand. Stöcklein war überrascht.

„Ich nehme an, Sie sind Hauptkommissar Gerd Stöcklein? Ich bin Kommissarin Jasmin von Heesen aus Berlin. Meine Dienststelle hat mich hierher geschickt, um Ihnen bei diesem Fall zu helfen. Herr Meitinger sagte, ich soll gleich in ihr Büro gehen – und Frau Schäfer war so nett, mich herein zu lassen.“

„Freut mich, Sie kennen zu lernen. Ich bin froh, dass Sie da sind. Wir haben wirklich eine Menge zu erledigen. Der Fall erfordert umfangreiche Ermittlungen und vor allem Befragungen. Und wie immer haben wir eben keine Zeit.“

Er sah ihr in die dunklen Augen. Sie war ein Mischlingskind. Mutter oder Vater wohl dunkelhäutig. Obwohl sie selbst für einen Mischling noch zu helle Haut hatte. Ihre Abstammung war trotzdem unübersehbar. Sie war schlank und sportlich. Eine lose bequeme Jacke fiel ihr bis auf die Hüften. Sie war zweifellos eine attraktive Frau. Mit einem undefinierbaren

Alter. Stöcklein schätzte sie auf Mitte vierzig bis fünfzig. Vielleicht auch darüber.

„Setzen Sie sich bitte. Ich werde Sie über den momentanen Stand informieren."

Doch sie winkte ab.

„Nicht nötig. Frau Schäfer hat mich bereits über alles informiert. Ich würde nur noch gern den Obduktionsbericht lesen...und möchte natürlich wissen, wo wir stehen."

Stöcklein nickte überrascht und war sehr angetan von ihrer pragmatischen Art. Er setzte sich in den Sessel und lehnte sich zurück.

„Nun. Im Moment suchen wir zu aller erst nach einem Motiv. Es sieht so aus, als ob die Morde geplant waren. Das Seil, an dem die beiden alten Leute aufgehängt worden waren, stammte nicht vom Hof. Es wurde weder etwas gestohlen noch wurden Einbruchsspuren gefunden. Beiden wurde die rechte Hand abgetrennt. Wir haben sie auch nicht gefunden. Der oder die Täter müssen sie mitgenommen haben...und ich denke, ein Raubmord scheidet damit aus."

„Ein Psychopath? Das ist schon sehr ungewöhnlich...gibt es ähnliche Fälle in der Gegend? Oder in der jüngsten Vergangenheit?"

Stöcklein schüttelte den Kopf.

„Nein, es ist nichts bekannt..."

„Ein geplanter Mord oder spontane Mordlust?"

„Kann sein...kann nicht sein...möglicherweise war es wirklich eine spontane Entscheidung, aber..."

„Aber?"

„Wenn das alles aus reiner Mordlust geschehen ist, dann habe ich im Moment Probleme mit dem Hanfseil. Bringt jemand wirklich sein eigenes Seil mit, um zwei Menschen daran hochzuziehen? Schließlich ist das ja gar nicht so einfach. Beide waren nicht unbedingt vierzig Kilo Menschen. Eine andere

These These wäre ein geplanter Mord...wovon ich eigentlich ausgehe."

„Sie meinen, jemand tötet die beiden, um ein bestimmtes Ziel zu erreichen? Fragt sich, was für eins. Und es stellt sich die Frage – und da haben Sie bestimmt recht – warum man sich dann die Mühe macht, zwei Menschen mit den Füßen aufzuhängen, um seine Arbeit zu verrichten. Da gibt's bestimmt einfachere Methoden...und schnellere."

„Vielleicht wollte der Täter dadurch irgend etwas erfahren."

„Das hätte er sicherlich, aber wenn weder Einbruchsspuren noch ein Hinweis auf mögliche Wertsachen existierten, dann wäre das doch aufgefallen, denke ich. Gibt es Kinder und Familien?"

Stöcklein war aufgestanden und ging langsam hin und her.

„Sicher, die gibt es. Vielleicht geht es wirklich nur ums Erbe. Der Kollege Griesmann ist gerade beim Notar und holt die Kopien der Testamente ab."

Er war stehen geblieben und sah sie ernst an.

„Die Klammthalers sind eine alteingesessene Familie mit einem bereits seit Generationen gehörenden Grundbesitz. Also schon mal ein guter Grund für ein Motiv."

„Dann würde ich mal vorschlagen, wir beginnen mit den Befragungen und schauen mal, wer am ehesten einen Grund haben könnte. Wenn es ums Erbe geht, hat schon so mancher ins Gras gebissen. Geld, Gier, Hass und Rache liegen da immer nah beieinander."

Stöcklein nickte. Sie hatte Recht. In diesem Moment klopfte es an der Türe.

„Ja, bitte...herein..."

Griesmann trat ein und nickte ihm freundlich zu. Dann fiel sein Blick auf die Frau.

„Ich habe die Kopien vom...Oh...Entschuldigung...ich wusste nicht, dass Sie Besuch haben..."

„Nein, nein, schon gut...das ist Jasmin von Heesen, Kommissarin aus Berlin, die für unseren Fall freigestellt worden ist. Sie wird uns unterstützen. Frau von Heesen, das ist Rolf Griesmann."

Sie stand auf und gab ihm lächelnd die Hand.

„Bitte...vergessen Sie das ´von`. Sehr erfreut, Herr Griesmann. Ich hoffe, ich kann hier weiterhelfen."

„Mich freut´s erst. Jede Hilfe ist willkommen. Die Befragungen nehmen viel Zeit in Anspruch..."

Lächelnd sah er die Frau an. Die ist hübsch, dachte er sich. Nicht mehr ganz jung, aber sehr attraktiv…

Stöcklein unterbrach ihn in seinen Gedanken.

„Waren Sie beim Notar?"

„Ja, hier sind die Testamente..."

Er überreichte ihm eine Mappe und Stöcklein setzte sich wieder an seinen Schreibtisch. Hastig las er die Schriftstücke durch, dann gab er sie weiter an die Kommissarin.

„Nichts Überraschendes...Florian bekommt genauso viel wie seine beiden Schwestern. Sein Onkel und seine Tante, die ein Stück weiter einen eigenen Hof haben, bekommen ein paar Felder. - Also, nichts aufregendes…"

Er übergab Jasmin die Dokumente.

Jasmin von Heesen las aufmerksam die Testamente.

„Warum nennen Sie den Sohn beim Vornamen, Herr Stöcklein?"

Sie sah ihn nicht an, während sie die Frage stellte.

„Er ist ein Schulfreund von mir. Wir sind zusammen aufgewachsen. Ich stamme von hier…"

Überrascht hob sie den Kopf und blickte ihm ein wenig ungläubig in die Augen. Fast schon erschrocken.

„Wirklich? Das ist ja ein sehr unerfreuliches Wiedersehen, kann ich mir vorstellen. Hätten Sie sich nicht einen besseren Grund für eine Rückkehr einfallen lassen können? Oder wussten Sie gar nicht, wer die Opfer waren?"

Sie lächelte ihn an und Stöcklein nickte.

„Hätte ich, stimmt schon. Es kam auch für mich überraschend und...Ist es...ja, tatsächlich ist es relativ persönlich. Ich kannte auch die beiden Opfer...aber...trotz allem bin ich der leitende Ermittler. Und ich will herausfinden, was und warum das hier passiert ist...schon um der Familie willen."

Jasmin nickte und auch Griesmann bestätigte sein Engagement.

„Dann lassen Sie uns beginnen..." sagte die schöne Kommissarin und stand auf.

„Gut. Fahren Sie mit Herrn Griesmann zu den Nachbarn und Freunden. Sehen Sie sich vorher noch den Tatort und die Umgebung an. Ich kümmere mich um die Kinder."

„Jawohl, Chef," sagte lächelnd Griesmann und wandte sich zur Türe.

„Ach, noch etwas..."

Beide drehten sich wieder um und sahen ihn fragend an. Stöcklein war aufgestanden und trat um den Schreibtisch herum. Er hatte den Kopf geneigt und lächelte.

„Ich habe da so eine Eigenart an mir...Da wir ja jetzt so eine Art `SOKO´ sind, schlage ich vor, die Förmlichkeiten sein zu lassen. Die Ermittlungen könnten ja länger dauern. Wir brauchen uns nicht zu siezen. Ich bin Gerd...einverstanden?"

Beide lachten auf. Stöcklein war ganz nach ihrem Geschmack.

„Klasse...ich bin Rolf..."

„Sehr schön...ich bin Jasmin..."

Stöcklein nickte.

„Los geht's...."

„Gehen wir, Rolf..." sagte augenzwinkernd Jasmin und sie verschwanden durch die Türe.

Stöcklein nahm seine Jacke vom Haken und machte sich auf den Weg zu den Geschwistern von Florian. Gertrud hieß noch immer Klammthaler. Sie lebte zwar schon lange mit einem Mann zusammen, aber hatte nie geheiratet. Kinder konnte sie keine bekommen. Sabine, die Jüngste, war ganz anders. Sie hatte eine Familie mit fünf Kindern. Nur noch ein einziges wohnte bei ihr und dem Ehemann Albrecht. Bei ihnen wollte Stöcklein anfangen. Sabine war elf Jahre jünger als er. Aufgrund des Altersunterschiedes hatte er sie auch früher niemals näher kennen gelernt. Sie war eben nur die kleinste Schwester. Gertrud kannte er schon näher. Oftmals hatte sie Florian mitgenommen, wenn sie zusammen in die Disco gefahren waren. Aber der Kontakt mit ihr hielt sich in Grenzen. Stöcklein fuhr auf eine andere Art von Mädchen ab. Und Schwestern der Freunde waren sowieso grundsätzlich tabu. Er lächelte in sich hinein. Die Konfrontation mit der Vergangenheit setzte eine ganze Reihe längst vergessener Bilder wieder in Szene. Fußball, Kneipen, Alkohol, Mädchen, Disco...Ferien...Schwimmbad...

Auf dem Weg hatte er sich doch anders entschieden und fuhr zuerst zu Gertrud, der mittleren der Geschwister. Als ihm die Türe geöffnet wurde, erkannte er Gertrud auf Anhieb. Außer dass sie älter geworden war, sah sie noch genauso aus wie damals. Den Klammthaler-Ausdruck konnte sie nicht verleugnen. Wie die anderen Geschwister auch.
„Hallo, Gertrud, ich bin Gerd...Gerd Stöcklein...Hauptkommissar und der leitende Ermittler in eurem Fall."
Er lächelte sie leicht an und war sich nicht sicher, ob sie ihn auch wieder erkennen würde. Doch sie nickte.
„Ja, i woisch scho. Flo hat mi angrufen und mi informiert. Schön dich wieder zu sehen. Wenngleich das wohl der schlechteste Zeitpunkt is. - Komm´ rein, bitte..."
Sie trat zur Seite und Stöcklein trat ein. Sie ging voraus ins Wohnzimmer, wo gerade ein Mann aufstand.
„Guten Tag, ich bin Richard Dollinger. Der Lebensgefährte von Gertrud..."
Sie gaben sich die Hände.

48

„Setz' dich, Gerd. Irgendwas zu trinken?"

„Nein, danke. Ich werde nicht lange bleiben. Ich brauche lediglich eure Aussagen für den betreffenden Tag."

Sie setzten sich an den runden Tisch und Stöcklein beobachtete Richard Dollinger. Sein erster Eindruck von dem Mann war zwiespältig. Einerseits war er freundlich und höflich, auf der anderen Seite wirkte er undurchschaubar, fast ein bisschen abwesend und desinteressiert.

„Habt ihr viel Kontakt zu den Eltern gehabt?" fragte er beiläufig.

„Nicht so oft, aber regelmäßig. I hab immer mal wieder vorbei gschaut, ob alles in Ordnung is."

„Hat sich irgend etwas verändert in letzter Zeit? Probleme, Ärger mit Nachbarn oder anderen?"

Gertrud schüttelte den Kopf.

„Nein, mir is nichts aufgefallen. Allerdings sin sie scho lang im Streit mit dem Hofer."

„Hofer? Wer ist das?"

„Ein zugezogener Landwirt, der die angrenzenden Felder bewirtschaftet. Hat immer mal wieder Streitereien wegen den Grenzen gegeben. Is allerdings scho lang her."

„Was für Streitereien? Im Grundbuch ist doch alles geregelt, denke ich…"

„Sollte schon. Ist es aber nicht wegen der Grenzsteine…" mischte sich jetzt Dollinger ein.

„Wieso? Wie meinen Sie denn das?"

„Na, die Eintragungen stimmten nicht mit den Grenzsteinen überein. Irgend jemand hat die einmal versetzt. Und ich tippe auf den Hofer und seine Sippe."

„Sie halten wohl nicht viel von denen…" bemerkte Stöcklein.

„Niemand hält viel von denen. Die sind vor zwanzig Jahren gekommen, haben alles mögliche aufgekauft und wollen immer noch mehr. Er wollte auch vier Felder von meinem Schwiegervater haben, aber der hat abgelehnt. Ich bin sicher,

49

dass der Hofer die Steine versetzt hat um damit einfach eine Handhabe und Druckmittel zum Verkauf haben zu wollen. Ich trau denen alles zu..."

Stöcklein bemerkte, dass Dollinger keinen Akzent sprach. Er hörte sich auch nicht so an, als ob er mit Absicht ohne den typischen Akzent der Gegend sprach. Er kam nicht von hier.

„Das sind schwerwiegende Anschuldigungen, Herr Dollinger. Haben Sie dafür Beweise oder Indizien, die dafür sprechen?"

„Nein. Natürlich nicht. Dazu ist der viel zu schlau. Und die beiden Söhne auch..."

„Wann begann denn der Streit?"

Er wandte sich wieder Gertrud zu.

„A paar Joahr, nachdem sie hier den Hof der Schwäglers übernommen hatten. Aba nachdem mei Vater ihm unwiderruflich klargmacht hat, dass er ned verkaufen würde, war dann au Ruhe. Zumindest hab i nichts mehr drüber ghört. Eine gewisse Feindschaft besteht allerdings nach wie vor. - Landwirte vergessen ned so schnell. Die sin stur und in solchen Dingen unversöhnlich."

„Hat sich dann wenigstens der Streit um die Grenzsteine aufgeklärt?"

Sie zuckte die Schultern.

„Koi Ahnung. So viel i wois, ist der Grundbucheintrag maßgebend. Vielleicht wurden die Steine au wieder an die richtige Stelle versetzt. I wois es ned..."

„Du vergisst die Klage, die die Hofers einmal gemacht hatten..."

„Klage? Welche Klage?"

„Stimmt. Die ham meine Eltern amol verklagt wegen Landfriedensbruch. Ham behauptet, dass mei Vater über seine Felder gfahren sei und mit der Egge alles kaputt gmacht hat. Und dass er in seinem Stall eibrochen sei und die Maschinen manipuliert hat."

„Wirklich? Und was ist daraus geworden?"

50

„Die Klage wurde natürlich abgwiesen, weil der Schaden nimmer nachweisbar war. Also war au ned sicher, ob überhaupt ein Schaden entstanden war. Mei Vater hat den Hofer damals ausglacht. Vor allen Leuten...da hob i dacht, der bringt den no um. Also bildlich gesprochen natürlich. Des konnt i mir jetzt doch nicht realistisch vorstellen."

„Ist ja interessant. Wir werden der Sache nachgehen."

Er sah die beiden nacheinander an.

„Ich muss das noch fragen...wo wart ihr an diesem Montag zwischen fünf und neun?"

„I bin erschd um halb sechs von der Arbeit komma und der Ritschi um sechs. Dann war ma den ganzen Obend dahoim."

Stöcklein nickte. Er stand auf.

„Danke für die Informationen. Mein aufrichtiges Beileid nochmal..."

Er gab beiden die Hand und verabschiedete sich.

´Soso`, dachte er. ´Also gibt's doch Menschen, die die Klammthalers gehasst hatten`.

Sein Telefon klingelte.

„Stöcklein", meldete er sich. Es war Jasmin.

„Hier Jasmin. Wir sind gerade bei den Nachbarn der Klammthalers. Die sagen, seit einiger Zeit lungert so ein Obdachloser rum. Nicht jeden Tag, aber sie haben ihn jetzt schon öfter gesehen..."

„Beschreibung?"

„Groß, schlank, schwarze Baskenmütze. Hat einen Rucksack und eine dunkle Tasche bei sich. Trägt einen Parka. Sieht wohl recht abgerissen aus."

„Okay. Möglicherweise könnte das derjenige sein, der in der Scheune war, als ich ihn aufgescheucht habe. Macht mal eine genaue Beschreibung und dann sollen die Streifen Ausschau halten. Den schauen wir uns genauer an."

„Ist gut. Bis später. Wo bist du gerade?"

„Ich war bei der Schwester von Florian. Sie hat mir was Interessantes erzählt. Besprechen wir im Präsidium."

„Gut. Bis dann…"

Als er im Auto saß, überlegte er noch, ob er gleich ins Büro fahren sollte. Aber dann entschied er sich, die andere Schwester, Sabine, noch aufzusuchen. Er suchte die Adresse. Kutzenhausen. Ein kleinerer Ort westlich von Augsburg. Er startete den Wagen und fuhr los.

Sabine war die jüngste der Klammthaler-Geschwister. Früh hatte sie ihren späteren Mann kennen gelernt und eine Familie gegründet. Stöcklein kannte sie nur flüchtig. Als er schon Jugendlicher gewesen war, war Sabine noch nicht einmal in der Schule. Er bog in die B 300, der Ausfallstraße Richtung Westen, ein. Doch er blieb nicht auf der verkehrsreichen Anbindung. Unterhalb des Sandbergs bog er rechts ab, um ein bisschen über das Land zu fahren. Er erreichte den kleinen Ort Biburg, bog mittig links ab. Durch den Wald, den Hang hinunter, Rommelsried. Noch kleiner, keine Geschäfte, keine Tankstelle – nur ein Ort zum Wohnen. Eine einzige Bushaltestelle. Weiter durch den Weiler Unternefsried, dann Agawang. Er war vollends auf dem Land. Wenig Verkehr, idyllisch, Erinnerungen krochen hoch. Ja, er kannte diese Orte von früher. Viel hatte sich nicht geändert, außer dass die Durchgangsstraßen neue Beläge bekommen hatten. Natürlich auch ein paar Häuser mehr. Die Landwirte und deren Familien lebten immer noch dort. In Agawang bog er links ab Richtung Kutzenhausen. Ein größerer Ort, mit Rathaus und Schule. Die ganze Umgebung lebte mehr oder weniger von der großen Brauerei, die sich nach wie vor auf den Heimdienst spezialisierte.

Das Navi dirigierte ihn in eine Seitenstraße, dann in eine Sackgasse, deren Ende ein kreisrunder größerer Platz gestaltete, an dem man wenden konnte. Das letzte Haus rechts.

Er parkte den Wagen und stieg aus. Während er klingelte, ließ er den Blick über das Wohnhaus und den Garten gleiten. Das Grundstück war groß, so wie es vor Jahrzehnten noch üblich war. Das weißgetünchte Haus verbreitete neben einem rustikalen Eindruck durchaus auch das Moderne. Solarzellen auf dem Dach, Doppelgarage, ein überdachter Carport. Moderne Namensschilder mit Sprechanlage. Sabine und ihre Familie lebten nicht schlecht. Die Türe öffnete sich und eine schlanke Frau trat heraus. Auch wenn sie eine gänzlich andere Erscheinung war, sah man durchaus einen Klammthalersprössling heraus. Die Mimik war dieselbe, auch wenn das nur jemand bemerken konnte, der auch die gesamte Familie kannte.

„Ja, bitte?" fragte sie.

„Hallo, ich bin Gerd Stöcklein. Hauptkommissar Gerd Stöcklein von der Kripo. Ich hätte Sie gerne gesprochen, wenn das möglich wäre."

„Kripo? Ja...ja...natürlich. Komm´S bitte, das Türchen ist offen."

Er trat ein und gab ihr die Hand. In der anderen hielt er seinen Dienstausweis.

„Mein herzliches Beileid, Frau Hendrich. Ich bin beauftragt, den Fall zu bearbeiten und hoffentlich aufzuklären."

Sie nickte und zeigte nach innen.

„Komm´ S rein, bitte. Mei Mo is no in der Arbeit."

„Danke. Macht nichts. Ich hätte im Moment nur ein paar Routinefragen."

„Wie war nochmal Ihr Name? Stöcklein?"

Sie stutzte kurz und sah ihn genauer an.

„Stöcklein? Gerd Stöcklein? Sin Sie der Stöcklein, der mit meim Bruder zur Schul gangen is?"

Stöcklein lächelte.

„Ja, bewundernswertes Erinnerungsvermögen. Richtig, Flo ist ein Schulfreund."

Sie schüttelte ungläubig den Kopf.

„Und ausgrechnet Sie müssn unser Drama untersuchen? Nicht beneidenswert…."

„Ich muss nicht. Hab´ mich freiwillig gemeldet, weil das Augsburger Kommissariat einen Personalengpass hat. Ich bin eigentlich in Hamburg ansässig."

Sie standen im großzügigen Wohnzimmer mit einer eleganten Essecke.

„Setzen wir uns?"

Sie zeigte auf den Tisch.

„Wolln´ S was zu trinken?"

„Ein Wasser wäre gut, danke."

Sie holte ein Glas heraus, zog eine Flasche Wasser aus dem Kühlschrank und schenkte ihm ein.

„Is es ned komisch, nach so langer Zeit zurück zu komma? Und dann no aus diesen Gründen."

Sie setzte sich ihm gegenüber. Er erkannte jetzt im Licht ihre blasse Gesichtsfarbe. Ihre freundliche Art, mit ihm zu reden, täuschte nicht darüber hinweg, dass der Schock des Verbrechens tief in ihr saß. Sie konnte sich außerordentlich gut beherrschen.

„Gibt´s scho was Neues?"

„Wir haben ein paar Spuren. Aber es muss erst die ganze Routine ausgewertet werden. Wir sind noch am Anfang."

Ihr Blick wurde starr und sie nickte schwer.

„Wer macht so was? Und warum? Des kann doch bloß a Wahnsinniger sei, oder?"

„Schon möglich. Wir ziehen natürlich alle Möglichkeiten in Betracht. - Ich muss Sie das jetzt fragen. Wo waren Sie an dem Tag? Sie, Ihr Gatte, die Kinder."

„I war do. Zwoi meiner Kinder leben no dahoim. Mei Mo war in der Arbeit und kam so gegen fünf hoim."

„Wo arbeitet Ihr Mann denn?"

„Er is Fahrer bei der Brauerei."

„Beim Rapp?"

Sie nickte.

„Fällt Ihnen vielleicht jemand ein, der im Streit mit Ihren Eltern war. Früher, jetzt oder irgendwann?"

„Na. Meine Eltern ham den Hof doch kaum no verlassen. Besuch kam höchstens mal vom Wagner. Oder vielleicht no von den Nachbarn. Der Bruder von meim Vater wohnt ja au mit der Familie aufm Nachbarshof."

„Ja, ich weiß schon. Also niemand, der ein Interesse am Tod Ihrer Eltern haben könnte? Oder einen Vorteil vielleicht."

Sie schüttelte den Kopf.

„Na. Bestimmt ned. Der Hofer hat vielleicht Interesse an den Feldern, aber es wird sich an den Besitzverhältnissen im Moment ja nichts ändern."

„Mit dem Hofer hatten die Eltern mal gehörigen Streit, wie ich hörte."

„Ja, der Hofer is a sehr unangenehmer Kerl. Der hat nichts Freundliches an sich. Er hat zwei Söhne, die gemeinsam den Hof bewirtschaften. Aber nur oiner wohnt au dort. Der andere, der Klaus, wohnt in Westheim mit seiner Familie. Und der ist ganz sympathisch. Der is ned so verbittert wie sei Vater. "

„Aha. Wie war denn das damals mit den Grenzsteinen?"

„Irgend jemand hatte die Steine versetzt und der Hofer hat dann durch sein Anwalt durchsetzen und beweisen wollen, dass mei Vater – vielmehr die Pächter – auf seim Land wirtschafteten."

„Und dann? Ist ja nicht schwer, dies richtig zu stellen."

„Natürlich. Im Plan war au alles korrekt verzeichnet. I war domols dabei. Damit war Hofer ganz schnell still. Der is a Idiot. War doch klar, dass er damit ned durchkommt. Sonst hätt ja au jemand den Plan ändern müssen."

„Na ja, Bauernschläue stelle ich mir auch anders vor."

Er stand wieder auf.

„Das war´s vorerst mal. Vielen Dank. Ich melde mich, wenn ich noch Fragen habe. Mein Beileid nochmal, hat mich persönlich wirklich sehr schockiert. Aber wie ich´s schon Flo gesagt habe, werde ich alles tun, um den oder die Mörder zu erwischen."

„Danke. I wois."

Er gab ihr die Hand, nickte ihr noch zu und verließ das Haus. Er startete den Wagen und verließ den Ort. Er ließ sich über das Telefon mit Rolf verbinden.

„Hallo, Rolf, hier Gerd. Was Neues?"

„Wir sind mit den Nachbarn fast durch. Nein, nichts Bedeutendes. Für alle war das unfassbar und schrecklich. Keiner kann sich das erklären. Aber einige haben immer wieder den Namen Hofer erwähnt. Der hatte wohl mal einen richtigen Streit mit den Klammthalers."

„Hab ich auch gehört. Mit dem werden wir uns morgen mal beschäftigen. Was ist mit dem Obdachlosen?"

„Der wurde schon des öfteren gesehen, aber wo er ist, weiß niemand. Vielleicht sollten wir mal die gängigen Treffpunkte abklappern."

„Gute Idee. Wir treffen uns morgen im Büro, da besprechen wir weiteres. Bis dahin."

„Schönen Abend noch. Bis morgen."

Er legte auf und überlegte, was er mit dem Abend anfangen sollte. Der knurrende Magen machte ihn darauf aufmerksam, dass es Zeit wurde, etwas zu essen. Man konnte besser denken, wenn man gegessen hatte.

*

Sie saßen an einem runden Tisch und konzentrierten sich auf die übergroße Pinnwand. Es steckten Bilder darauf und darunter so etwas wie ein Steckbrief. Die Familie Klammthaler mit den Kindern und deren Partner. Die Nachbarn, der Bruder, besagter Hofer und ein Fragezeichen für den Obdachlosen, der noch nicht gefunden worden war.

Stöcklein stand auf und starrte auf die Bilder.

„Also...was haben wir? Zwei Leichen. Brutal zugerichtet. Wie ein Ritual..." setzte er leise hinzu.

„Wie bitte?" fragte Jasmin.

Er drehte sich um und sah sie an.

„Die Morde sehen aus wie ein Ritual."

„Warum? Weil beide in der gleichen Art und Weise getötet worden sind?"

„Ja, vor allem aber: warum gerade so? Warum die rechte Hand? Was meint ihr?"

„Wenn wir davon ausgehen, dass es wirklich so etwas wie ein Ritual gewesen sein könnte, stellt sich die Frage, warum die rechte Hand? Warum nicht die linke? Oder ein Fuß? Ein Ohr? Warum die rechte Hand???"

Rolf kratzte sich nachdenklich am Kinn, während er das sagte.

„Vielleicht...." begann er.

„Vielleicht???" Stöcklein sah ihn sanft lächelnd an.

„Vielleicht die rechte Hand, weil diese Hand etwas getan hatte, was sie nicht hätte tun sollen."

Stöcklein grinste. Der junge Mann war auf der richtigen Spur.

Stöcklein und Rolf sahen Jasmin an, die sich zu Wort meldete.

„Nehmen wir doch mal zwei Thesen auf. Erstens es war wirklich ein Ritualmord. Zweitens die rechte Hand sollte für etwas büßen. Drittens – und das ist wirklich reine Spekulation – der Mörder wäre tatsächlich unser Obdachloser. Er war zum Betteln unterwegs, die Klammthalers haben ihn verjagt, vielleicht beschimpft, verhöhnt oder etwas in der Art. Einen Stein nach ihm geschmissen. - Ich weiß, hört sich banal und verrückt an, würde aber vieles erklären..."

Jasmin war aufgestanden und sah beide an.

„Schon möglich. Genauso gut könnte es jeder gewesen sein, der zum Beispiel sich einmal schlecht behandelt gefühlt hatte.

Der Hofer zum Beispiel. Damit hätten wir einen Grund: Rache. Dass das aber der einzige Grund sein sollte, daran kann ich im Moment nicht glauben. Nur weil ich einmal beleidigt worden bin, schlachte ich doch niemanden ab. Und dann noch alle beide...Und vergessen wir nicht das Alter der Klammthalers. Sie waren nicht dafür bekannt, grantig, unhöflich oder abweisend schroff zu jemandem zu sein. Eher im Gegenteil. Da gibt's noch was anderes...also, im Augenblick spekulieren wir sehr herum. Das gefällt mir nicht. Wir werden mal die Hofers ins Gespräch führen. Rolf, du fährst nach Westheim zu einem der Söhne. Wir fahren zu dem alten Hofer, Jasmin."
Er drehte sich um und holte seine Jacke.
„Übrigens habe ich den Fall mit den Grenzsteinen gelesen. Die Steine waren damals so versetzt worden, dass nicht der Hofer, sondern der alte Klammthaler davon profitiert hätte."
„Was?? Aber der Hofer hat ihn doch deswegen verklagt. Versteh´ ich jetzt nicht ganz."
Stöcklein lachte.
„Irgend jemand hat damals wohl Mist gebaut und der Hofer war der große Idiot, weil erstens die Pläne korrekt die Felder beschreiben und zweitens der Hofer erst nach dem Pflügen der Felder drauf gekommen ist, dass er plötzlich kleinere Felder hatte. Erst dann hat er Klage eingereicht. Aber vorher hatte er die Klammthaler-Felder gepflügt, weil er wohl meinte, die Grenzsteine wären eben anders gesetzt worden."
„Oje, Intelligenz kann man nicht kaufen..." sagte sie grinsend und kopfschüttelnd.
„Ich habe da einen Passus im Testament gelesen," sagte Jasmin zu ihm, als sie im Auto saßen.
„Was für einen Passus?"
„Über die Felder - einem möglichen Verkauf oder sonstiger Veräußerungen kann nur von allen dreien entschieden werden. Sollte einer dagegen sein, geht es nicht. Es gibt keine Mehrheit, sondern nur Einstimmigkeit."

„Ja, der alte Klammthaler war nicht blöd. Wollte auch nach seinem Tod den Besitz zusammen halten. Aber ich denke, die haben alle mehr als genug. Die sind nicht raffgierig."

„Möglich. Aber bekanntlich ist genug niemals genug…"

Sie sah ihn von der Seite an, ohne dass er den Kopf wandte. Aber er spürte ihren Blick.

„Du meinst, auch so eine minimale Möglichkeit sollte eine Möglichkeit sein?"

„Das meine ich. Wir können nur etwas ausschließen, wenn es auf einer wissenschaftlichen Basis auch auszuschließen ist. Das hat man uns auf der Kriminologenschule beigebracht. Und…ich will dir wirklich nicht zu nahe treten, aber du bist hier persönlich involviert. Und möglicherweise etwas befangen. Habe ich recht oder habe ich doch recht?"

Jetzt wandte er doch den Kopf und blickte ihr in die dunklen Augen. Ein ganz leichtes Lächeln hatte sich darum gebildet.

„Ja, du hast ja recht. Ist für mich eben sehr schwer vorstellbar, aber ja…vollkommen richtig. Ich muss die Dinge trennen. Und du kannst mir glauben – ich kann das."

Er hatte wieder nach vorne geschaut, als er das hinzufügte.

„Da bin ich sicher…" murmelte sie kaum verständlich.

„Eine Frage wird bis zuletzt offen bleiben."

Ihr Blick richtete sich wieder auf die Straße.

„Ein Warum??"

„Ja, das auch. Ich denke an etwas anderes."

„Nämlich?"

„Wie weit muss man einen Menschen treiben, der so einen grenzenlosen Hass entwickelt, dass er wehrlose alte Menschen bei lebendigem Leib aufschlitzt."

Stöcklein atmete tief aus. Er nickte.

„Gute Frage. Auch da gibt es mehrere Möglichkeiten."

Sie antwortete nicht, sondern sah ihn wieder von der Seite erwartungsvoll an.

„Es kann abgrundtiefer Hass sein, warum auch immer. Es könnte auch jemand sein, der daran Spaß hat und sich damit befriedigt."

„Ein Psychopath, natürlich. Stellt sich die Frage warum jetzt? Jetzt, wo die beiden Leute so alt sind, dass wahrscheinlich ein Tod keinen so großen Schrecken mehr hat als wenn man wesentlich jünger wäre. Was wiederum heißt, kommt der Täter aus dem engeren Umfeld oder ist es wirklich ein Fremder, der sich für seine Pläne zufällig die beiden ausgewählt hat, weil es einfach ist, sie zu überwältigen."

„Kann sein. Wir müssen diesen Streuner finden. Wir haben einen signifikanten Stiefelabdruck. Eine Übereinstimmung wäre schon mal eine Spur. Wenn es so gewesen sein sollte."

„Ja, wenn…"

Sie überquerten gerade die Autobahnbrücke der A8. Das Navi signalisierte noch dreieinhalb Kilometer bis zum Ziel. Sie passierten das Ortsschild von Hirblingen. Ein kleiner idyllischer Ort in der Augsburger Peripherie. Ein paar Minuten später fuhren sie durch das Tor des Anwesens.

„Der Hof des Hofers…" murmelte Stöcklein.

Jasmin lachte.

„Die Poesie eines Mordfalls…oder was?"

„Kriminalistische Dichtung." sagte er sehr ernst und nickte dabei mit einem entrückten Blick.

„Ist das Hamburger Ironie?"

Etwas verwirrt starrte sie ihn an.

„Nee, Stöcklein´sche Betrachtungen. Los geht's!"

Bevor sie den Eingang erreichten, wurde schon die Türe geöffnet. Ein bulliger Mann mit einem viereckigen Kopf stand in der Tür und sah die Beamten ausdruckslos an.

Stöcklein zückte seinen Dienstausweis und hielt ihn dem Mann unter die Nase.

„Hauptkommissar Stöcklein. Mordkommission. Sie sind Xaver Hofer?"

„Ja. Kommen´s wegs den Klammthalers?"

„Richtig. Wir würden uns deswegen gerne mit Ihnen unterhalten."

„Wega mia...kommen´S rei..."

Er trat zur Seite, zuckte die Schultern und brummte Unverständliches. Die Beamten betraten den Hausgang und drehten sich zu ihm um.

„Gradaus," brummte Hofer und zeigte auf eine Glastür.

Als sie den Raum betraten, zeigten sich die Ermittler überrascht. Nichts war zu sehen von einer traditionellen Einrichtung aus Holz, vorzugsweise Eiche, einer rustikalen Möblierung, wie man sie auf einem Bauernhof erwarten könnte. Der weitläufige Raum war mit großen anthrazitfarbenen Fliesen belegt. Eine voluminöse Sitzgruppe in grau zierte den Raum, zusammen mit einem modernen Glastisch auf Edelstahlbeinen. Hochmoderne LED-Lampen in einem dekorativen Design zierten die sichtbaren Holzbalken. Ein Kamin war im Eck eingemauert worden. Ein überdimensionaler Flatscreen hing an der Wand. Passend zu dem ganzen Stil, der so gar nicht dem mürrischen, leicht schlampigen Hofer zuzutrauen wäre.

„Mir könna uns dohi setzen," grunzte er und zeigte auf eine Essgruppe, die leicht einem Schaufenster entstammen könnte. Stöcklein sah Jasmin an und schob die Augenbrauen nach oben. Er sah ihr an, dass sie den Mann schlecht verstand.

„Also, was wolln´S denn wissn?"

„Nun, wie gut kannten Sie denn die alten Leute?"

„Gar ned. Ich hab mit dena doch nix zu tun ghabt."

„Wir sind dementsprechend aber anders informiert. Hat es nicht mal einen gewaltigen Streit wegen der Grenzsteine gegeben? Und haben Sie die Klammthalers nicht auch mal verklagt?"

Hofer wischte mit einer Geste die Worte beiseite.

„I war im Recht. Der hat doch die Stoina vasetzt. Und dann hat er meine Felder verschandelt und is eibrocha in mein Stall."

„Wenn er die Steine versetzt hätte, wäre er dann nicht derjenige gewesen, der Klage hätte einreichen sollen, weil Sie seine Felder umgepflügt hatten? So war doch die ganze Streiterei vollkommen sinnlos."

Wieder diese wischende Gestik.

„Des war doch Absicht. Der wollt dass i a Strof krieg. Verarschn wolltn die mi..."

„Ihre Klage ist auch abgewiesen worden, weil es gar keinen schlüssigen Beweis gegeben hat."

„Der hats trotzdem gmachd."

Hofer sagte das so, als ob damit die Beweisführung abgeschlossen wäre.

„Wie auch immer. Deswegen sind wir nicht hier. Wir haben einen Doppelmord aufzuklären."

Hofer senkte den Kopf. Sein Dialekt kämpfte mit einer deutlicheren Sprache.

„Im Grund gnomma tun mir die beiden ja leid. So was hat doch niemand verdient. Wer tut´n so was?"

„Das müssen wir herausfinden. Wo waren Sie letzten Montag zwischen siebzehn und einundzwanzig Uhr?"

Hofer richtete sich auf und riss die Augen auf.

„Ja, glauben´S denn i hob damit was z´duan? Wegs dem bisserl Streit, den ma ghabt ham? Des is doch a Mischd..."

„Mischd??" fragte Jasmin. Sie verstand den Mann kaum.

„Ja. Mischd. Bin i bled oda was moinen´S denn?"

Verwirrt sah sie Stöcklein an.

„Mischd? Was…"

„Er meint Mist."

„Aah…"

Stöcklein wandte sich wieder Hofer zu.

„Was wir glauben, steht nicht zur Debatte, Herr Hofer. Wir brauchen Ihre Aussage für das Protokoll und dem Zeitpuzzle, das wir zusammensetzen müssen. Also?"

„Montag? Also Vormittag hab i den Acker gmacht, dann den Stall und am Nachmittag hab i mit meim Sohn den Traktor umkoppelt für den näxschden Tag. Da war ma bis Obends beschäftigt."

„Bis wann?"

„Wird etwa acht gwesn sein. Die Tagesschau hab i no kurz gsehn...danach hab i no mitm Wessing telefoniert wegs nem neuen Traktor."

„Wer ist Wessing?"

„Des is der Verkaufsleiter von LWM. Da kauf i meischdens die Maschinen."

„LWM? Ist das die Firma?"

Hofer nickte.

„Ja. Landwirtschaftliche Maschinen. Den Wessing kenn i scho lang, der macht gute Preise."

„Haben Sie eine Karte oder so was von dem Herrn?"

Hofer brummte wieder Unverständliches, stand auf und schob eine Kommodenschublade auf. Dann gab er Stöcklein die Visitenkarte.

„Sie haben zwei Söhne?"

„Ja. Der Richard wohnt hier und der Klaus mit seiner Frau und die Buaba in Westheim."

„An dem Tag war dann Richard mit Ihnen wegen dem Traktor beschäftigt?"

„Ja. Der Klaus hat ja no nen andern Job. Der is bloss zwoimol die Woch do."

„Okay. Sind Sie verheiratet?"

„Na. I bin Witwer."

„Oh, tut mir leid, ich wollte nicht..."

Hofer hob die Hand.

„Scho lang her. Krebs..."

Stöcklein sah Jasmin an, die noch gar nichts gefragt hatte, sondern nur Xaver Hofer beobachtet hatte.

„Herr Hofer, wann haben Sie denn die Klammthalers das letzte Mal gesehen?"

„Des Joahr no ned. Wo auch. Die gehn doch scho seit Jahren nimma vom Hof. Und i hab wirklich koi Interesse, dene über den Weg zu loffa."

„Verstehe. Waren eigentlich Ihre Söhne mit den ganzen Querelen damals involviert?"

„Sie hams mitgriegt, des scho...aber mit den Klammthalers ham sie nix zu tun ghabt."

„Hat es einmal irgend einen Vorfall gegeben, in dem es mit jemandem Streit gab?"

„Keine Ahnung. I hab mit der ganzen Sippe in Neusäß nix zu tun. Hat mi au nie interessiert."

Jasmin sah Stöcklein an und nickte leicht. Sie erhoben sich.

„Nun gut, Herr Hofer. Das war´s mal. Wenn wir noch Fragen haben, werden wir uns wieder melden. Auf Wiedersehen…"

Sie drehten sich um und gingen zur Türe. Als sie sie öffneten, fuhr gerade ein Traktor mit Hänger durch die Einfahrt. Ein Mann mittleren Alters saß darauf und blickte die beiden Beamten neugierig an. Er parkte das Gespann auf der Seite, stellte den Motor ab und sprang von dem Traktor herunter. Langsam ging er auf die beiden zu.

„Grüß Gott. Kann i Ihna helfen? Ich glob´ mei Vater is gar ned do."

„Guten Tag. Sind Sie Richard Hofer, der Sohn?"

Richard nickte und wurde neugierig.

„Ja. Darf i frogn, wer….?"

Stöcklein zog seinen Dienstausweis und zeigte ihn dem Mann.

„Mordkommission. Hauptkommissar Stöcklein. Das ist Kommissarin von Heesen. Wir untersuchen den Fall Klammthaler und hatten ein paar Fragen an Ihren Vater. Und da

64

Sie ja jetzt hier sind, können wir Ihnen ja auch ein paar Fragen stellen."

„Ja, klar. Des hat mi ganz schee schockiert mit den Klammthalers. Kann doch nur a Verrückter gwesen sei."

„Schon möglich. Wo waren Sie letzten Montag zwischen siebzehn und einundzwanzig Uhr?"

„Montag...wir ham den Traktor hergrichtet. Ja, so am Spätnachmittag habe ich mit meinem Vater den Traktor hergrichtet. Wir mussten am Dienstag aufs Feld."

„Wie lange hat´s denn gedauert?"

„I glaub, wir waren so kurz nach acht fertig. I bin dann nach oben ganga, hab duscht und was gessen."

„Gut. Danke Herr Hofer. Wir melden uns wieder, wenn wir noch Fragen haben. Schönen Tag noch. Wiedersehen."

„Is recht...Wiedersehen."

Stöcklein und Jasmin stiegen in den Wagen und verließen den Hof.

„Das ist ein richtiger Brummbär, der Alte. Und ich habe kaum was verstanden. Komischer Slang ist das hier. Sprichst du auch so, wenn du mit deinen Freunden redest?"

Jasmin sah Stöcklein belustigt an, der schallend lachte.

„Allerdings. Ich hab mir aber in der Zeit in Hamburg tatsächlich auch ein exaktes Hochdeutsch und vielleicht auch ein bissel Hamburgerisch angewöhnt. Der Hofer kommt wohl auch aus der Gegend. Einen Mord auf diese Weise trau ich ihm jetzt aber nicht zu. Was hältst du von dem Sohn?"

„Weiß noch nicht. Scheint intelligenter zu sein als der Vater. Ich recherchier mal, mit wem wir es zu tun haben."

„Lass´ dir mal Bankauskünfte aller möglichen Beteiligten geben. Die Klammthalers, Hofer und die Söhne, diese Verwandten der Klammthalers, Pächter und so weiter. Wir brauchen von allen ein Profil. Und...diesen Herumstreuner lassen wir mal zur Fahndung ausschreiben. Ich muss wissen, ob er das in der Scheune war und wenn ja, warum."

„Gut. Mach ich sofort. Haben wir den Bericht der KTU eigentlich schon?"

„Nur den vorläufigen. Das meiste wissen wir ja eh und…"

Das Telefon klingelte.

„Gehst du mal ran?"

Stöcklein gab ihr sein Handy.

„Anschluss Gerd Stöcklein. Hier spricht Jasmin von Heesen. Ja??? ….Richtig...nein, noch nicht. Wirklich? Gut, wir sind grad auf dem Weg ins Präsidium."

Sie legte wieder auf.

„Wer war´s denn?"

„Ein Herr Brandel von der KTU. Wir sollen zu ihm kommen, er hat was Interessantes entdeckt."

„Oh, gut. Vielleicht bringt uns das weiter."

Bernhard Brandel stand vor einer Glasvitrine, die er gerade öffnete und verschiedene Schalen herausnahm, in denen sich etliche Kleinteile befanden.

„Nun? Was haben Sie denn nun gefunden?"

„Also, wir haben die beiden Leichen noch einmal genauestens untersuchen lassen, weil ich nicht glauben wollte, dass es nicht einmal den Hauch einer Spur geben konnte. Das habe ich gefunden."

Er nahm eine Pinzette und holte ein winziges Metallteil aus der Schale, legte es auf ein Tuch und sah die beiden Kommissare wieder an.

„Das ist ein Stück Metall aus einer Messerklingenspitze. Edelstahl mit Titanlegierung. Fast so scharf wie ein Skalpell. War kaum sichtbar im Hüftgelenk gesteckt. Also zumindest kann man mal die Tatwaffe einschränken."

„Ist so eine Klinge etwas Besonderes?"

Brandel nickte.

„Allerdings. So etwas wird von Jägern benutzt oder von Metzgern. Das sind extrem scharfe Klingen, mit denen man sehr vorsichtig umgehen sollte. Das zum Einen. Zum anderen haben wir Spuren von Gras in den Handwunden gefunden. Und das dazugehörige Werkzeug."

„Wirklich? Was denn?"

„Eine Handsense. Sieht aus wie eine Machete, nur runder. Wir haben sie unter einem Holzstapel entdeckt. Leider waren keine Fingerabdrücke zu entdecken. Aber die Sense stammt jedenfalls aus der Scheune. Die Griffe aller Werkzeuge wie Schaufel, Rechen, Harken und so sind identisch."

Stöcklein nickte.

„Das bedeutet, das Messer wurde mitgebracht und die Hände wurden mit einem Werkzeug vor Ort entfernt. Was sagt uns das?"

Er drehte sich zu Jasmin und sah sie fragend an.

„Eine geplante Tat und eine spontane Erweiterung, würde ich sagen."

Stöcklein nickte.

„Durchaus. - Also suchen wir ein spezielles Messer mit einer abgebrochenen Spitze."

Er sah wieder Brandel an, der nickte.

„Ich würde sagen, haben Sie das Messer, haben Sie den Mörder. Haben Sie den Mörder, dann finden Sie das Messer. So oder so. Das wäre wohl der Beweis."

„Zumindest ein unumgängliches Indiz. Danke Herr Brandel, tolle Arbeit."

„Ach, noch etwas. Ich habe um den Mund Spuren von Kleber entdeckt. Es ist ein Klebemittel, das für Isolierbänder verwendet wird. Man hat ihnen den Mund zugeklebt, damit sie nicht schreien konnten."

Stöcklein sah Brandel und Jasmin an und presste die Lippen zusammen.

„Okay, dann ist das auch für mich Beweis genug, dass zumindest ein Plan dahinterstand. Hat man anderes Isolierband gefunden?"

Brandel schüttelte den Kopf.

„Nein, auch nicht das, was verwendet worden war. Der Täter hat wohl alles sorgfältig wieder mitgenommen."

„Gut, danke Herr Brandel, bis demnächst..."

Er gab ihm die Hand und sie verließen das Labor. Die Messerspitze war ein Anhaltspunkt, aber eben nur ein Anhaltspunkt. Mehr nicht. Das Umfeld der Klammthalers musste bis ins Detail auseinander genommen werden. Routinearbeit, Aufmerksamkeit und Rückschlüsse würden die Kreise enger ziehen. Ob sie dem Täter auch auf die Spur kommen würden, war eine ganz andere Frage.

*

Es war Neumond. Der Himmel war teils bewölkt und es war in der Scheune stockdunkel. Hie und da raschelte es unter den Strohballen, wenn die Mäuse auf Futtersuche gingen. Vielleicht waren es auch Ratten, es war für einen Menschen kaum zu unterscheiden. Auch nicht für die dunkle Gestalt, die sich sachte und vorsichtig von der Wand löste und geduckt durch die Scheune schlich. Eine Taschenlampe erhellte die freie Fläche vor dem Scheunentor. Der Lichtkegel wanderte weiter über die Heuballen und blieb auf einer uralten Kommode liegen. Die Gestalt schritt näher und näher, untersuchte jeden Spalt der Kommode, tastete sich links und rechts davon über den Boden, legte sich auf diesen und schob die Taschenlampe mit dem Lichtkegel unter die Kommode. Dann stand sie wieder auf, wandte sich um und ging lautlos auf die andere Seite, wo sie wiederum jeden Winkel ausleuchtete und auf den Knien über den unebenen Betonboden kroch. Noch immer kniend richtete sie den Oberkörper auf und legte den Kopf in den Nacken. Der Blick schweifte über die Querbalken und fast sah es aus, als ob sie betete. Ein brummender Ton kam aus dem Brustkorb und hörte sich an wie aus einer tiefen Höhle.

Mit einer kurzen Bewegung schnellte die Gestalt wieder in die Höhe und blickte sich um. Der Schein der Taschenlampe suchte weiter und weiter. Blieb plötzlich stehen, weil ein kurzes Blitzen die Aufmerksamkeit des Eindringlings erregt hatte. Zwei, drei Schritte. Der Holzboden neben dem Betondurchgang. Die Holzdielen waren so alt, dass sich die Fugen längst verbreitert hatten. Nicht zu groß, aber groß genug, dass ein schmaler Gegenstand hineinrutschen konnte. Die Gestalt ging wieder in die Knie und suchte im Lichtschein die Fugen ab. Dann war gefunden, was gesucht wurde. Mit einem Draht wurde in der Fuge gefummelt, so lange, bis der gebogene Draht etwas an dem kurzen Haken hatte. Vorsichtig wurde es aus der Fuge gezogen. Am Haken hing ein langes Messer. Immer noch rot von getrocknetem Blut. Die Gestalt legte es vor sich auf den Betonboden. Die Spurensicherung hatte das Messer unter den Dielen nicht entdecken können. Die Gestalt atmete auf. Wäre Stöcklein in diesem Moment hier gewesen, würde er bestätigt bekommen, dass tatsächlich immer etwas zu finden sein würde. In diesem Falle die Tatwaffe, die nach der Tat unbemerkt aus einer Jackentasche herausgeglitten war und den Weg in den Dielenspalt gefunden hatte. Der Lichtschein der Taschenlampe beleuchtete die seltene Waffe. An der Spitze der Klinge fehlte ein winziges Stück.

*

Markus und Maria Klammthaler saßen am Tisch und aßen zu Abend. Die Stimmung war gedrückt. Sie hatten nicht viel Appetit - seit dem grausamen Verbrechen an Anton und Hertha war eine Welt zusammen gebrochen. Ihr Hof lag direkt neben ihrem. Sie hatten nichts bemerkt, nichts mitbekommen. Wenn Markus Klammthaler daran dachte, dass seinem Bruder und seiner Schwägerin der Bauch bei lebendigem Leib aufgeschnitten worden war und er und seine Frau nichts davon mitbekommen hatten, wurde ihm ganz schlecht. Diese ganze Erkenntnis war nicht fassbar. Sie konnten das ganze Geschehen nicht begreifen, konnten nicht verstehen, warum jemand so eine grausame Tat begehen konnte.

Wortlos räumte Maria den Tisch ab. In den letzten Jahren ihres Lebens wollten sie eigentlich nur noch ein geruhsames Rentnerdasein leben. Markus Klammthaler war fast zwei Jahre jünger als sein Bruder. Sorgenfrei und relativ zufrieden war er bis jetzt durch das Leben gekommen. Das war nun vorbei. Das schreckliche Geschehen würde sie bis zum Ende verfolgen. Zeitig gingen sie zu Bett. Markus starrte noch lange in die Dunkelheit, beobachtete durch das geöffnete Fenster den klaren Sternenhimmel und stellte sich zum wiederholten Male die Frage nach dem Warum. Es gab keine Antwort und ihm fiel auch keine noch so abstruse ein. Er würde mit der Frage leben müssen, war sein letzter Gedanke. Langsam spürte er die Müdigkeit, die ihn vereinnahmte, ihn aus der Realität holte und die Gedanken an das Böse versperrte.

Doch wirre Träume ließen ihn nicht los. Blut und Schreie bildeten das dunkle Gemälde in der unbewussten Vorstellung. Er fühlte sich geschlagen und malträtiert, spürte einen kalten Stahl an seinem Kopf, wollte das Metall zur Seite drücken, aber es ging nicht. Stöhnend wedelte er mit den Armen – und erwachte. Die schrecklichen Blutbilder waren verschwunden. Der Stahl an seiner Stirn nicht. Das Herz blieb für einen winzigen Augenblick stehen, als er in ein dunkles Augenpaar starrte, das nicht von dieser Welt stammen konnte. Er wähnte sich immer noch in einem Traum, aber der Druck an seinem Kopf nahm zu. Dann verstand er, dass er in der Realität war. Die starrende Gestalt über ihm war echt und die Waffe, die gegen seinen Kopf drückte, auch. Er konnte nur einen schwarzen Schatten erkennen. Die tiefschwarzen Pupillen reflektierten das diffuse Sternenlicht. Er wollte etwas sagen, aber nur ein heiseres Krächzen kam aus seinem Mund.

„Aufstehen!" sagte die dunkle Gestalt leise, aber bestimmt. Markus wälzte sich herum und stellte die Füße auf den Boden. Voller Angst starrte er den Eindringling an. Vage konnte er eine enganliegende Kapuze erkennen, die der Fremde über den Kopf gezogen hatte.

„Los! Gehen wir!"

Er stand auf, wusste nicht, was eigentlich vor sich ging und verspürte nur Angst. Unvorstellbare Angst. Die Gestalt dirigierte ihn aus dem Haus und sie gingen Schritt für Schritt auf die Scheune zu. Die Nacht war immer noch sternenklar. Es war kein Mond zu sehen. Als sie die Scheune betraten, konnte Markus die Blase nicht mehr halten. Er spürte, wie sie sich entleerte. Die Angst kroch in jeden noch so kleinen Teil seines Körpers. Er sah das Seil vom hölzernen Querbalken hängen und konnte sich nicht mehr bewegen. Eine Stimme sagte ihm, dass er sterben musste.

„Was?? Warum…???" keuchte er entsetzt.

„Spät kommt Vergeltung, aber sie kommt…" flüsterte eine eiskalte Stimme, kaum verständlich. Tonlos, ohne Klang.

„Was???…."

Er bekam keine Antwort. Stattdessen die knappe Aufforderung, sich auf den Boden zu legen. Er spürte, wie sich das Hanfseil um seine Fußknöchel band und fest verzurrt wurde. Er konnte sie keinen Millimeter mehr bewegen. Dann wurde er geknebelt. Sprechen oder Schreien war nicht mehr möglich. Mehr als ein Grunzen würde seine Lippen nicht verlassen. Und das konnte niemand hören. Mit einem brutalen Ruck wurde er kopfüber nach oben gezogen. Die Hände waren auf dem Rücken gefesselt worden. Er war hilflos wie ein gerade geborenes Baby. Die Welt nahm er nur noch verkehrt herum wahr. Er bekam kaum Luft und das Blut strömte in seinen Kopf. Aber bevor er panikartig das Bewusstsein verlor, spürte er einen scharfen Schmerz in seinem Bauch, der sich quer über den Leib fortzog. Ein Stöhnen drang aus der Kehle. Der Schmerz kroch blitzschnell in sein Gehirn und er wollte schreien, weil er ihn nicht mehr aushalten konnte. Er spürte das Blut über seinen Körper strömen, das über sein Gesicht rann und in die aufgerissenen Augen floss. Panikartig wollte er schreien, doch es ging nicht. Das Leben strömte langsam aus ihm heraus und sein Denken setzte aus. So lange, bis er aus den Augenwinkeln erkennen konnte, dass seine Frau Maria ebenfalls mit einem Seil hochgezogen wurde. Sie stießen aneinander und wie ein schicksalhafter Wink knallten die Köpfe zusammen und sie sahen sich in diesem letzten Augenblick gegenseitig in die weit aufgerissenen Augen. Dann wurde mit einer schnellen Bewegung die Kehle der alten Frau aufgeschnitten. Das Blut spritzte Markus über das Gesicht und er konnte nichts mehr sehen. Er hörte das entmenschlichte Stöhnen und ein gurgelndes Grunzen seiner Frau, aber es nahm immer mehr ab. Als die messerscharfe Klinge seine Kehle durchschnitt, befand er sich bereits auf dem Übergangspunkt zwischen Leben und Tod. Dass Teile seiner herausgeschnittenen Gedärme bereits bis auf sein Kinn herausgequollen waren, spürte er schon nicht mehr. Der Tod war nicht gnädig. Beide Menschen erlebten ihn auf einem schrecklichen Weg mit eigenen Augen, ohne auch nur die geringste Gegenwehr entgegenstellen zu können. Unter den baumelnden Körpern bildete sich ein See voller Blut. Zwei gewaltige Hiebe trennten bei beiden die rechte Hand ab. Nur einen Augenblick lang stand die todbringende Gestalt vor der schrecklichen Tat, dann wandte sie sich um und verschwand lautlos in der Dunkelheit. Zurück blieb ein leichtes Schaben, wenn die blutüberströmten Leichen aneinander streiften. Fast ein unmelodiöser Singsang des Todes, der eine unsichtbare Decke über den Schreckensort stülpte, ohne dass das Grauen verschwinden würde. Die beiden Leichen drehten sich weiter, verursachten ein ganz leises Geräusch bei jeder noch so feinen Berührung. Die aufgerissenen entsetzten mit Blut gefüllten

Augen starrten in die Dunkelheit. Aber sie waren längst starr und sahen nichts mehr.

Gerd Stöcklein saß in seinem Sessel am Schreibtisch und starrte auf die riesige Pinnwand. Wo, verdammt noch mal, ist die Verbindung? Keiner hatte einen triftigen Grund, die beiden alten Menschen brutal zu töten. Geld, Rache, Irrsinn?? Was rechtfertigte so ein Verbrechen? Sein Blick fiel auf das Blatt mit dem Fragezeichen. Sie brauchten diesen Obdachlosen. Dieser Obdachlose könnte vielleicht Licht in die ganze Sache bringen. Vielleicht hatte er damit zu tun, vielleicht war er der Täter, vielleicht hatte Jasmin doch recht mit dem, was sie über eine Affekthandlung sagte. Könnte alles sein, möglicherweise auch nicht. Vielleicht war dieser Kerl auch nur ein Zeuge und sie konnten ihn nicht finden, weil er Angst hatte. Oder weil er als unfreiwilliger Zeuge bereits auch tot war. Könnte, vielleicht, möglicherweise, oder doch nicht…verdammt noch mal!!
Frustriert sprang er aus seinem Sessel und lief auf und ab. Er dachte an die Familie Klammthaler. Er dachte an Flo, mit dem er so viele schöne Jugendjahre verbracht hatte. Er dachte an die Geschwister, die in unvorstellbarer Grausamkeit die Eltern verloren hatten. Er dachte an sein Versprechen gegenüber Flo, den Täter zu finden. Was, wenn er sein Versprechen nicht halten konnte? Die Zeit würde ihm davonlaufen. Er konnte nicht ewig in Augsburg bleiben. Irgendwann würden sie ihn zurück beordern müssen. Seine Gedanken wurden sprunghaft. Missmutig musterte er noch einmal die Fotos, ging an den Schreibtisch und legte die Fotos der Opfer darauf. Ein Schauer überschüttete ihn, als er daran dachte, dass beide noch gelebt hatten, als ihnen der Leib aufgeschnitten worden war. Wer machte so etwas? War wirklich der Hass so groß oder war der Täter doch ein Psychopath? Ein Sadist, der tiefe Befriedigung an den Leiden seiner Opfer empfand.

Tief atmete er aus. Er stand auf der berühmten Stelle. Und er konnte sich keinen Millimeter bewegen. Wie einbetoniert. Welchen Ansatz sollten sie jetzt nehmen? Das Privatleben aller wurde detailliert auseinander genommen. Aber was, wenn nichts zu finden war? Kein Motiv, kein Zusammenhang, kein Anhaltspunkt...kein Anhaltspunkt. Selten hatte er sich so hilflos gefühlt. Er brauchte ein Motiv. Nur mit einem Motiv würde es auch einen Ansatz geben.

Und mit diesem niederschmetternden Gefühl zog er das klingelnde Telefon aus seiner Jackentasche. Es war Rolf.

„Rolf...was gibt's!"

„Gerd, setz´ dich sofort ins Auto und komm´ nach Neusäß. Wir haben zwei neue Leichen. Ich bin schon da und Jasmin fährt gerade vor. Ich hab´ dich nicht erreichen können, dein Handy war wohl dauernd an. Oder hast du telefoniert?"

„Was???!!! Nein, hab´ ich nicht. Welche Leichen? Wo denn?"

„Der Bruder vom alten Klammthaler. Markus Klammthaler. Und seine Frau. Also fahr los!! Ich erklär alles später."

Stöcklein legte auf, riss die Jacke vom Haken und stürmte aus dem Büro. Daniela Schäfer fuhr erschrocken hoch, als sie ihn so davonrennen sah. Stöcklein hatte nur noch einen Gedanken. Die Klammthalers. Jemand hatte es auf die Klammthalers abgesehen. Vier Tote!! Mein Gott!!

Der Hof war abgesperrt. Vor der Einfahrt standen mehrere Polizeifahrzeuge mit Blaulicht. Ein Sanitäter. Notarzt. Gerade stieg Brandel aus seinem Fahrzeug. Schon hatten sich Schaulustige zusammen gefunden, die an der Absperrung neugierig in den Hof blickten.

Mit schnellen Schritten ging Stöcklein auf die sichernden Beamten zu, zeigte seinen Dienstausweis und suchte Rolf. Der stand am Stadel und winkte ihm gerade.

„Das glaubst du nicht. Jetzt wird's wirklich todernst."

„Was ist passiert?" fragte Stöcklein, obwohl er die Antwort bereits kannte.

„Schau es dir selbst an. Identisch wie das erste Mal."

Stöcklein betrat die Scheune und blieb wie angewurzelt stehen. Die beiden Körper hingen immer noch an den Hanfseilen. Der Boden sah aus wie in einem Schlachthaus. Aus dem geöffneten Leib hingen die Eingeweide und auch diesen beiden Toten fehlte die rechte Hand. Zusätzlich war die Kehle aufgeschlitzt worden. Sie waren ausgeblutet wie ein Stück Vieh, das man an einen Fleischerhaken gehängt hatte. Stöcklein spürte seinen rebellierenden Magen. Viele Leichen hatte er schon in seinem Leben gesehen. Viel Abartigkeit und viel Brutalität. Aber was er hier sah, war außerhalb seiner Kategorien. Er kannte Markus und Maria Klammthaler. Wenn auch nur flüchtig. Mit den beiden Kindern hatte er nie Kontakt gehabt, auch wenn sie dieselbe Generation waren.

Er drehte sich zu Rolf um, der die Lippen zusammen gepresst hatte. Neben ihm stand Jasmin, die ihm mit schmalen Augen zunickte. Brandel trat neben ihn und schnaufte tief durch. Auch für ihn war das nicht normal.

„Sollen wir anfangen?" fragte er ihn.

Stöcklein nickte.

„Ja. Absolute Sorgfalt. Ich möchte jeden Zentimeter untersucht haben. Und keine Aussagen an irgendwelche Medien."

„Natürlich nicht. - Kannten Sie sie?"

„Ja...flüchtig nur, aber ja. Ich kannte sie."

„Scheißgefühl, kann ich mir vorstellen."

„So ist es...Scheißgefühl. Ein Scheißgefühl."

Brandel drehte sich um und winkte sein Team zu sich. Routinemäßig verteilte er die Mitarbeiter auf dem ganzen Gelände, versicherte sich, dass kein Unbefugter das Grundstück betreten konnte und machte sich an die Arbeit. Die Toten wurden abgenommen und in die Pathologie gebracht. Die Spurensicherung begann ihre Arbeit.

Und die Ermittler standen zusammen und sahen sich konsterniert an. Im Moment sprach niemand ein Wort.

„Die Klammthalers sind das Ziel," sagte Stöcklein.

„Sieht so aus. Wir werden die Kinder überwachen müssen."

„Überwachen?"

Stöcklein sah Jasmin an.

„Als Personenschutz, meinte ich."

„Ja, sicherlich. - Verdammt."

Er schlug sich mit der Faust in die hohle Hand.

„Versucht mal sofort, die Nachbarn zu befragen. Vielleicht hat jemand etwas gesehen oder gehört."

Er drehte sich um und suchte die Pathologin. Dr. Nellik kniete gerade am Boden und schloss ihren Koffer. Als sie Stöcklein auf sich zukommen sah, erhob sie sich.

„Hallo, Frau Doktor. Schon erste Erkenntnisse? Todeszeitpunkt. Ursache und so."

„Tja, ich würde sagen heute Nacht zwischen eins und zwei. Durch den schnellen hohen Blutverlust ist der Tod wahrscheinlich sehr rasch eingetreten. Bauchdecke geöffnet, Kehle durchschnitten. Was zuerst, weiß ich nicht. Die rechte Hand abgetrennt. Wir haben sie noch nicht gefunden. Sieht nach demselben Täter aus. Gleiche Methode - ausgenommen, dass hier den Opfern zusätzlich die Kehlen durchschnitten wurden. Ich werde einen Abgleich der Wundränder vornehmen, damit wir wissen, ob es die gleiche Waffe gewesen ist."

„Meinen Sie, dass der Tatort auch hier war?"

„Ja, bin ich sicher. Keine Schleifspuren, keine Blutspuren. Bei den Verletzungen müsste es irgendwo zu sehen sein. Sie sind definitiv hier getötet worden. Der Täter hat sie regelrecht ausbluten lassen."

„Es scheint, als ob niemand etwas gehört oder gesehen hat."

Sie nickte.

„Was uns sagt, dass mit großer Wahrscheinlichkeit erst die Kehlen geöffnet wurden. Mit durchschnittener Kehle schreien sie eben nicht mehr. Vier Morde nach dem gleichen Konzept. Ich möchte nicht in Ihrer Haut stecken, Herr Stöcklein. Viel Erfolg jedenfalls. Ich beeile mich mit der Obduktion. Vielleicht ergibt sich noch etwas Auffallendes."

„Ja, danke Ihnen."

Er gab ihr die Hand und verabschiedete sich. Gedankenverloren sah er der Spurensicherung bei ihrer Arbeit zu. Sie werden nichts finden, dachte er in diesem Moment. Und er dachte in diesem Moment, dass dieser Fall mehr fordern würde als sein Können und seine langjährige Erfahrung. Er musste auf seine Intuition vertrauen. Er musste mehr Möglichkeiten in Betracht ziehen. Nicht nur die offensichtlichen, sondern auch die nicht sichtbaren und sogar vollkommen abstrusen. Jetzt war es nicht nur ein Fall, der ihn näher zu den Betroffenen zog, sondern jetzt wurde es ein Fall, der sehr persönlich geworden war. Er war Profi genug, sich trotzdem nicht von seinen Gefühlen leiten zu lassen. Obgleich das eine sehr schwere Aufgabe war. Unwillkürlich fragte er sich, ob er damit wirklich befangen war.

Er drehte sich um und ließ den Blick über die Gebäude streifen. Der Hof unterschied sich kaum von dem der Klammthalers nebenan. Genauso hufeisenförmig, nur neuer, moderner, sauberer. Der Sohn, Martin, hatte längst alles übernommen und aus dem Hof einen kleinen Markt gezaubert. Er verkaufte Blumen, Gemüse, Eier, Salatpflanzen, Kräuter und sogar selbst verarbeitete Skulpturen aus Metall und Holz. Stöcklein trat näher und betrachtete die seltsamen Dinge. Ihm fiel die reichliche Phantasie und Hingabe auf, die die Skulpturen ausstrahlten. Bis ins kleinste Detail war alles sauber verarbeitet. Fast schon ästhetisch. Stöcklein gefiel das. Es hatte etwas von Zauber und Magie. Schöpferische Unikate, die man nicht auf einem Bauernhof vorzufinden erwartete.

Jemand räusperte sich hinter ihm. Er drehte sich um und sah sich einem blassen Mann gegenüber stehen. Er hatte eine blaue

Latzarbeitshose an, wie man sie so oft bei Handwerkern sehen konnte. Es war Martin, der Sohn.

„Entschuldigen Sie, sind Sie der leitende Ermittler?"

Stöcklein nickte.

„Ja. Ich bin Hauptkommissar Stöcklein. Sie sind Martin Klammthaler?"

„Ja, ich…"

Der Mann war blass und sah krank aus. Seine Gesichtsfarbe signalisierte, dass er sich jeden Moment übergeben konnte. Es hatten sich dunkle Ränder um die Augen gebildet, die ihrerseits sehr verschleiert aussahen.

„Mein herzliches Beileid für diesen grausamen Verlust. Es ist für uns alle sehr schrecklich, wirklich."

„Danke. I wois ned, warum des alles passiert. Letzte Woche mei Onkel und mei Tante und jetzt…"

Er senkte den Kopf und konnte nicht mehr sprechen.

„Ich weiß. Haben Sie sie gefunden?"

Er nickte wortlos und sah dann wieder auf.

„I war scho um halb sechs auf, weil i den Hof no herrichten wollt. Wir öffnen um neun und da sollt alles für die Kunden fertig sein. I bin in die Scheune und…"

Er stockte und würgte an dem Kloß, der seine Kehle blockierte.

„Sie wohnen auch hier auf dem Hof?"

„Ja. Oben im Dach hab i mir eine Wohnung ausbaut. Mit einem separaten Eingang auf der Rückseite."

„Ich nehme an, Sie haben nach Mitternacht schon geschlafen. Haben Sie nichts gehört? Oder sind Sie von irgendwas aufgewacht?"

„Na, des isses ja. Eigentlich schlof i ned so fest. Geräusche aufm Hof wecken mi sofort auf. Aber heut Nacht war alles ruhig. I hab wirklich nichts ghört. Hätt i bloss…"

„Ich glaube nicht, dass Sie etwas hätten ändern können, Herr Klammthaler. Möglicherweise hat Ihnen der tiefe Schlaf das

Leben gerettet. Es ist ja nicht gesagt, dass es nur ein Täter gewesen war oder dass Ihre Eltern ein alleiniges Ziel waren."

„Leider ko des koi Trost sei, aber danke für den Versuch."

„Darf ich Ihnen ein paar Fragen stellen? Oder soll ich später noch einmal kommen?"

„Nein, geht scho...Natürlich."

„Hatte die Familie mit irgend jemandem Ärger? Kann auch schon länger her sein. Gab es Probleme, die die Taten zumindest erklären könnten? Wer sind die Feinde der Klammthalers? - Haben Sie eine Idee?"

Doch Martin schüttelte den Kopf.

„Nein, i hob wirklich koi Ahnung, wer des gmacht haben könnt. Mir fällt niemand ein. Feinde? Na, koine. Meine Eltern waren doch ned viel jünger als mei Onkel. Was sollten alte Leut denn anderen no antun könna? I wois es wirklich ned. Es hat nie mit irgend jemandem an großen Streit geben. Für mi war des a Wahnsinniger, der Lust am Morden hat."

„Kann sein. Wir wissen es nicht. Aber wir müssen jeder Spur nachgehen, auch wenn sie noch so vage sein mag."

Martin sagte nichts, sondern schüttelte nur den Kopf. Stöcklein sah ihm an, wie er sich zusammenreißen musste.

„Wir haben eine spezielle Abteilung, die sich um die Hinterbliebenen von Mordopfern kümmern. Sind gute Leute. Wenn Sie wollen, kann ich das in die Wege leiten."

Martin Klammthaler winkte ab.

„Na, ned nötig. I werd mit meim Bruder zuerst alles regeln. Zam mit den Cousins und Cousinen."

Stöcklein nickte. Er verstand ihn.

„Sollten Sie sich das anders überlegen, rufen Sie mich an. Ich werde mich dann kümmern."

Er übergab ihm seine Karte.

„Wenn ich noch Fragen habe, kann ich vorbeikommen?"

„Natürlich. Jederzeit."

Stöcklein wandte sich zum Gehen.

„Herr Kommissar!"

Er drehte sich noch einmal um.

„Ja?"

„Sind wir Kinder jetzt au in Gefahr?"

Stöcklein überlegte kurz. Die Frage war durchaus berechtigt.

„Ich denke nicht, aber wir werden besonders aufmerksam sein. Wenn wir Ihnen und den anderen Kindern einen Personenschutz zuweisen, lassen wir es Sie wissen."

„Danke…"

Stöcklein hob die Hand und ging langsam und sehr nachdenklich zu seinem Wagen. Das Telefon klingelte. Meitinger, der Polizeichef. Ja, war klar, dass er jetzt berichten musste.

*

Gerhard Meitinger las angestrengt den noch schmalen Akt des Falles „Klammthaler". Dann hob er den Kopf und sah Stöcklein und Jasmin an. Seine Lippen waren zusammen gepresst und er schnaufte lautstark aus.

„Wo stehen jetzt die Ermittlungen?"

„Nachdem wir ja jetzt vier Morde in derselben Familie haben, müssen wir davon ausgehen, dass die gesamte Familie Klammthaler Ziel eines mörderischen Planes war oder ist. Wir werden zuerst Personenschutz anfordern. Möglicherweise sind auch die Kinder in Gefahr."

„Meinen Sie, dass es ein Serienkiller ist?"

„Ich weiß es nicht. Aber eins ist wohl jetzt sicher, dass die Klammthalers nicht zufällig ausgesucht worden waren. Da steckt ein Plan dahinter und wir ermitteln dahingehend, dass in der Vergangenheit etwas passiert ist, das den oder die Mörder zu einem Hass treibt, der die Taten rechtfertigt."

„Und? Schon etwas entdeckt? Gibt's schon Hinweise?"

„Leider nicht. Aber wir sind da dran...trotzdem muss ich feststellen, dass anhand der fehlenden Spuren eine gewisse Professionalität nicht abzustreiten ist."

„Sie glauben, das ist ein bezahlter Killer? Warum?"

„Ich sage nur, dass der ganze Tatort keinerlei relevante Spuren aufweist und wohl sehr penibel gereinigt worden war. Das meine ich mit Professionalität."

„Die Art der Tötungen erscheint mir aber sehr grausam. Warum macht der Täter das? Ritual? Etwas Religiöses?Schon eine Idee?"

Jasmin meldete sich zu Wort.

„Wir denken, dass sich jemand von der Klammthaler-Sippe mehr als ungerecht behandelt fühlt. Dieser Vorfall ist nicht personalisiert, sondern es wird die gesamte Familie dafür verantwortlich gemacht. Und wir müssen herausfinden, was so schwerwiegend gewesen ist, dass es zu solch einer kaltblütigen Handlung kommt. Allerdings haben wir noch nichts entdeckt, das in Betracht kommen könnte. Ein Bauer aus Hirblingen steht zwar in einem permanenten Streit mit den Neusässern, aber das liegt schon so lange zurück, dass es höchst merkwürdig wäre, wenn jetzt plötzlich die Wut so hochkocht, dass dies eben passiert. Ohne sichtbaren Auslöser. Wir halten den Bauer Hofer und die Söhne aber nicht für die Täter. Die Alibis sind auch hieb- und stichfest. Das sind keine typischen Mörder und schon gar keine Sadisten. Denn diese Morde haben alle einen psychopathischen Beigeschmack. - Was uns noch fehlt, ist natürlich dieser Vagabund, der schon länger in der Umgebung gesehen worden ist. Nach ihm wird gefahndet, aber noch ist er nicht gefunden worden."

„Sie vermuten, dass der Stiefelabdruck zu ihm gehört?"

Stöcklein nickte.

„Ja. Schuhgröße 46 hat niemand von den Klammthalers. Ich bin sicher, dass er derjenige war, den ich damals in der Scheune gestört habe. Vielleicht hat er wirklich nichts damit zu tun, aber wir müssen ihn erst haben. Dann sehen wir weiter. Möglicherweise könnte er auch ein Zeuge sein."

„Was ist mit diesem Messer? Schon was entdeckt?"

„Nein. Wir können zwar das Messer kategorisieren, aber der Täter wird es mitgenommen haben. Wir bemühen uns zuerst um die Festnahme des Obdachlosen. Dann werden wir schon sehen, ob er etwas damit zu tun hat oder ob er vielleicht Zeuge gewesen ist."

Meitinger stand auf.

„Sie werden verstehen, dass ich ergebnisorientiert bin. Die Medien wollen Interviews, einen Ermittlungsstand und wollen alles mögliche wissen. Ich muss eine Pressekonferenz abhalten aufgrund der beiden neuen Morde. Bitte bleiben Sie dran und forcieren Sie wenn möglich die Bemühungen. Halten Sie mich auf dem Laufenden. Wenn Sie neue Erkenntnisse haben, möchte ich sofort unterrichtet werden. Und keinerlei Interviews an die Medien. Absolute Auskunftssperre."

„Natürlich. Wir sind mindestens genauso daran interessiert wie Sie. Das steht außer Frage."

„Ich weiß. Es ist mir auch bewusst, dass Sie persönlich in diesen ganzen Fall involviert sind, Herr Stöcklein. Stellt das ein Problem für Sie dar? Wenn, dann muss ich das wissen."

„Nein, das ist sicherlich kein Problem. Eher das Gegenteil."

Meitinger stutzte und sah ihn ein bisschen verständnislos an.

„Wie meinen Sie denn das?"

„Dadurch, dass ich dieses ganze Umfeld kenne, wird es zwar zum Teil persönlich, aber es ist auch so, dass ich damit auch den Spuren und Thesen noch vehementer und detaillierter nachgehen kann als gewöhnlich, weil mir das ganze Umfeld bekannt ist. Vielleicht ist es hilfreich, dass ich die Kinder kenne. Sie werden mir nichts vorenthalten. Sie vertrauen mir und wahrscheinlich erfahre ich damit mehr als jemand, den sie gar nicht kennen."

„Ja, könnte ein Vorteil sein…"

„Bestimmt. Ich melde mich regelmäßig."

Er und Jasmin erhoben sich und verließen das Büro.

„Wir müssen Ergebnisse liefern." bemerkte Jasmin.

„Klar müssen wir. Haben wir schon die Bankauskünfte und die Versicherungsunterlagen?"

„Ja, alles da. Heute Nachmittag gehe ich die Akten durch."

„Was ist mit den Telefonlisten?"

„Liegen auch schon da."

„Gut. Ich möchte von jedem alles wissen. Mit wem er telefoniert, wie oft, wann. Ich möchte wissen, wer wie viel Geld ausgibt und für was. Ich brauche Hobbies, Freunde, Bekannte und von mir aus auch ungewöhnliche Interessen. Irgendeinen Zusammenhang muss es doch geben, verdammt."

Sie verließen das Stockwerk und begaben sich in ihre Büros. Zusammen saßen sie am Schreibtisch und studierten die Akten. So lange, bis die Türe aufging und ein grinsender Rolf Griesmann hereinkam. Stöcklein hob den Kopf und zog die Stirn hoch.

„Rolf...gut gelaunte Leute sind mir im Moment ein Gräuel. Außer sie bringen frohe Kunde," sagte Stöcklein pathetisch und sah den jungen Ermittler erwartungsvoll an.

„Das tue ich. Wir haben unseren Obdachlosen erwischt."

Stöcklein und Jasmin sprangen von ihren Stühlen.

„Super, Mann. Wo ist er?"

„Im Verhörraum. Es wird noch besser."

Sein Grinsen wurde immer breiter.

„Sag´ schon..."

„Er hatte ein blutiges Messer bei sich. Mit einer abgebrochenen Spitze. Ist bereits in der KTU."

„Nein!!!"

„Doch!!""

„Ja!! Klasse. Super Arbeit, Junge. Dann mal los..."

Sie saßen einem Hünen von Mann gegenüber, der sich alles andere als hünenhaft verhielt. Seine Augen irrten ständig hin und her, die ungepflegten langen Haare hingen lose über sein Gesicht. Die nicht ganz sauberen Finger hatte er ineinander verhakt und versuchten alle Arten von Knoten zu fabrizieren. Bernhard Moltern war nervös. Sie hatten ihn auf offener Straße verhaftet und sofort mitgenommen. Er hatte fast keine Ahnung, was die Beamten von ihm wollten. Vielleicht hatten sie ihn bei den häufigen Ladendiebstählen gefilmt und jetzt würde er eine Zeit lang in den Knast gehen.

Die Türe öffnete sich und eine Frau und ein Mann setzten sich ihm gegenüber. Sie hatten eine Akte dabei, die der Mann gerade öffnete.

„Herr Moltern, ich bin Hauptkommissar Stöcklein und das ist meine Kollegin von Heesen. Sie können sich denken, warum Sie hier bei uns sind?"

„Nein, keine Ahnung. Was wollen Sie denn von mir?"

„Herr Moltern, ersparen Sie uns doch dieses Theater. Wir verdächtigen Sie des Mordes an dem Ehepaar Anton und Hertha Klammthaler und zudem des Mordes an Markus und Maria Klammthaler. Was haben Sie dazu zu sagen?"

„Was?? Wie bitte?? Mord?...Sind Sie verrückt geworden?? Wen soll ich…? Ich habe keinen blassen Schimmer von dem, was Sie da labern. Wer sollen die Leute denn sein? Hab ich noch nie gehört, den Namen."

„Sie sind in Neusäß des Öfteren gesehen worden. Bestreiten Sie das?"

„Ne..nein, natürlich nicht. Ab und zu bin ich auch in Neusäß."

„Warum? Was wollen Sie dort?"

„Ich...ich schlafe dort öfter in einem der Heustadel. Das ist besser als irgendwo in Augsburg. Die Bauernhöfe sind ruhig und es kommt selten jemand rein…"

„Wo waren Sie am letzten Montag, 8. September?"

„Montag?? Montag...da war ich..ich glaub´ ich war... Montag?? Ich war das Wochenende in Neusäß, das stimmt."

„Montag zwischen fünf Uhr nachmittags und neun Uhr abends..."

„Ja, ich war in Neusäß, aber...was soll das denn??"

„Sie waren also in Neusäß. Wo??"

„Wo??"

„Wo waren Sie zu diesem Zeitpunkt? Wo hatten Sie die Nacht verbracht?"

Der Mann wurde immer nervöser. Schweiß lief ihm inzwischen in Strömen über das Gesicht. Er sah aus wie ein Häufchen Elend, aber Stöcklein ließ sich dadurch nicht täuschen. Zu oft wurde ihm ein bühnenreifes Theater vorgespielt. Er hielt sich an die Tatsachen und an reine Fakten.

„Nun? Ich erwarte auf meine Frage eine Antwort."

„Ich...ääh...Montag, am Montag war ich erst da unten bei den Geschäften. Ich dachte mir, viele Leute, vielleicht kann ich etwas zusammenbetteln. Und abends...abends...ich schlief in einem Heustadel. Auf einem Bauernhof...ich weiß doch nicht, wo das war...ein Heustadel eben."

„Welcher Bauernhof? War der Hof leer oder standen irgendwelche Maschinen oder Tische herum? War es im Zentrum oder ein Ortsteil??"

„Nein, kein Ortsteil...da war nix und niemand...deswegen bin ich doch rein gegangen. Hat ausgesehen, als ob gar niemand da wohnt."

Stöcklein sah Jasmin an, die die Augenbrauen hochgezogen hatte.

„Um wie viel Uhr waren Sie dort?"

„Keine Ahnung. Ich habe keine Uhr. Es war noch hell, das weiß ich."

„Und wann sind Sie wieder gegangen?"

„Erst am Morgen...ich war müde und habe geschlafen wie ein Stein."

Stöcklein stand auf und ging nach draußen. Eine Minute später kam er wieder zurück. Er hatte eine Tüte in der Hand, in der sich ein blutiges Messer befand.

„Wie erklären Sie sich das Messer in ihrem Rucksack?"

„Das kenn´ ich nicht. Es gehört mir nicht. Ich habe ein Taschenmesser, aber nie im Rucksack, immer in meiner Tasche…"

Er war noch nervöser geworden und rutschte aufgeregt auf dem Stuhl hin und her.

„Es sind Ihre Fingerabdrücke darauf, Moltern!! Wie kommen dann ihre Fingerabdrücke auf die Tatwaffe, häh!! Reden Sie endlich, Mann!! Die Klammthalers haben Sie überrascht und dann haben Sie sie getötet. War es nicht so!! War es nicht so!!!"

Stöcklein war aufgesprungen und schrie den völlig verängstigten Mann an.

„Nein, nein…ich war das nicht. Ich weiß doch nicht, wie das Messer in meinen Rucksack gekommen ist. Ich habe niemanden ermordet, glauben Sie mir doch!!! Ich könnte so etwas doch nie tun."

Stöcklein setzte sich wieder. Er war wieder ruhig wie vorher.

„Wir haben Ihren Stiefelabdruck neben den Leichen gefunden. Der Abdruck ist eindeutig zugeordnet worden. Es sind definitiv Ihre Stiefel. Also waren Sie auch definitiv am Tatort. - Und Sie waren auch dort, als ich im Stadel war. Richtig?"

„Aber ich sagte doch schon, dass ich dort geschlafen habe. Natürlich sind das meine Abdrücke. Aber ich war alleine. Niemand hat mich gestört. Da war niemand…so glauben Sie mir doch…"

„Waren Sie im Stadel, als ich noch einmal dort war? Wir haben einen eindeutigen Stiefelabdruck, Herr Moltern. Es ist ein Abdruck, der an dem Abend von Ihnen gemacht worden ist, als ich dort war."

Die Unterlippe Molterns begann zu zucken und er senkte nickend den Kopf.

„Ja ja, ich war dort, aber nur, weil ich dort die Nacht verbringen wollte. Ich wusste doch nicht, dass das ein Tatort war…"

„Warum sind Sie dann weg gelaufen?"

„Weil ich…weil ich…ich hatte einfach Angst…"

„Angst? Warum? Weil ich spekulierte, dass ein Mörder wieder zurück zu seinem Tatort kommen würde?"

„Nein, nein, ich hatte Angst, dass man mich wegjagen würde und die Polizei holen würde…ich will mit der Polizei nichts zu tun haben."

„Jetzt haben Sie damit zu tun. Packen Sie aus, Mann!!"

„Aber ich habe niemandem etwas getan…Sie müssen mir glauben…"

„Der Stiefelabdruck enthielt Blutspritzer, die eindeutig da waren, als Sie dort gestanden haben. Also waren die Klammthalers schon tot. Sie haben Sie ermordet und dann mit einem Seil an die Balken gehängt. Jetzt lügen Sie mich nicht an. Es ist vorbei, Moltern. Geben Sie es schon zu. Sie verschlimmern nur Ihre Situation….Ihre Mitarbeit kann vor Gericht positiv gewertet werden."

„Aber…nein, nein, ich habe nichts getan. Da war doch niemand. Ich war die ganze Nacht alleine…"

„Gerade haben Sie gesagt, dass Sie tief und fest geschlafen haben. Woher wollen Sie dann wissen, dass niemand da war? Die Klammthalers haben Sie entdeckt und wollten Sie fortjagen, da sind Sie ausgeflippt und haben sie getötet. Moltern, Sie waren definitiv am Tatort und die Tatwaffe weist unzweifelhaft Ihre Fingerabdrücke auf. Auf der Tatwaffe ist das Blut der Opfer. Sie stehen mit dem Rücken zur Wand. Alles spricht gegen Sie. Nur mit einem Geständnis können Sie noch mit einem milderen Urteil rechnen. Reden Sie!!! Sie sind überführt, Mann!! Leugnen bringt Sie nicht weiter, verstehen Sie das?!"

„Ich war das nicht, glauben Sie mir doch. Glauben Sie mir doch…!"

Seine letzten Worte gingen in einem verzweifelten Schluchzen unter. Stöcklein stand auf.

„Wir sind gleich wieder da. Denken Sie nach, Herr Moltern. Denken Sie jetzt sehr gut nach."

Sie verließen den Raum und begaben sich in den angrenzenden verspiegelten Raum, wo sie Rolf erwartete.

„Was denkst du, Rolf?" fragte Stöcklein.

„Entweder er ist ein eiskalter Schauspieler oder ein vollkommen naiver Vollidiot. Ich bin mir nicht sicher."

„Jasmin?"

„Ich glaub´ ihm nicht, dass er unschuldig ist. Er kann weder eine Erklärung wegen dem Messer abgeben noch wegen dem Schuhabdruck mit den Blutspuren. Es ist alles eindeutig bewiesen. Er hat definitiv neben den Leichen gestanden. Und ehrlich gesagt, ist es völlig unglaubwürdig, nichts gehört zu haben, wenn er nur ein paar Meter entfernt im Heu liegt. Was auch keine Rolle spielt. Ich halte ihn für den Täter. Zumindest im ersten Fall. Bei den anderen bin ich nicht sicher. Da fehlen uns die schlüssigen Beweise. Aber sein Leugnen ohne irgendeine Argumentation lässt schon auf ein denkerisches Defizit schließen. Wahrscheinlich hat er im Affekt gehandelt und jetzt weiß er nicht, wie er sich da wieder rausreden soll."

„Wir brauchen ein Geständnis. Wir können die Tat nicht exakt nachweisen. Dass er das Messer auch benutzt hat, wissen wir nicht mit Bestimmtheit. Er war dort, okay, aber ist er auch der Täter? Vielleicht hat er einen Komplizen, der die Tat begangen hat. Moltern war Zeuge und deckt ihn jetzt."

„Tatsache ist, dass das Messer die Mordwaffe ist. Es sind nur seine Fingerabdrücke drauf. Das war´s für ihn, denke ich. Eine zweite Person? Möglich, aber sehr unwahrscheinlich. Er wurde immer nur alleine gesehen."

„Er müsste mit einer Mordanklage rechnen. Ob seine Loyalität so weit geht? Das kann ich mir bei so einem Typ nur schwer vorstellen."

Jasmin schüttelte den Kopf. Stöcklein wandte sich an Rolf.

„Überprüfe mal seinen Tagesablauf. Mit wem ist er öfter zusammen, wo treffen sie sich. Wer mit wem? Hat er Freunde und wenn ja, welche...versuch´ mal mit diesen Leuten in Kontakt zu kommen. Und ich möchte einen kompletten Lebenslauf von dem Mann."

„Okay, mach´ ich...was machen wir mit ihm?"

„Er bleibt natürlich bei uns. Morgen wird er dem Haftrichter vorgeführt. Die Mordanklage bleibt bestehen."

Sie betraten wieder den Verhörraum.

„Sie werden im Moment bei uns bleiben. Denken Sie darüber nach, Moltern. Sie haben keine Chance. Die Beweise sind schlüssig und Sie können uns nicht das Gegenteil beweisen."

Der Mann sah wieder auf. Vollkommen aufgelöst.

„Aber...ich habe doch nichts getan. Nichts getan...Sie müssen mir das glauben. Ich bin unschuldig. Jemand will mir diese Morde in die Schuhe schieben…"

„Soso…und wer soll das sein, wenn ich fragen darf?"

„Ich weiß doch nicht. Keine Ahnung, ich hab niemandem etwas getan..."

„Bringen Sie ihn in die Zelle," sagte Stöcklein zu dem Beamten im Raum. Moltern stand auf und ließ sich widerstandslos mitnehmen. An der Türe drehte er sich noch einmal um.

„Herr Kommissar, ich war das nicht. Das Messer gehört mir nicht und ich weiß nicht, wie es in meinen Rucksack kommen konnte. Ihr braucht einen Schuldigen, aber ich bin es nicht. Ich bin unschuldig…"

„Kommen Sie," sagte der Beamte und zog ihn nach draußen.

Stöcklein sah Jasmin an, die die Augenbrauen hochgezogen hatte und die Unterlippe nach oben schob.

„Lügt er?" fragte Stöcklein.

„Alles spricht gegen ihn. Aber er ist recht überzeugend in seiner Art, seine Unschuld klar zu stellen."

„Schauspieler gibt's viele. Ist er ein Schauspieler?"

„Schwer zu sagen. Der Intelligenteste ist er nicht. Die Beweislast ist erdrückend. Seine Fingerabdrücke auf der Tatwaffe. Fußabdruck. Er war bei Tatzeitpunkt anwesend. Jeder Richter würde ihn verurteilen. Und ich auch…"

Stöcklein nickte. Allerdings nicht überzeugt.

„Du zweifelst?"

„Bin noch nicht sicher. Ohne Geständnis bleiben immer Zweifel."

„Mehr Beweise könnte ich mir jetzt nicht einmal vorstellen," sagte Jasmin und lachte zynisch auf.

Er stand auf und starrte auf den Stuhl, auf dem Moltern gesessen hatte.

„Ich muss nochmal weg. Schaut ihr bitte noch die Akten durch, ob sich daraus etwas ableiten lassen könnte. Ich melde mich später wieder."

Er wandte sich zum Gehen.

„Wo willst du denn hin?"

„Muss noch jemanden besuchen…bis dann."

Und schon war er verschwunden. Jasmin sah ihm verwundert nach. Dass er sie nicht unterrichtete, was er vorhatte, passte gar nicht zu ihm. Irgend etwas schien ihm durch den Kopf zu gehen.

*

Tatsächlich ging dem Hauptkommissar vieles durch den Kopf. Unter anderem eine Idee, der er nachgehen musst. Die Klammthalers waren getötet worden, weil möglicherweise etwas aus der Vergangenheit wieder hoch gespült worden war. Die ersten Morde konnte man noch aus verschiedenen

Perspektiven betrachten. Doch dass dann auch noch der Bruder und dessen Frau regelrecht hingerichtet wurden, musste doch einen Zusammenhang nach sich ziehen können. Das konnte kein Zufall sein. Wenn Moltern auch der Täter der beiden späteren Morde wäre, dann müsste er ein ganz bestimmtes Motiv haben. Stöcklein war verwirrt und er wurde in diesem Falle nicht schlau aus Molterns Verhalten. Er zog eine andere Möglichkeit in Betracht. Es musste einen Vorfall gegeben haben, der beide Familien betreffen musste. Aber wie könnte man darauf kommen? Wer wusste davon, wenn es so etwas wirklich gegeben hatte? Und wenn, wer würde dies auch preisgeben? Es wäre notwendig, alle Freunde, Bekannte und Verwandte zu befragen, die die Klammthalers schon ihr Leben lang kennen würden.

Er beschloss, zu Flo zu fahren. Er hielt an der Straßenseite an und wählte dessen Nummer.

„Klammthaler, hallo?"

„Hallo, Flo, hier ist Gerd. Könnten wir uns nochmal unterhalten?"

„Hallo, Gerd, ja klar. I bin grad auf der Baustell. Wie wär's heut Abend? So um sechs? Du kommsch zum Essen…"

Stöcklein lachte.

„Eigentlich wollte ich mich nicht zum Essen einladen, aber klar. Danke. Bin da, bis dahin…"

Flo war der älteste der Kinder. Vielleicht wusste er etwas, das Licht in diese verkorkste Sache bringen konnte. Er dachte an Bernhard Moltern. Die Beweise würden ihn zweifellos in den Knast bringen, aber was, wenn er tatsächlich unschuldig war und der wahre Täter ihn als Bauernopfer im wahrsten Sinne des Wortes alles untergeschoben hatte?

Stöcklein schüttelte den Kopf. Seine Theorien wanderten weit weg und wurden abstrakt. Fast schon in eine gewisse Abstrusität. Das hier war kein zweitklassiger Kriminalfilm, das war pure Realität. Trotzdem - ein kleiner aufgeregter Zweifler

91

in seinem Gehirn ließ ihn nicht zur Ruhe kommen. Er piesackte ihn permanent mit einer Frage, die immer konkreter wurde. Was, wenn Moltern wirklich nicht der Täter war? Wer dann? Und vor allem...warum?

Stöcklein und Florian Klammthaler saßen am Tisch vor einem Glas Bier und plauderten über vergangene Zeiten. Doch das Gespräch kam nicht in die Gänge, weil die dunklen Wolken der Geschehnisse alles Licht überschattete.

„Über was willsch denn mit mir sprechen?" fragte Florian.

„Tja, ich möchte noch ein paar Spuren nachgehen, die mir im Magen liegen. Wirklich nur Spuren und Theorien, aber ich möchte alle Fragen aus der Welt räumen. - Kannst du dich an Vorfälle erinnern, in die deine Eltern mit deinem Onkel und Tante zusammen involviert waren? Etwas, das wichtig gewesen war oder ärgerlich, vielleicht sogar schlimm. Oder beides...Kann auch schon lange her gewesen sein. Gibt es etwas, das im Dunkeln liegt? Vielleicht in Zeiten, als die Höfe noch groß waren, als die Geschäfte mit Vieh und Futtermittel noch andere Dimensionen hatten. Hatte es mal größere Schwierigkeiten damit gegeben? Mit Lieferanten, Kunden, Genossenschaften, Nachbarn oder so...alles könnte wichtig sein."

Doch Flo schüttelte den Kopf.

„Ned, dass i wüsst. Wir haben doch jahrelang täglich gearbeitet, mei Vater hat die Geschäfte geführt und mit meim Onkel wurden auch die meisten Maschinen angschafft. Mitunter au mit den anderen Bauern, weil das auf Dauer billiger war. Aber lange Zeit hatten wir unsere eigenen Geräte, des woisch du ja au no."

„Hat es nie Schwierigkeiten deswegen gegeben? Vielleicht einmal Ärger wegen der Kosten? Die Verteilung oder so was in der Art."

„Na, mir fällt nichts ein. Nichts dergleichen. Meine Eltern ham ja scho beizeiten den Hof aufgeben und die Äcker verpachtet. I wollt den Hof ja von Anfang an ned, das hamma scho früh besprochen. Aber bis dahin lief alles wie gewohnt, abgesehen davon, dass natürlich die Renditen immer weniger wurden."

„Über die Zeit haben ja die Generationen auch gewechselt. Mit den Kindern oder Enkeln war nie etwas Ungewöhnliches passiert?"

„Nein, alles ganz normal. Da i ja nebenan wohn, hätt i bestimmt was mitbekommen. Aber es gab keine Querelen oder Streitereien wegen irgendwas...mir fällt tatsächlich nichts ein."

Stöcklein nickte. Es wäre auch ein Wunder gewesen.

„Hmmm....na gut. War auch nur so ein Gedanke..."

„Tut mir leid, dass i do ned weiterhelfen kann."

„Macht ja nichts..."

Er sah auf die Uhr.

„Oh, Zeit für mich. Ich muss noch meine Kollegen anrufen."

Er stand auf.

„Vielen Dank für die Einladung. Vielleicht können wir das irgendwann wiederholen, wenn über die ganze Geschichte Gras gewachsen ist...Wiedersehen, Frau Klammthaler, danke für das hervorragende Essen," rief er in die Küche.

Sie kam heraus und lächelte ihn an. Gezwungen, sie hatte Schwierigkeiten, das alles zu begreifen.

„War mir ein Vergnügen..." sagte sie.

„I bring di raus."

Florian ging voraus und öffnete die Türe. Sie gaben sich die Hand und ein Gedanke sprang in das Gehirn von Stöcklein.

„Sag´ mal, gibt es eigentlich so etwas wie einen Stammbaum der Familie? Du weißt schon, wo alle Namen drauf stehen und die familiären Verbindungen."

„Stammbaum? Ja, so viel i wois, ham meine Eltern das in ihren Papieren. Soll i den mol raussuchen?"

„Ja, würde mich interessieren. Sag´ mir Bescheid, dann hol´ ich ihn ab."

Als er in seinen Wagen stieg, dachte er über den Gedanken nach, der ihn buchstäblich überfallen hatte. Er hatte keine Ahnung, wo er ihn hinführen würde. Er war einfach gekommen, so als ob er ihn, den Kommissar, darauf aufmerksam machen wollte, dass er trotz aller anderen Spuren und Erkenntnisse seine Aufmerksamkeit auch innerhalb der Familie verstärken sollte. Was er zweifellos als Erstes tat, da die ganze Erbsubstanz schon mehr als überdurchschnittlich war. Aber das war es nicht, was ihn beschäftigte. Ein anderer Bereich lag brach, definierte sich auch nicht. Er wollte nur seinen inneren Zweifler zur Ruhe bringen, indem er alle möglichen und unmöglichen Spuren auf den Tisch legte und nachverfolgte – bis sie entweder widerlegt waren oder sich eine nächste Fährte bilden würde.

Der Motor startete und er fuhr aus der Einfahrt. Die Familie! Lag vielleicht irgendein Geheimnis darin? War etwas geschehen, was nur die Eingeweihten wussten? Warum mussten die alten Klammthalers sterben? Was ist mit den Kindern? Niemand hatte einen Verdacht, wer diese schrecklichen Morde verübt haben könnte – und niemand wusste auch zu sagen, warum. Es kam nicht einmal zu Spekulationen, weil Nachlass und Erbe gleichberechtigt verteilt wurden. In der Familie von Flo genauso wie in der Familie des Bruders. Das konnte es nicht sein. Stöcklein hatte im Moment Zweifel an allen Theorien und Spekulationen. Er und sein Team tappten weiterhin auf einer dunklen Oberfläche. Wenn man einmal davon absah, dass Bernhard Moltern im eigentlichen Sinne überführt worden war. Allerdings eben nur im Falle Anton und Hertha Klammthaler. Was war mit dem Bruder und der Schwägerin? Sie hatten zwar die Gewissheit, dass der Täter ein- und derselbe war, aber Moltern? Im ersten Fall alle möglichen Spuren und Indizien, im zweiten Fall nichts. Als wenn es keinen offensichtlichen Zusammenhang geben würde außer der Tatmethode.

Stöcklein schlug gegen das Lenkrad. Wenn Moltern die Tat wirklich nicht begangen hatte, wer denn dann? Es war ja nicht auszuschließen, dass er die Wahrheit gesagt hatte und er nur zur falschen Zeit am falschen Ort gewesen war. Vielleicht hatte er wirklich nichts mitbekommen. Obwohl das auch für den Ermittler sehr abwegig sein musste. So tief konnte niemand schlafen, dass er nicht die Geräusche hören musste, die in unmittelbarer Umgebung fast als Lärm zu werten wäre. Vorausgesetzt, er war nicht der Täter.

Er würde morgen den Mann noch einmal an den Tatort mitnehmen. Vielleicht löste das seine Zunge, wenn er noch einmal an den schrecklichen Tatort zurück musste. Da wurden schon andere schwach und gaben alles zu.

Der Spätsommer schickte seine ganze Pracht von Licht über das Land. Der Himmel war stahlblau. Keine Wolke bewegte sich über den Äther. Die Luft war lau und angenehm. Die gnadenlose Hitze des Sommers war vorbei und die Temperaturen befanden sich in einem angenehmen Bereich. Stöcklein hatte Jasmin und Rolf unterrichtet, dass er mit dem Untersuchungsgefangenen noch einmal an den Tatort fahren wollte. Seine beiden Kollegen fanden das zwar für überflüssig, sahen keine Relevanz darin und keinen großen Sinn. Aber sie sagten nichts, nickten nur und wollten sich heute ausschließlich mit den Akten befassen, um einen Fall detailliert darstellen zu können. Die Routineaufgaben waren längst nicht erledigt. Wenn Bernhard Moltern angeklagt werden würde, musste die Beweiskette schlüssig und faktisch unangreifbar sein. Was auch bedeutete, dass sein psychologisches Profil absolut wasserdicht sein musste. Bestätigt durch die Menschen, die mit ihm auf der Straße lebten und die ihn schon länger kennen mussten.

Stöcklein hatte im Moment andere Gedanken. Flo hatte ihn angerufen und bestätigt, dass er eine alte Stammbaumkarte seiner Eltern gefunden hatte. Sie reichte zurück bis ins 17. Jahrhundert. Stöcklein war gespannt. Ein Stammbaum, der mehr als 300 Jahre zurückreichte, war schon eine kleine Sensation. Aber zuerst besichtigte er mit Moltern noch den Tatort. Zwei Beamte begleiteten ihn.

„Wo fahren wir denn hin?" fragte Moltern.

„Nach Neusäß. Ich möchte, dass Sie mir zeigen, wo Sie übernachtet haben, was im Stall passiert ist und wie. Ich möchte, dass Sie mir alles sagen, was Ihnen einfällt. Einverstanden?"

Moltern zuckte die Schultern.

„Wegen mir...ist doch eh egal. Im Stall ist eh nix passiert. Sie werden mir ja sowieso nicht glauben."

Stöcklein sagte nichts.

„Ist es nicht so?" wiederholte sich Moltern und sah den Hauptkommissar gespannt an.

„Ich habe Ihnen schon einmal gesagt, dass das nichts mit glauben zu tun hat. Wir arbeiten ausschließlich mit Fakten und Beweisen. Ob ich oder andere Ihnen Ihre Geschichte glauben, spielt keine Rolle. Außer der Richter. Aber ich kann Ihnen versichern, dass ein Richter sich nach den Gesetzen hält und nicht nach unbeweisbaren Geschichten."

„Warum fahren wir dann dahin? Ist doch Zeitverschwendung..." murmelte er leise und senkte den Kopf.

Stöcklein schwieg. Sie erreichten Neusäß, bogen in die Dorfstraße ein und fuhren langsam durch die 30er Zone. Vor dem Hof der Klammthalers blieben sie stehen und stiegen aus dem Wagen. Ein Beamter fasste Moltern am Arm und zog ihn hoch. Er hatte Handschellen um die Handgelenke, die seine Bewegungsfreiheit massiv einschränkten.

„Also, gehen wir."

Sie begaben sich vor die Stalltüre und Stöcklein zog das Tor auf.

„Hier war ich aber nicht," sagte Moltern und sah sich erstaunt um.

Stöcklein blieb stehen und blickte ihn an.

„Wie bitte?"

„Hier habe ich nicht geschlafen."

„Wie? Das ist aber der Hof und der Stadel, wo das Verbrechen begangen worden war. Und hier haben wir auch Ihre Stiefelabdrücke gefunden."

Moltern zuckte die Schultern.

„Ich kann Ihnen nur sagen, dass das nicht der Stall war, wo ich geschlafen habe. Auch der ganze Hof ist anders. Hier war ich ganz bestimmt nicht."

Stöcklein sah ihn überrascht an. Was sollte die dumme Ausrede?

„Was erzählen Sie mir jetzt da? Was soll das jetzt? Sind Sie sicher oder können Sie sich nicht mehr erinnern?"

„Ich kann mich erinnern und ich bin ganz sicher. Ich war woanders…"

„Und wo, wenn ich fragen darf?"

Er zuckte die Schultern.

„Weiß nicht…ich kann mich nicht mehr erinnern, wo der Hof war. War ja nicht mehr hell. Aber da, wo ich in den Stall gegangen bin, war der Hof…ääh, anders, da standen Sachen rum.."

„Sachen? Was für Sachen? Sie waren doch in Neusäß oder nicht?"

„Jaja, doch, aber hier nicht. Es war…ich weiß nicht, die Fenster waren auch anders. Und das Tor war doch weiter rechts, glaub´ ich."

Stöcklein sah die beiden Beamten an, die mit den Schultern zuckten und auch nicht wussten, was jetzt zu tun sei.

„Na gut, wenn das stimmt, dann suchen wir jetzt den passenden Hof. So viele gibt's davon ja auch nicht."

„Ich schwöre, dass ich hier nicht gewesen bin." beteuerte der Mann.

„Jaja, ist ja gut...gehen wir."

Stöcklein wurde sauer. Wenn Moltern ihn verarschen wollte, dann konnte er in seiner Zelle verrotten.

„Wir gehen mal zu dem Hof seines Bruders."

Hundert Meter weiter standen sie dann vor der Einfahrt. Die Tische und Stellagen standen zwar herum, aber ohne Ware. Ein Schild wies eventuelle Besucher darauf hin, dass der Hofladen bis auf Weiteres geschlossen war wegen eines familiären Trauerfalles.

Stöcklein ging zur Türe und klingelte. Niemand öffnete. Offensichtlich war Martin Klammthaler nicht hier. Er klingelte noch einmal, aber nichts rührte sich. Dann drehte er sich um, winkte den beiden Beamten und bemerkte gleichzeitig, dass aus dem gegenüberliegenden Tor Martin Klammthaler trat.

„Guten Tag, Herr Klammthaler. Wäre es Ihnen recht, wenn wir uns noch einmal am Tatort umsehen?"

Martin nickte den Männern zu. Er hatte eine ernste Miene aufgesetzt und musterte Moltern regungslos. Ihm entgingen nicht die Handschellen und Stöcklein registrierte die Angespanntheit, die augenblicklich von ihm Besitz zu nehmen schien. Aber er sagte nichts.

„Ja. Klar. Gehn´S nur rein…"

Stöcklein nickte ihm zu und zog Moltern mit sich. Den Beamten sagte er, dass sie hierbleiben könnten.

Sie gingen langsam auf das Tor zu.

„Nun? Ist das der richtige Hof?"

„Ja. Aber geschlafen habe ich dort drüben."

Er zeigte nach rechts in die Remise, die offenstand. Ein paar Maschinenteile standen dort herum und auf der linken Seite waren Heuballen gestapelt. Stöcklein blieb stehen.

98

„Sicher?"

„Ja, ich bin sicher. Ich erinnere mich an die Egge mit den spitzen Teilen da...auf der Treppe bin ich nach oben gegangen." Er zeigte auf eine hölzerne Treppe, die tatsächlich nach oben führte, wo zusätzliche Heuballen gelagert waren.

Er zog ihn wieder weiter auf den Stadel zu, öffnete das Tor und trat hinein. Moltern vor sich.

„Zeigen Sie mir, was Sie hier gemacht haben und wo."

Moltern drehte sich zu ihm um.

„Ich habe hier gar nichts gemacht. Ich kenn diesen Stall nicht. Ich sagte doch, ich habe dort drüben geschlafen. Oben im Heu. Und am Morgen bin ich wieder abgehauen. Niemand hat mich gesehen."

„Moltern, sagen Sie die Wahrheit. Waren Sie wirklich hier gewesen, niemals auf dem anderen Hof? Wie erklären Sie sich dann Ihre Stiefelabdrücke?"

„Ich kann's doch auch nicht erklären. Bitte...ich war wirklich nur hier. Den anderen Hof kenn´ ich nicht. War niemals dort gewesen. Ich bin doch nicht bescheuert. Vielleicht seh´ ich so aus, aber ich bin nicht verrückt. Ich weiß doch, wo ich war..."

Verzweifelt sah er den Kommissar an. Der nickte. Er kam damit nicht weiter. Es blieb eine Lüge oder ein Rätsel. Oder beides. Oder sogar die Wahrheit.

„Gehen wir..."

Er führte Moltern wieder zu den Beamten.

„Fahren Sie ihn wieder zurück, meine Herren. Danke für die Begleitung."

„Fahren Sie nicht mit, Kommissar?"

Stöcklein schüttelte den Kopf.

„Nein, ich muss noch was erledigen."

„Und wie kommen Sie wieder ins Präsidium? Sollen wir Sie später irgendwo abholen?"

„Nein, danke. Ich find mich schon zurecht. Passt schon. Mein Kollege wird mich abholen."

„In Ordnung. Schönen Tag noch. - Gehen wir…" sagte er mit einem Blick auf Moltern.

Sie stiegen ins Fahrzeug und verließen den Hof. Stöcklein hörte Schritte hinter sich. Er drehte sich um und sah Martin Klammthaler in die Augen.

„War das der Mörder?" fragte der ihn.

„Ein Verdächtiger, sonst nichts."

„Wie verdächtig?"

„Ich darf Ihnen keine Auskünfte über laufende Ermittlungen geben. Tut mir leid, Herr Klammthaler."

Martin atmete tief durch und nickte schwer.

„Okay…versteh´ scho. Ob Sie zuversichtlich sind, den Fall zu lösen, darf i aber scho fragn, oder?"

„Ich bin zuversichtlich. Wenn ich das nicht wäre, müsste ich den Beruf wechseln. Wir tun, was wir können, Herr Klammthaler, glauben Sie mir."

„Ja, i wois scho."

„Wie geht es Ihnen sonst?"

Er sah ihn intensiv an. Martin Klammthaler machte einen sehr destruktiven Eindruck. Verständlicherweise.

Er zuckte resignierend die Schultern.

„Was soll i sagn? I glaub, Sie wissen des besser. Wahrscheinlich is Ihnen das alles ned fremd, kann i mir vorstelln."

„Ja, Sie haben recht. Trotzdem ist es immer wieder neu und schrecklich genug. Haben Sie mit Ihrem Bruder Kontakt?"

„Ja, heut Nachmittag hamma an Termin beim Notar. Und dann werden wir besprechen, was alles z´tun is. Beerdigung und so…"

„Ich wünsche Ihnen Kraft und Durchhaltevermögen. Die Arbeit auf dem Hof wird Sie ablenken. Und das ist wichtig, glauben Sie mir. Dadurch werden die nächsten Tage und Wochen nicht so frustrierend."

„Danke, Herr Kommissar. I hoff, der Täter wird gfasst und bekommt die Strof, die er verdient."

„Das hoffe ich auch, Herr Klammthaler, das hoffe ich auch. Auf Wiedersehen."

Er gab ihm die Hand und verließ den Hof. Er ging wieder zurück auf den anderen Klammthaler-Hof. Steuerte den Heustadel an und ging hinein. Instinktiv machte er einen Bogen um den riesengroßen dunklen Fleck vor sich, dann sah er sich um, wusste nicht, was er suchte, ob er überhaupt etwas suchte. Er hatte den Eindruck, etwas schrie ihn an, etwas, das da war und doch nicht hier. Er machte einen Schritt vorwärts, noch einen und noch einen. Dann stand er vor der hinteren Türe. Er öffnete sie und trat nach draußen. Eine Wiese war hier hinten. Mit Bäumen und Büschen, mit ein paar Zypressen. Apfelbäume, die noch voller Äpfel hingen. Er ging nach links und umrundete das Gebäude. Es war der rückwärtige Teil des Wohngebäudes. Seine Erinnerungsfetzen lösten das reale Bild ab. Er hörte Kindergeschrei, er sah nasse Wäsche im Wind flattern, die so frisch roch, die Sonne schien, er sah wieder das Zelt, in dem sie als Jungs übernachteten. Frau Klammthaler kam aus der Türe und rief alle Jungs rein. Frühstück. Er sah sich mit den Freunden in der Stube mit dem Kachelofen sitzen. Vor sich Semmeln, Brezen, Butter, Marmelade, Wurst und Käse. Heißer Kakao. Der Duft warmer Milch stieg ihm in die Nase und ein leises Stöhnen kam aus seinem Mund. Es war kein schmerzvolles Stöhnen, sondern ein sehnsuchtsvolles Ächzen. Mann, was für eine sorgenfreie Zeit war das gewesen, dachte er sich. Er streckte die Schultern und ging weiter. Die Tür war geschlossen und er drückte die Klinke. Abgesperrt. Ein schmaler Trittweg führte durch den Gemüsegarten und endete wieder an dem Holzzaun der Straße. Das Türchen, das aus dem Gemüsegarten führte, war unverschlossen und er trat hindurch. Lächelnd schloss er das quietschende Ding wieder und befand sich auf dem Hof. Sein Blick glitt über die alten Dächer, über die Straße und blieb an der Einfahrt des gegenüberliegenden Hofes liegen. Eine riesige Kastanie zierte den linken Teil des Hofes. Darunter stand eine Bank, auf der ein Mann saß. Auf seinen Stock gestützt beobachtete er den Kommissar. Wahrscheinlich hatte er ihn schon beobachtet, als er den Hof betreten hatte.

Aus einer Eingebung heraus beschloss Stöcklein sich mit dem Mann zu unterhalten. Er überquerte die Straße und ging langsam auf ihn zu. Der Alte ließ ihn nicht aus den Augen.

„Guten Tag. Ich hoffe, Sie haben jetzt nicht die Polizei gerufen, weil ich dort drüben über das ganze Anwesen gelaufen bin."

„Polizei? Nee...du siesch ned aus wia a Gauner."

Er hatte lustige Augen, die ihn interessiert in Augenschein nahmen.

„Das ist ja schön zu hören. Ich bin Hauptkommissar Stöcklein von der Mordkommission in Augsburg."

Er zog den Ausweis heraus und zeigte ihn dem Alten. Der Mann zog die Augenbrauen mit der Brille nach oben.

„Oha...du untersuchsch die ganze Sauerei?"

Stöcklein nickte.

„Ja...das tue ich."

„Willsch di a bissle nahocka?"

Er drehte sich langsam um und holte eine Thermoskanne hervor, während Stöcklein sich neben ihn setzte.

„Do is a Kaffee drin. Mogsch oin?"

Stöcklein lächelte in sich hinein. Der alte Mann war ein Unikat.

„Gern. Aber ich will Ihnen nichts weg trinken."

Der Alte wedelte mit der Hand.

„A...Schmarrn...i hab scho oin ghabt. Des roichd mia doch. Do, schenk dr ei."

Er übergab ihm eine Tasse und Stöcklein schenkte sich ein.

„A Muich hob i au. Wenn mogsch. Und an Zucker. Kaffee ohne Zucker is wia a Frau ohne Möps."

Stöcklein lachte lauthals los. Das war ja ein Typ.

102

Er nahm Zucker und Milch und schlürfte vorsichtig den dampfenden Kaffee. Ein eigenartiger Beigeschmack fiel ihm auf. Mit zusammen gekniffenen Augen sah er den Alten an, der wissend grinste.

„Guad?" fragte er scheinheilig.

„Das ist aber nicht nur Kaffee, wenn ich nicht irre."

Der Alte lachte diebisch und voller Freude.

„Alte Leit braucha au alten Whisky. Brauchd aba ned jeder wissn, dass i was mit nei gib."

Er zwinkerte mit einem Auge und Stöcklein zwinkerte zurück.

Einige Augenblicke genoss Stöcklein den Kaffee, lehnte sich zurück und beobachtete ein paar Kinder, die auf dem gegenüberliegenden Spielplatz lautstark spielten.

„Früher war do a Weiher gwesn...und da vorn, wo jetzt die Bank is, da war der Pfänder. A Gschäft, wo an haufa Sachn kaufa konntsch," sagte der Alte, der seinem Blick gefolgt war.

Stöcklein nickte.

„Ja, ich weiß. Ja, der Weiher...Bin mal reingefallen. Im Winter. Das Eis war zu dünn. Und beim Pfänder hat mir meine Mutter oft was gekauft. Die hatten auch so große Schaufenster. Da waren ja immer so tolle Sachen drin."

„Du? Warsch du scho mol do? Weil des is ja scho so lang her, des mitm Weiher. Meiomei i wois ja gar ned mehr, wia lang..."

„In den Sechzigern. Ich bin ´65 hier in die Schule gekommen."

„Im Ernschd? Du hörsch di aba ned so an wia oiner von do. Bisch doch a Preiss oder ned?"

Stöcklein lachte und sah dem Unikat in die Augen.

„Na, i bin doch koi Preiss. Hört sich so an, aba na, i bin oiner von do, kannsch ma scho glauba...is halt scho lang her."

Der Alte schlug sich amüsiert auf die Schenkel und lachte lauthals los.

„Ah, jetzt varregsch, bisch ja wirklich von do. Wia lang warsch denn fort?"

„War in Augsburg auf der Polizeischule, dann München, jetzt Hamburg. Schon weit mehr als zwanzig Jahre. Ist jetzt eben meine Heimat geworden."

„Und warum bisch jetzt wieder do? Wegs dem Klammthaler?" Stöcklein nickte.

„Ja, so ist es. Wegen den Klammthalers. Ich untersuch den Fall, weil die in Augsburg ein Personalproblem haben. Da hat mein Chef mich gefragt, ob ich aushelfen würde. Weil ich ja da herkomm."

Der alte Mann nickte und machte ein zunehmend ernstes Gesicht.

„Isch des ned grauslig, des ganze? Und jetzt kommsch du mol in d alte Heimat und dann musch des au no macha. Scheiß ha?"

„Ja. Ziemlich gruslig. Kannten Sie die Klammthalers gut?"

„Mei, guad...mia san halt zam aufgwachsn. Warn in der Schul, ham nachm Kriag ja nix ghabt. Mia ham alle zamgholfn, dann gings besser. Des war a schwere Zeit, des kann i dia sagn."

„Kann ich mir vorstellen. Und zusammen seid ihr alt geworden. Da lernt man sich wohl ganz gut kennen, denke ich."

Der Alte nickte.

„Ja, alt simma woarn. Ganz schee alt, meiomei...ob ma uns ganz guad kenna? Wer wois des scho, was im Schädel vom andern vorgeht...do kosch no so alt wern, des woisch nie so genau."

„Wie alt sind Sie jetzt, wenn ich fragen darf."

„I bin jetzt vierundneunzig. Hab Enkel und Urenkel, sogar Ururenkel. I glaub i bin der älteschde von uns Bauern."

Er kicherte. Anscheinend amüsierte es ihn, dass er der absolute Senior war.

„Sie sehen aber noch ganz schön fit aus für Ihr Alter. Respekt. Viel erlebt im Leben, kann ich mir vorstellen."

„I tua was i ko, woisch. Wahrscheinlich liagds am Kaffee."

Er grinste fröhlich über seinen Witz und Stöcklein lächelte ihn an. Selten hatte er jemand in dem Alter kennen gelernt, der so klar im Geist war.

Stöcklein beschloss, ins Blaue zu schießen.

„Haben Sie eine Ahnung, warum die Klammthaler-Familie so grausam umgebracht worden ist? War irgend etwas mal passiert, das so eine Tat rechtfertigen könnte?"

Der Alte verlor die Lachfalten um die Augen. Urplötzlich, wie wenn er auf einmal irgend etwas sehen konnte, das unglaublich schrecklich war. Seine Züge wurden hart wie Beton und man konnte ihm ansehen, wie es in ihm zu arbeiten anfing.

„Von dunklen Zeiten wird man halt immer irgendwann eingeholt," sagte er plötzlich in einem astreinen Hochdeutsch und mit einer überraschend dunklen ernsthaften Stimme.

Stöckleins Kopf wirbelte vollkommen überrascht herum und er sah dem alten Mann ins Gesicht, das auf einmal wie Granit wirkte.

„Wie meinen Sie das? Welche dunklen Zeiten? Kriegszeiten? Nachkriegszeiten?"

Der Alte schüttelte den Kopf.

„Na. Später. Viel später. - Wia san die umbrochd woarn? I moin, was hams mit dene gmachd?"

„Das wollen Sie nicht wirklich wissen…" sagte er und senkte den Kopf.

„Jetzt sag scho…"

„Der Leib wurde quer aufgeschnitten und man hat ihnen die rechte Hand abgehackt."

„Kehle aufgschnittn?"

Stöcklein hielt mit einem Mal den Atem an und stutzte. Der Alte wurde ihm langsam unheimlich und er ahnte, dass er mehr wusste als bekannt war.

„Beim Markus und Maria...ja...aber..."

Der Alte nickte schwer. So als ob er nichts anderes erwartet hätte. Verwundert registrierte Stöcklein die Reaktion des alten

105

Mannes. Er hatte einen Stock genommen und kritzelte Kringel in den Sand. Seine Gedanken schienen in unendliche Weiten davon zu schweben.

„Beim Markus und der Maria..." wiederholte er leise.

„Genauso...zusätzlich wurden ihnen eben die Kehlen durchschnitten...bitte, ich habe das jetzt nicht gesagt."

Er sah dem Alten ins Gesicht, der jetzt starr geradeaus sah und noch einmal schwer nickte.

„...alles kommt irgendwann zurück..." murmelte er.

„Was?? Was kommt zurück? Was meinen Sie? Ich versteh nicht ganz..."

Der Alte drehte den Kopf und sah ihn an.

„Der Weiher...woisch no?"

„Ja, der Weiher. Was ist mit dem?"

„Do warn doch au Bänk. Woisch des au no?"

Stöcklein nickte.

„Ja, das weiß ich noch."

„Do hat ma scho amol an Toten gfundn. Auf ner Bank hat er gsessn. Mausetot und voller Bluad. Ganz grauslig..."

„Aha. Und? Auch Neusäß war nicht immun gegen so was."

„Ja, scho. Des woisch du ja nimma. Warsch no a bua. Die wenigsten wissen des no. Zu lang her. Hat eh niemand drüber gred. Und die, die´s wiss´n, sin die meisten scho tot."

Er machte eine Pause und atmete plötzlich schwer.

„Ja?"

Stöcklein sah ihn angespannt an. Er spürte seinen Puls anschwellen. Der Alte machte ihn mehr als neugierig.

„Der tot war, dem hams an den Bauch aufgschnittn und die rechte Hand abghackt. Der Hals war au durchgschnittn."

Stöcklein spürte, wie sich seine Nackenhaare aufrichteten. Er spürte den Schauer, der ihn übermannte und er spürte, wie sein Körper sich kaum merklich schüttelte, um diese Erkenntnis zu verarbeiten. Ohne es erklären zu können, verband sich plötzlich alles. Er dachte nicht an Zufall oder an eine seltsame

106

Gleichartigkeit, sondern vollkommen klar sah er einen unmittelbaren Zusammenhang. Er streckte unwillkürlich den Rücken und richtete sich auf.

„Was? Das ist doch nicht Ihr Ernst. Wirklich wahr?"

Der Alte sah ihn wieder an. Seine Augen lachten wieder.

„Ja, des isch woa. Als i des mit dem Toni und der Hertha ghört hab, hab i mi an alles wieder erinnert. Da kommt was zrück, glaubs ma…"

„Aber…das muss doch alles schon so lange her sein. Das kann doch nur reiner Zufall sein."

Der Alte presste die Lippen zusammen und legte den Kopf schief. Seine Augen suchten die Augen des Kommissars.

„I hab in meim langa Leben leider feststelln müssn, dass es koin Zufall ned gibt. Alles hat doch sein Grund. Nix passiert einfach so. Gar nix…"

„Und welches Jahr war das? Können Sie sich noch an das Jahr erinnern?"

„Wann bisch du nummol ind Schual kumma?"

„Neunzehnhundertfünfundsechzig."

Der Alte überlegte kurz und nickte dann.

„Ja, des könnt scho sei. Ungefähr in dene Joar. Genau wois i des nimma. Mei, mehr als fuffzig Joahr…"

„Wer war denn der Tote?"

„Des war a Ami. A Neger. A Soldat von der Flak-Kasern. Kennsch di no?"

„Ja, klar kenn ich die noch. Und hat man den Täter erwischt? Ich kann mich nicht erinnern, dass es einen Mord gegeben hat."

„Warsch hald no a Buale. Na, niemand hat ma erwischd. Irgendwann hat au koiner mehr drüber gsprochn. Weggeschwiegen, hoist des oder?? Da wollt doch niemand drüber reden, warum und wieso des passiert is…"

Stöcklein nickte. Ja, totschweigen, nicht drüber reden, dann verschwindet das irgendwann von selbst.

„Des arme Madl..." flüsterte der Alte wieder und senkte den Kopf. Er malte wieder Kringel in den Sand.

„Was für'n Madl?"

„Na, die Anne. Die hat doch den gfundn. Hams halt gsagt. I glaub was andres."

„Und was?"

„I glaub' die hat was mit dem Burschen ghabt. Und i glaub au deswegen hams den abgschlachtet."

„Wer ist 'sie'?"

Der Alte drehte sich wieder zu ihm um, neigte wieder den Kopf und grinste. Seine schmalen Schultern zuckten ahnungslos.

„Du bisch der Kommissar. Musch scho selber rausfinden."

„Wer ist Anne? Oder wer war Anne? Lebt sie noch hier?"

„Na...die is doch glei drauf ballaballa woarn. Dann hamses weg. Bald drauf isse gstorbn. Hat sich wohl umbrochd, denk i. Also so hamses gsagt, so hab i's ghört. Des alles hat's halt umgschmissn."

„Aha. War die von hier?"

Der Alte machte eine Pause. Er wurde wieder ernst und sah fast ein bisschen wehmütig zu Boden. Langsam begann er zu nicken. Dann sah er wieder Stöcklein an. Er hatte die schmalen Lippen zusammen gepresst und machte ein trauriges Gesicht. Tief atmete er aus, so als ob er sich zusammenreißen musste, das jetzt zu sagen.

„Es war des Mädle von den Klammthalers."

Ein erneuter Schauer überzog Stöcklein. Seine Augen wurden größer und er glaubte, sich verhört zu haben. Ein Wasserfall mit eiskaltem Wasser ließ ihn festfrieren und er vergaß fast zu atmen.

„Das Kind von den Klammthalers? Aber...Ich kenne kein weiteres Kind als Flo, Gertrud und Sabine."

„Ja, wia die meisten. Die ham doch die Anne verleugnet. Is viel zu früh komma. Man hat domols gmunkelt, die is gar ned vom Toni. Aber genau hat mas ned gwusst. Und bled gredt ist eh glei. Und die andern Kinder ham des ja au nimma mitkriagt. Außer vielleicht da Flo...aba der war ja au no so kloi."

„Schau an, schau an. Das ist ja hochinteressant. Und Sie meinen, die Anne hatte ein Verhältnis mit diesem Soldaten? Kann mir vorstellen, dass damals eine Weiße mit einem Schwarzen nicht gut angekommen ist. Sechziger Jahre...konservative und autoritäre Zeit. Landwirtschaftlicher Hof, du lieber Himmel. Wie alt war denn diese Anne damals?"

Der Alter überlegte angestrengt. Dann zuckte er die Schultern.

„I wois ned. Sie war auf jeden Fall no ziemlich jung. No koine achtzehn. Des war ja des Problem. Wobei...i glaub domols war ma au mit achtzehn no ned volljährig, oder?"

Stöcklein schüttelte den Kopf.

„Nee, erst mit einundzwanzig. Achtzehn kam später. Ich glaub´ das war erst 1974."

„Ja sigsch, ganz jung gwesn. Aba ned jung gnua."

„Jung genug für was denn?"

„Na, für die Lieb´. Dafür kannsch doch ned jung gnua sei."

„Also, alles recht skandalös und für die Familie wohl ein Schlag ins Gesicht."

„Ja, des glaubsch wohl und no a Ami. Mit dene wollt doch niemand was zu tun ham. Besatzungsmacht. Die Alten ham die Amis ned so gwollt. Bei die Junge war des anderschd. Woisch ja selber...die ham vom Krieg nix gwusst..."

„Ja, verstehe."

„Und i glaub´ ja, dass die Anne diejenige gwesn is, die angfanga hat, sich ned alles von die Alten vorschreiben zu lassen. Mia ham die sechz´ger Joahr scho gfalla, endlich hat die Jugend rebelliert gegen dia depperte Spießbürger..."

Er grinste Stöcklein an und nickte dabei.

„Und diese Anne hat dann einen hohen Preis dafür bezahlt..."

„Ja, des hat se...des stimmt...meiomeiomei..."

Stöcklein schwieg und versuchte, die umherirrenden Gedanken zu sortieren. Da tauchte urplötzlich eine unbekannte Tochter der Klammthalers auf und dann auch noch ein Toter, der genauso zugerichtet worden war wie die Klammthalers. Der Hauptkommissar konnte gar nicht anders, als dieses Wissen jetzt abzuklären.

„Jetzt woisch, was i damit moin, wenn i sag, dunkle Zeiten komma immer wieder zrück."

„Ja, ich verstehe. Wenn ich Sie recht verstehe, dann wollen Sie mir einen Zusammenhang darlegen, habe ich recht?"

Der Alte grinste.

„Bisch koi Depp. Du wirsch des finden, Bua. Damit ma endlich abschließen ko. Damit die Anne abschließen ko, wo imma sie au is. Woisch, des war a ganz liabs Madl. So herzlich und so nett. Fleißig, romantisch und schlau. Der hätt i alles Glück gegönnt...aba i glaub, di hat von Anfang an koi Chance ghabt..."

„Einen alten Fall wieder aufzurollen, könnte manchmal Ungutes hervorbringen. Meinen Sie wirklich, diese Mordfälle könnten in einer gewissen Weise miteinander verknüpft sein?"

„I sag bloß, dass da was zrückkommt...was und warum musch scho du rausfinden. Woisch, was i moin?"

Stöcklein nickte und stand auf.

„Ich verstehe...Das war eine außerordentlich interessante Geschichte. Ich...ääh, weiß nicht mal Ihren Namen."

„I bin der Breitenwieser Georg. Und wie hoisch du nummol?"

„Gerd Stöcklein. War mir eine große Freude, Herr Breitenwieser. Und...danke für den ganz außergewöhnlich guten Kaffee."

„I bin der Schorsch...willkommen zurück, Gerd. Und wenn wieder mol an Kaffee mit Gschmack willsch, kommsch einfach vorbei, guad?"

„Ganz sicher, Schorsch. Tschüss…"

Stöcklein lachte und hob den Arm zum Abschied.

„Pfüad di Bua…" sagte der alte Schorsch zu dem Kommissar, der bereits die sechzig überschritten hatte und aufgrund der Verabschiedung in ein breites Grinsen verfiel.

Als er die Straße überquerte, fiel ihm ein, dass er gar kein Fahrzeug zur Verfügung hatte. Er holte das Handy heraus und wählte die Nummer von Rolf.

„Ja? Gerd, was läuft? Was Neues?"

„Ja, nein, eigentlich nicht, oder doch. Ich müsste noch mal mit den Kindern sprechen und brauch meinen Wagen. Kannst du mich hier in Neusäß abholen?"

„Ja, klar, wo bist du?"

„Ich warte an der Hauptstraße am Eiscafé. Weißt wo?"

„Ja, kenn´ ich. Ich hol´ dich, halbe Stunde, okay?"

„Gut, danke…"

*

Flo hatte ihm den Stammbaum übergeben. Neugierig hatte ihn Stöcklein über seinem Schreibtisch ausgebreitet und besah sich den riesigen darstellenden Baum. Es war bemerkenswert, dass tatsächlich seit Mitte des 16. Jahrhunderts alle Mitglieder verzeichnet waren. Bis heute. Er suchte die aktuellen Rechtecke, in denen Namen und Daten standen. Da - Anton und Hertha Klammthaler, Kinder Florian, Gertrud, Sabine. Darunter die Enkel der Klammthalers. Kein weiteres Rechteck. Ihm fiel auf, dass das Rechteck mit Florian Klammthaler eine hellere Farbe hatte als die Umgebung. Aber er konnte sich auch irren. Er richtete sich auf und ging ans Fenster, um die Jalousie ganz nach oben zu ziehen, damit das Licht in der gleichen Intensität auf die Rolle fallen konnte. Er ging wieder zurück, aber die Farbdifferenz war immer noch da. Wurde hier etwas retuschiert? Auch mit dem Vergrößerungsglas war nicht eindeutig zu erkennen, ob unter Florians Namen etwas anderes gestanden hatte.

Er nahm den Telefonhörer und rief Brandel aus der KTU an.

„Hier Brandel, hallo?"

„Stöcklein. Guten Morgen Herr Brandel, ich bräuchte mal Ihre Hilfe. Hätten Sie Zeit für mich?"

„Klar. Um was geht's?"

„Sie müssten mir mal was untersuchen. Eine alte Papierrolle."

„Kommen Sie doch ins Labor. Ich hätte gerade Zeit."

Der Balken wanderte langsam von oben nach unten und die beiden Männer starrten gebannt auf den Bildschirm.

„Was ist das, was Sie da machen?" fragte Stöcklein.

„Röntgenfluoreszensanalyse. So kann man übermalte Schriften wieder sichtbar machen...So, da ist es. Jetzt kann man es auch lesen...Sehen Sie?"

Er zeigte auf den Bildschirm und Stöcklein stockte der Atem. Tatsächlich wurde das Rechteck mit dem Namen Florian Klammthaler schon einmal verwendet. Darunter kam zum Vorschein: Anne Klammthaler. Geboren 18. September 1949. Anton Klammthaler war damals gerade zwanzig Jahre alt gewesen und Hertha Klammthaler achtzehn.

Stöcklein lehnte sich zurück und atmete lange aus. Brandel sah ihn an.

„Was ist denn so wichtig an dem Dokument?"

„Ganz einfach. Die Klammthalers hatten vier Kinder, nicht drei, so wie ich es immer kannte. Das erste Kind, Anne, wurde niemals erwähnt. Und ich bin gespannt, ob Florian Klammthaler das wusste oder nicht. Wir sind der gleiche Jahrgang und kamen ´65 in die Schule. Von einer älteren Schwester habe ich nie etwas gehört."

„Aha. Und wenn? Vielleicht ist sie gestorben. Vielleicht sehr früh verstorben. Dann spricht man wohl nicht gerne über so etwas."

„Möglich. Aber sie deswegen aus einem uralten Stammbaum streichen? Der alte Bauer hat seltsame Geschichten erzählt. Er hat mir erzählt, dass genau neben dem Hof der Klammthalers schon einmal eine Leiche gefunden worden war. Irgendwann in den Sechzigern. Also ich kann mich nicht erinnern, das hätte doch einen Riesenhype auf so nem Dorf ausgelöst. Das wäre ja nicht der Punkt aber er hat mir erzählt, dass dieser Leiche auch der Bauch aufgeschlitzt wurde und die rechte Hand entfernt worden war...selbst die Kehle war durchschnitten worden. Glauben Sie an so einen Zufall? Ich denke nicht."

„Was??! Das gibt's doch nicht. Glauben Sie das?"

„Tatsache ist, dass er schon mal mit der nicht existenten Tochter recht hatte. - Ich muss ins Archiv. Brauch ja auch mal das Jahr und den Polizeibericht."

„Ich komm´ mit, wenn´s Ihnen nichts ausmacht. Das interessiert mich. Ob jemand den damaligen Mord als Vorbild hergenommen hat?"

„Kann schon sein. Dann müsste er aber davon gewusst haben. Vielleicht ist alles wirklich nur reiner Zufall, aber so wie der Schorsch schon sagte: es gibt keine Zufälle, alles hat seinen Grund."

„Welcher Schorsch?"

„Der alte Mann, mit dem ich gesprochen habe. Er konnte sich relativ gut an diesen Fall erinnern und hat so komische Andeutungen gemacht."

Sie verließen das Labor und begaben sich auf den Weg ins Archiv in den Keller.

„Welche Andeutungen? Hat man den Täter nicht erwischt?"

„Anscheinend nicht. Aber das können wir ja feststellen."

„Sie werden doch nicht eine Türe aufgestoßen haben? Das ist ja schon weit über fünfzig Jahre her."

„Ich möchte nur mögliche Zusammenhänge ausschließen."

„Na, ich glaube eher, Sie haben da schon bestimmte Zusammenhänge in Ihrem Kopf, wenn ich mich nicht irre."

Er grinste ihn an und wackelte wissend mit dem Kopf.

113

„Theorien und Spekulationen. Sonst nichts. Ich komme nur mit reinen Fakten weiter. Aber ja...mein Magen rumort."

Sie hatten das Archivbüro erreicht und betraten den Vorraum. Eine junge Frau und ein etwas gereifter Mann saßen an den Schreibtischen und bearbeiteten ihren PC. Als die Türe sich öffnete, sahen sie überrascht auf. Anscheinend erhielten sie relativ selten Besuch.

„Hallo, Bernhard, wie geht's?" sagte der Mann mit einem Lachen im Gesicht.

„Morgen, Walter. Alles super. Das ist Hauptkommissar Stöcklein aus Hamburg, der kurzfristig im Kommissariat eingesprungen ist und den Neusäßer Mordfall untersucht. Das ist Walter Steiner, der Verantwortliche des Archivs."

„Guten Morgen, Herr Steiner. Ich suche einen Akt. Liegt weit zurück. Ich hoffe, Sie können mir helfen."

Sie gaben sich die Hände und Steiner nickte mit dem Kopf.

„Wenn es etwas gibt, werden wir auch fündig werden. Was suchen Sie denn?"

„Einen Mordfall. Neusäß. So zwischen 1963 und vielleicht...na, sagen wir mal 1966."

„Oha. Das ist lange her. In diesem Archiv habe ich nur die letzten fünfunddreißig Jahre. Wir müssen in einen anderen Raum. Kommen Sie."

Sie verließen das Büro und Steiner ging voraus. Zwei Türen weiter holte er einen Schlüssel heraus und sperrte auf. Auf dem Schild neben der Türe stand lediglich: Archiv 2/ vor 1985. Zutritt nur für berechtigte Personen.

Er schloss auf und betätigte den Lichtschalter. Die Neonröhren sprangen an. Es gab kein Fenster hier, nur Belüftungsöffnungen.

Er orientierte sich kurz an den Beschreibungen der Regale, dann wandte er sich nach links.

„Was sagten Sie? Dreiundsechzig bis sechsundsechzig?"

114

„Ja. Etwa in dieser Zeitspanne. Kann schon sein, dass vielleicht ein oder zwei Jahre früher oder später war. Eher später wahrscheinlich."

„Okay, schauen wir mal. Hier haben wir es ja. Augsburg...Augsburg...Augsburg...Landkreis...Stadtbergen...Kissing...nein, falsch, Oberhausen, verdammt, falsch abgelegt, hier nicht...Neusäß, Gersthofen...Neusäß...ah, hier da haben wir es ja."

Er zog eine dickere Akte heraus und öffnete sie. Es waren mehrere Schriftstücke eines Jahrganges. Mit dem Finger zeigte er auf die Aktenbezeichnung und sah Stöcklein an.

„Mordfall Jason Louis Gallaghan. Neusäß. September 1965. Ist es das hier?"

Stöcklein nahm die Akte und begann zu lesen.

„Ja, das muss es sein. US-Amerikaner bei den Streitkräften. Standort Augsburg, Flak-Kaserne. Das ist es. Klasse! Ich danke Ihnen."

„Keine Ursache. Sie müssten mir noch den Ausgang abzeichnen."

„Klar."

Als er alle Berichte gelesen hatte, schloss er die Akte und legte den Kopf in den Nacken. Er fand die ganze Ermittlung schludrig, fahrig und amateurhaft. Es wurden kaum Spuren dokumentiert, der Tatort war anhand der Fotos von zig Menschen betreten worden, bevor man überhaupt mögliche Spuren sicherstellen konnte. Ob der Fundort der Leiche auch der Tatort gewesen war, ging aus den Unterlagen gar nicht hervor. Zeugenaussagen waren Fehlanzeige. Niemand hatte etwas gesehen oder gehört. Und niemand wollte wohl etwas gesehen haben.

Die Tatzeit wurde sehr vage angegeben mit einem Zeitfenster von mehr als zwölf Stunden. Innerhalb kürzester Zeit wurde die Untersuchung eingestellt, weil sich so gut wie nichts ermitteln ließ. Einzig die Feststellung, dass der Fundort wahrscheinlich nicht der Tatort sein konnte, wurde schriftlich verfasst. Wo der Tatort tatsächlich gewesen war, konnte Stöcklein nirgends finden. Es schien fast so, als ob die hiesige Polizei keinerlei Interesse daran hatte, den grausamen Mord weiter zu verfolgen. Aus der Aktennotiz konnte er auch entnehmen, dass die weitere Verfolgung die amerikanische MP übernommen hatte. Er wurde neugierig. Wenn, dann existierte vielleicht noch ein Dokument der Amerikaner. Aber wo sollte er da suchen? Es befanden sich längst keine amerikanischen Streitkräfte mehr im Land. Zumindest nicht im regionalen Raum. Die Kaserne war seit vielen Jahren aufgelöst und ein Hauptquartier gab es nicht. Wenn es überhaupt noch Akten der Militärpolizei geben sollte, waren sie in den Staaten. Und auch das bezweifelte der Kommissar. Neugierig war er auch in der Frage, was eigentlich mit Anne Klammthaler passiert war. Anscheinend hatte sie aufgrund des Mordes den Verstand verloren. Dann hamses weg, hatte Schorsch gesagt. Was hieß weg? In eine Anstalt? Und wenn, wohin? Es musste ein Einweisungsschein existieren. Aber wo? Wer war der damalige behandelnde Arzt? So lange her, der war sicher schon verstorben.

Noch immer nachdenkend, hob er den Telefonhörer ab, suchte die Handynummer von Flo und rief ihn an. Er musste wissen, ob er seine ältere Schwester noch kannte.

„Hallo, hier Florian Klammthaler.“

„Hallo, Flo, hier Gerd. Ich hoffe, ich störe nicht…“

„Servus, Gerd, nein passt schon. Was gibt's?“

„Ich hab nur eine Frage bezüglich des Familienstammbuchs.“

„Oje, des hab i mir vielleicht ein- oder zweimal agschaut. I befürcht, i kann dir da ned helfen.“

„Vielleicht doch. Es geht um euch. Eigentlich um dich.“

„Dann frag´.“

„Kannst du dich an eine ältere Schwester erinnern?“

Kurze Pause.

„Wie bitte?!"

„Eine Schwester. Kannst du dich an eine ältere Schwester noch erinnern? Ich weiß, du warst noch klein, aber es ist wichtig. Sie müsste um etliches älter als du gewesen sein. Fast zehn Jahre."

„I hab bloß zwei Schwestern und die sin jünger als i. Des woisch doch."

„Definitiv hattest du noch eine Schwester. Das steht fest."

„Woher...?"

„Sollen wir uns treffen? Ich bring die Urkunde mit."

„Ja, scho...du hausch mir do Sachen um die Ohren...heut abend?"

„Geht klar..."

Er legte auf. Er brauchte einen Geburtsnachweis. Er stand auf und öffnete seine Bürotüre.

Daniela Schäfer sah auf und lächelte ihn an.

„Alles klar?" fragte sie, als sie seinen Blick sah.

„Nein, ja...nicht so ganz. Sie müssten mir mal ein paar Gefallen tun, Frau Schäfer."

„Darum bin ich hier. Um was geht es?"

„Ich benötige zum Einen eine Geburtsurkunde. Anne Klammthaler, geboren am 18. September 1949. Rufen Sie mal die hiesigen Krankenhäuser an, ob eine Möglichkeit besteht, das raus zu finden. Oder die Gemeinden Neusäß und die Stadt Augsburg. Das Standesamt wird da wohl zuständig sein."

„Okay, was noch?"

„Schwierig. Ich suche eine Akte. Allerdings ist die von der damaligen amerikanischen Militärpolizei erstellt worden. Ich habe keine Ahnung, wo man da nachfragen könnte. Es geht um den Fall Jason Louis Gallaghan, September 1965. Mordfall in Neusäß. Die Ermittlung übernahm die MP von der Augsburger Polizei. - Haben Sie alles?"

„Ja – ich versuche mal, etwas zu finden."

„Danke. Ich denke ja nicht, dass wir da Erfolg haben werden, aber einen Versuch muss es wert sein. Ach – wenn doch, dann will ich wissen, was damals mit dem Leichnam geschehen ist."
„Okay, mach´ ich."
Er lächelte sie an, nickte und verschwand wieder in seinem Büro. Dann rief er Rolf und Jasmin an und beorderte sie in sein Büro.

*

Zwanzig Minuten hatte er seine beiden Partner über die neuesten Erkenntnisse aufgeklärt. Sie staunten nicht schlecht über diese Zufälle mit dem alten Schorsch. Während Rolf sofort seltsame Zusammenhänge sah, war Jasmin weniger euphorisch.
„Das ist doch jetzt fünfundfünfzig Jahre her. Das kann doch nur ein Zufall sein. Es ist schon sehr spekulativ, da eine Verbindung zu sehen. Zugegeben, dass es noch eine Tochter gibt – oder gab – ist schon unheimlich genug. Wenn dein alter Freund recht hat, dann ist sie eh schon lange tot. Und wenn sie noch lebt, was würde sie uns bringen? Würdest du ihr sagen, dass wir vier Morde untersuchen, die nach der gleichen Methode vorgenommen wurden wie damals bei dem Soldaten? Ich verstehe das Ziel nicht so ganz…"
„Ich habe noch kein Ziel. Ich möchte bloß ein paar Fragen klären, die mir im Magen liegen. Ich habe mit Florian Klammthaler gesprochen. Er war sehr überrascht und weiß nichts von einer Schwester. Er kann sich lediglich erinnern, dass da jemand war, der mit ihm gespielt hat. Aber nie als Schwester."
„Mag´ ja sein. So oder so ist es irrelevant, ob er sich an sie erinnern kann oder nicht. Die Familie hat sie offensichtlich verstoßen und sie kam nie wieder zurück. Offen gesagt,

118

erinnert mich das lediglich an einen schlechten Heimatfilm. Und ich bezweifle, ob das unseren Fall weiterbringt."

Sie presste die Lippen zusammen, hob die Augenbrauen und sah Stöcklein an.

„Also ich finde das äußerst interessant," meldete sich Rolf.

„Eine totgeschwiegene Tochter, die es bis heute nicht gab. Ein Mordfall, der fast identisch mit unseren Toten ist und dieser alte Mann, der dir in Rätseln eine Aufgabe gibt. Da muss doch irgendwas dran sein...wir sollten der Sache auf jeden Fall nachgehen."

Jasmin sah ihn an und verdrehte die Augen.

„Können wir gerne machen, aber wir haben hier einen Hochverdächtigen, der meiner Meinung nach alle Beweise, die möglich sind, gegen sich hat. Wir sollten Druck ausüben, der spricht schon noch. Ich halte ihn für labil, der hält doch das nicht lange durch."

Stöcklein erhob sich und ging langsam auf und ab. Nachdenklich, überlegend, mit einer Entscheidung ringend.

„Na gut, wir werden folgendes tun: Jasmin, du wirst dich..."

Er wurde durch das Telefon unterbrochen. Es war Daniela Schäfer.

„Herr Stöcklein, ich habe hier einen Herrn am Apparat, der behauptet, Xaver Hofer in der Mordnacht gesehen zu haben."

„Was?! Gut, verbinden Sie...Hier Hauptkommissar Stöcklein."

Der Anrufer meldete sich und stellte sich vor.

„Ja, Guten Tag...ja, ich ermittle in diesem Fall. Was?...was möchten Sie mir denn mitteilen. Am Mordabend? Ja, das wissen wir...Xaver Hofer. Sie haben also Xaver Hofer um halb acht gesehen und dann noch einmal um zehn. Ja, vielleicht...wir brauchen Ihre Aussage. Kommen Sie bitte aufs Revier...ja genau, da ist es. Wann? Wann können Sie denn? Gleich, wäre am besten...Ja, Wiederhören."

„Ein Zeuge?" fragte Jasmin.

„Ja, ein gewisser Roland Mayer. Behauptet, Xaver Hofer in der Mordnacht um die Zeit in Neusäß gesehen zu haben. Ganz in der Nähe des Hofes. - Er kommt nachher hierher, dann können wir seine Aussage aufnehmen."

„Wenn das stimmt, dann hat uns Hofer angelogen."

Jasmin war aufgestanden und sah die beiden Männer an.

Stöcklein nickte.

„Allerdings. Dann werden wir uns mit diesem Herrn eingehender unterhalten. Warten wir erst mal diesen Mayer ab."

Der Mann, der sich als Roland Mayer vorstellte, war einer der Menschen, die man sah, registrierte – und gleich wieder vergaß. Ein unscheinbarer Mensch, der die Durchschnittlichkeit mehr als personifizierte. Er trug eine Jeans, die ihm eigentlich nicht stand, ein grünfarbenes Flanellhemd und war auch in seiner ganzen Statur unscheinbar. Dunkelblonde kurz geschnittene Haare mit einem sauber, wie gefalteten Scheitel ließen eher an einen Finanzbeamten im bekannten Klischee erscheinen. Er war weder groß noch klein, nicht dick, nicht dünn. Das Augenpaar konnte kaum mehr als ein paar Augenblicke auf einer Stelle ruhen. Böse Zungen würden behaupten, er ist ein Mann, der geboren wurde, sich durch die Jugend wand und wohl einen Beamtenberuf ergriff, weil die Eltern das so wollten. Er machte sehr wohl den Eindruck eines Muttersöhnchens, der noch zu Hause wohnte und brav das tat, was die Mama ihm auftrug. Er war ein Mensch, der mit zwanzig genauso aussah wie mit vierzig und auch mit sechzig so aussehen würde wie mit vierzig.

Diese und ähnliche Gedanken schwebten Stöcklein im Kopf herum, als dieser Mann vor ihm auf dem Stuhl saß und einen leicht nervösen Eindruck machte.

„Also, Herr Mayer, Sie wohnen in der Parkstraße, sagten Sie. Wo haben Sie denn Herrn Hofer gesehen und wann genau war das?"

„Es war vor der Apotheke. Ich bin gerade um das Eck gekommen, da ist er über die Straße gegangen und stand vor der Apotheke. Es war genau 19:45 Uhr."

„Haben Sie auf die Uhr gesehen? Warum wissen Sie die Uhrzeit so exakt?"

„Die Kirchturmuhr hat gerade geschlagen."

„Ah, okay. Wo ist Herr Hofer dann hingegangen?"

„Er klingelte an der Türe neben der Metzgerei. Dann wurde geöffnet und er ist reingegangen."

„Er hat jemanden besucht!"

Mayer zuckte die Schultern.

„Ich vermute mal...ja."

„Und dann?"

„Ich bin weiter gelaufen bis zu der anderen Apotheke, dann bin ich in die Dorfstraße und in den Park. Als ich aus dem Park gekommen bin und weiter gegangen bin, ist er mir entgegen gekommen und zu seinem Auto gegangen."

„Sie sagten, Sie haben ihn erst um halb zehn wieder gesehen. Was haben Sie denn so lange im Park gemacht?"

„Ich bin Fotograf und habe fotografiert. Für einen Bildband über Neusäß und Umgebung."

Überraschung. Das hätte Stöcklein ihm gar nicht zugetraut, dass dieses unscheinbare Männchen kreativ sein könnte.

„Sie sind Fotograf? Was haben Sie denn fotografiert?"

„Nun. Am Abend haben Sie das beste Licht für Fotografien. Sehr plastisch und mit viel Tiefe. Ich habe die Dorfstraße fotografiert, den Park mit der Kapelle. Den Weiher. Was eben eine gewisse Idylle für ein Buch bringen kann. - Ich habe diesen Hofer auch auf einem Foto. Das war ungewollt, weil ich meine Kamera in diesem Moment nicht auf Langzeitbelichtung umgestellt habe...Augenblick..."

Er öffnete seine Tasche und zog ein paar Fotos hervor.

Stöcklein nahm sie und konnte tatsächlich Xaver Hofer auf den Fotos sehen. Die Aufnahmen waren rasiermesserscharf und von so guter Qualität, dass der Hauptkommissar den Kopf hob und Mayer ansah.

„Hervorragende Bilder. Machen Sie das beruflich?"

„Ja, ich kann davon recht gut leben."

„Respekt. Warum sind die ganzen Daten auf den Fotos?"

„Das mache ich grundsätzlich. Damit ich später weiß, wann, wo und mit welchen Einstellungen ich was gemacht habe."

„Perfekt. Ich werde ein paar Abzüge machen lassen. Kann ich die Fotos bis dahin behalten?"

„Sie können diese behalten. Das sind ja schon Abzüge."

„Vielen Dank. Kennen Sie Xaver Hofer näher?"

Mayer schüttelte den Kopf.

„Nein, nur flüchtig. Er wollte zwar mal, dass ich für ihn Fotos mache, aber dann ist daraus doch nichts geworden."

„Was für Fotos denn? Hat er das gesagt?"

„Nicht genau. Es ging wohl um die Felder. Mehr habe ich auch nicht erfahren. Und dann war es sowieso erledigt."

„Was halten Sie denn von ihm? Wird er von der Bauerngemeinschaft akzeptiert?"

„Das weiß ich nicht. Meine Frau sagt, als seine Frau gestorben ist, wurde er anders."

„Wie anders? Kennt Ihre Frau ihn besser?"

„Sie kannte Frau Hofer. Früher hat sie sich mit ihr im Yogakurs getroffen. Mit ihm hatte sie keinen Kontakt, aber seine Frau hat ihn immer als sehr fürsorglich und zuvorkommend bezeichnet. Nach ihrem Tod war er wohl das genaue Gegenteil geworden. Ich kenne niemanden, der mit ihm befreundet wäre. Bekannt schon, aber mehr nicht. Er ist wohl sehr verbittert."

„Ja, kann schon sein. Gut, Herr Mayer, Sie haben uns sehr geholfen. Das wär's mal von meiner Seite."

Er stand auf und gab ihm die Hand.

„Keine Ursache, gerne." sagte der unscheinbare Mann und verließ das Büro.

Stöcklein schüttelte den Kopf. Unter dieser bürgerlichen Fassade steckte ein anderer Mensch. Er fragte sich, ob das alles eine Masche war oder ob Roland Mayer einfach wirklich so war, wie er sich gab. Wie wohl seine Frau aussah? Stöcklein grinste und setzte sich wieder. Er wollte es nicht wissen.

Er nahm wieder die Fotos und sah sie sich genauer an. Sie waren von einer Klarheit, wie er es selten gesehen hatte. Jeder Winkel, jeder Schatten, jedes Detail war optimal belichtet. Die Dorfstraße war das Hauptmotiv bis hinunter zum Spielplatz und zur Straße, die dort eine scharfe Biegung machte. Dort war die Einfahrt des Klammthalerhofes und genau in der Einfahrt konnte er eine Gestalt sehen, die in einer Bewegung in den Hof hinein zu erkennen war. Er nahm das Vergrößerungsglas und versuchte, die Gestalt zu erkennen, die eine Kapuze über den Kopf gezogen hatte, aber in diesem Moment den Kopf gedreht hatte. Das Gesicht befand sich im Laternenlicht und war fast komplett beleuchtet. Stöcklein zwickte die Augen zusammen. Es war Bernhard Moltern. Möglicherweise hatte er ihn doch angelogen, als er sagte, er war nie auf diesem Hof gewesen. Er nahm die Lupe herunter und lehnte sich zurück. Moltern lief ihm nicht weg. Zuerst mussten sie mit Hofer sprechen. Er betätigte die Gegensprechanlage.

„Ja, Herr Stöcklein?"

„Könnten Sie bitte Xaver Hofer einbestellen? Er soll heute Nachmittag aufs Revier kommen."

„Xaver Hofer. Mach´ ich sofort."

„Danke."

Er nahm das Handy und rief Jasmin an.

„Jasmin, ich habe für heute Nachmittag den Hofer hierher bestellt. Ich möchte gern, dass du dabei bist, wenn wir mit ihm sprechen. Bin gespannt, was er uns zu sagen hat."

„Ja, okay. Hast du mit diesem Mayer gesprochen?"

„Ja, er hat ihn tatsächlich in der Mordnacht in der Nähe des Tatorts gesehen und sogar Fotos gemacht. Er ist Fotograf. Die Fotos sind spitze. Hofer ist klar zu erkennen."

„Sehr gut. Ja, da bin ich auch gespannt."

„Noch was...auf einem der Fotos ist nicht nur Hofer zu sehen, sondern auch unser Freund Moltern, wie er gerade in den Klammthalerhof geht. Wo er nach seinen eigenen Aussagen ja nie gewesen sein will."

„Oh, das ist ja interessant. Um welche Uhrzeit etwa?"

„Es war genau 21:26 Uhr."

„Häh?? So genau? Woher....?"

„Auf den Fotos stehen alle Daten drauf."

„Perfekt. Damit nageln wir Moltern fest. Vielleicht hat der Hofer ja damit zu tun, wer weiß. Ich schau mir gerade den Lebenslauf von Moltern an. So unschuldig ist der nicht, wie er tut."

„Du bist wohl sehr überzeugt, dass er unser Mann ist?"

„Ja, bin ich. Der war früher schon gewalttätig und ist keiner Schlägerei aus dem Weg gegangen. Ich komm´ nachher ins Büro, da gehen wir es nochmal durch."

„Alles klar, bis dann."

Xaver Hofer saß im Verhörraum und wartete. Er hatte keine Ahnung, was die Polizei wieder von ihm wollte, aber er hatte kein gutes Gefühl dabei.

Die Türe ging auf und Stöcklein und Jasmin betraten den Raum. Hofer hob den Kopf und sah beide mit dem bekannten mürrischen Gesicht an.

„Was woins denn no von mia. I hab alles gsagt, was war..."

„Haben Sie nicht, Herr Hofer. Sie haben uns angelogen," sagte Jasmin mit einem kalten Unterton in der Stimme.

„Wieso...? Was moinens denn?"

„Sie waren in der Mordnacht nicht zu Hause. Sie waren in Neusäß."

„Na, i war dahoim. Hab i doch gsagt."

„Hören Sie mit Ihren Lügen auf, Herr Hofer. Sie sind gesehen worden."

„A Schmarrn...von wem denn? Do will ma doch jemand was ahänga..."

Er lachte sarkastisch auf, aber es klang unecht.

Stöcklein zog die Fotos aus dem Umschlag und legte sie fein säuberlich aufgereiht vor ihm auf. Er sagte nichts, sondern sah ihn nur an. Hofer verlor für einen Moment die Farbe aus dem Gesicht, seine Schultern fielen nach vorne und er atmete hörbar aus. Er verlor sichtlich die Fassung.

„Nun? Was sagen Sie dazu? Warum haben Sie uns angelogen? Waren Sie bei den Klammthalers? Hat es Streit gegeben und sind Sie dann vor lauter Wut durchgedreht? Haben Sie sie getötet??!! Nun reden Sie schon, Mann!!"

Stöcklein war laut geworden und aufgestanden. Mit der flachen Hand schlug er so laut auf den Tisch, dass der Mann vor ihm erschrocken zusammenzuckte und unwillkürlich mit seinem Stuhl hörbar nach hinten rutschte. Mit großen nervösen Augen sah er dem Kommissar ins Gesicht.

„Na...na...i hab doch nix gmachd. I war ned bei den Klammthalers. I war...i war...i hab..."

„Was??!! Wo waren Sie??! Was haben Sie gemacht und bei wem waren Sie gewesen?"

„I war...war bei a Frau...mit den Klammthalers hab i nix zu tun. Wirklich ned..."

„Welche Frau? Und warum machen Sie so ein Geheimnis daraus? Name und Adresse, aber ganz schnell jetzt!!"

„Es is die Zeitler Johanna. Mia treffen uns scho a ganze Weil, aba des soll halt niemand wissn...wenigstens im Moment ned."

„Warum? Was ist das für ein Problem? Ist sie verheiratet?"

„Na...ja, scho, aba...lebt scho seit oam Joahr getrennt und ihr Mann...oder bald Exmann, is a Nachbar von mia."

„Ja und? Ich versteh´ immer noch nicht, was das Problem sein soll, wenn sie sowieso getrennt sind."

„Sie vastehn des ned. Aufm Dorf is des doch ned so einfach. Do ko ma ned einfach mit ner Frau rummacha, egal, obs getrennt is oder verheirat. Die Leit schwätzn doch glei und dann weans laufend schräg agschwätzt."

„Ich kann mir nicht vorstellen, dass Sie das sehr interessiert, was andere über Sie reden oder denken."

„Mia is des wurschd, des scho, aba i will ned, dass ma schlecht von der Johanna red. Des is eh scho schwer, wenn a Frau von ner ansässigen Familie gschiedn wird und a no vom Mo weggeht."

„Also, das müssen Sie beide wissen. Sie waren also von circa halb acht bis halb zehn bei dieser Johanna Zeitler gewesen?"

Hofer nickte.

„Ja. Sie könnas ja frogn. Die ganze Zeit. I hob doch bloß mei Auto drübn abgstellt."

Stöcklein nickte. Hofers Erklärung war schlüssig. Sie würden die Dame noch überprüfen, aber er ging davon aus, dass Hofer diesmal die Wahrheit sagte.

Er versuchte noch einen Schuss ins Blaue. Er zog das Foto von Bernhard Moltern heraus und legte es Xaver Hofer vor.

„Kennen Sie diesen Mann?"

Hofer zuckte zusammen. Jasmin und Stöcklein sahen das und wechselten einen kurzen Blick. Wieder Überraschung.

„Na. Kenn i ned."

„Herr Hofer!!! Keine Lügen mehr. Wir kommen eh drauf, verlassen Sie sich darauf."

„Mei, ja, i kenn den Bernhard. Aber die Gschichd is längst vorbei. I hob den ewig nimma gseng."

„Woher kennen Sie ihn?"

„Er hod ma mol an Gfalln dan…"

Er sprach leise und senkte den Kopf.

„Was für einen Gefallen? Hat das etwas mit den Klammthalers zu tun?"

Hofer nickte. Irgendwie fühlte er sich ertappt und überführt.

„Der war des mit den Grenzstoina."

Er war sehr kleinlaut und hatte den Kopf gesenkt.

„Was? Und Sie haben ihn beauftragt?"

„Ja...aba der Schwachkopf hat die Stoina völlig falsch gsetzt."

„Ah...verstehe. Darum das Paradoxe mit Ihren Feldern und denen der Klammthalers…"

Stöcklein wandte den Kopf zu Jasmin, die grinsend den Kopf senkte. Da hatten sich damals ja die richtigen Idioten gefunden.

„Okay...warum ist er jetzt wieder da? Haben Sie sich getroffen?"

„Nur zufällig. Er war unten am Schmutterpark und wollt was zambetteln. Da hat er mi gseng und mia ham a bissel gred. Des wars aba scho…"

„Und ihr habt euch danach nicht wieder getroffen?"

Hofer schüttelte den Kopf und sah wieder Stöcklein an.

„Na...mit dem wollt i doch nix zu tun ham. Des war scho früher a Strolch und jetzt a no. Und a Volldepp isser a no."

„Na, gut, dass Sie das ja nicht sind."

Hofer sagte nichts und presste die Lippen zusammen. Stöcklein sah noch einmal Jasmin an. Fragend, ob sie etwas vergessen hatten. Sie senkte ein kleines bisschen die Augenlider, nickte kaum sichtbar mit dem Kopf zum Zeichen, dass sie alles wussten, was relevant war.

„Na gut, Herr Hofer. Das war´s mal. Sie können gehen. Danke für Ihr Kommen."

Sie standen auf, Hofer nickte und verließ den Raum.

„Das ist wohl nicht unser Mann," murmelte Jasmin.

„Kaum. Ich trau ihm auch nicht einen Mord zu. - Kümmern wir uns nochmal um unseren Hauptverdächtigen."

„Ja, ich neige immer stärker dazu, dass Moltern uns etwas verschwiegen hat und uns zudem angelogen und ein paar

Sachen vorenthalten hat. In seiner Akte steht, dass er auch schon öfter gegenüber Frauen gewalttätig geworden war. Der spielt uns da einen Ängstlichen vor, aber ich seh das ganz anders. Moltern ist einfach ein brutaler Typ, dem ich auch diese Morde zutrauen könnte."

Stöcklein stimmte ihr zu. Bernhard Moltern war nicht so unschuldig, wie er den Ermittlern Glauben machen wollte.

Und so war es auch. Als Stöcklein ihm das Foto auf den Tisch legte, gab er seine weinerliche Schauspielerei auf und schloss für einen Moment die Augen. Wie wenn es ein Schuldeingeständnis sein sollte.

„Ja," sagte er nickend. „Ich war an dem Abend auf dem Hof. Wollte mir einen Schlafplatz suchen…"

Er stockte und schluckte.

„Was ist dann passiert?"

„Ich ging auf den Hof. Dachte, da wohnt doch niemand mehr, so verkommen und verlassen, wie alles aussieht. Dann wollt ich in den Stadel und hab das Tor aufgemacht. Nur so weit, dass ich rein konnte. Und dann stand da plötzlich der alte Mann mit einer Mistgabel in der Hand."

Stöcklein wurde hellhörig.

„Wollte er Sie damit aus dem Stall jagen?"

„Ja, er hat mich wohl beobachtet, als ich in den Hof gelaufen bin. Dann hat er wie wild mit der Mistgabel rumgefuchtelt."

„Und dann?"

„Ich schlug sie ihm aus der Hand und hab ihn weg gestoßen. Da ist er hingefallen."

„Haben Sie ihn getötet?"

Moltern hob entsetzt die Hände.

„Nein, hab ich nicht. Er hat sich wieder hochgerappelt und ich bin abgehauen."

„Haben Sie ihn und seine Frau getötet?"

„Nein, nein...hab ich nicht. Er hat sich doch nur ein bisschen am Kopf verletzt, nix Schlimmes. Ich hab ihn nicht mehr angefasst."

„Was ist mit seiner Frau? War sie dabei?"

Moltern schüttelte den Kopf.

„Nicht im Stall. Als ich aus dem Stadel raus gerannt bin, war sie im Hof gestanden und wollte schreien, da hab ich ihr den Mund zugehalten und sie wieder in die offene Haustür gedrängt."

„Haben Sie sie dabei verletzt?"

„Nein, ich hab ihr nichts getan. Ich hab die Türe zugeschlagen und bin davon gerannt. Das war alles."

„Das war alles?? Herr Moltern, ich glaube Ihnen kein Wort. Die Klammthalers wollten Sie vertreiben und Sie haben dann die Nerven verloren, weil sie wahrscheinlich die Polizei geholt hätten. Sie haben sie getötet und einen Mord von einem Wahnsinnigen vorgetäuscht. Geben Sie es endlich zu, Moltern. Alles spricht gegen Sie und Ihre Lügen helfen Ihnen nicht mehr weiter."

„Nein, nein, nein...ich war das nicht. Ich lüge Sie nicht an, bitte...glauben Sie mir. Das war wirklich alles."

„Warum haben Sie dann behauptet, nie auf dem Hof gewesen zu sein?"

„Weil Sie mich doch gleich verdächtigt hätten. Ich hatte einfach Angst."

„Meinen Sie denn, dass Ihre Lügen den Mordverdacht jetzt entkräftet haben? Was ist los mit Ihnen, Mann?"

„Ich...nein, es war einfach die Angst, beschuldigt zu werden. Wer würde mir, einem Obdachlosen, denn schon glauben?"

„So wie es jetzt aussieht – niemand mehr. Ich verhafte Sie wegen des dringenden Tatverdachts des Mordes an Anton und Hertha Klammthaler. Ich kann Ihnen nur raten, ein Geständnis abzulegen...bezüglich der ersten beiden Morde und der beiden anderen Morde."

129

„Aber wieso denn? Ich war das nicht und die anderen...das war ich doch auch nicht. Ich…"

Er stockte und drehte die Finger ineinander.

„Nehmen Sie Drogen, Herr Moltern?"

„Drogen? Nein. Woher sollte ich die denn bekommen?"

„Herr Moltern, es ist ein Leichtes, Substanzen in ihrem Körper festzustellen. Also?"

„Aber ich...mein Gott, ab und zu, aber nicht regelmäßig. Das kann ich mir doch gar nicht leisten."

„An den besagten Abenden?"

Moltern überlegte und schloss die Augen. Er sah aus, als ob er jetzt aufgegeben hatte, die Vorwürfe zu leugnen.

„Ich hab was geraucht...aber es war wirklich nur ein kleiner Joint…"

„Wie lange konsumieren Sie schon regelmäßig Drogen?"

„Nein...nicht regelmäßig. Ab und zu. Ich bin doch nicht abhängig. Mal einen Joint, mal ein paar Pillen…"

„Was für Pillen? Ecstasy, Methamphetamine, Aufputschmittel? Was genau und woher bekommen Sie das?"

„Mann, auf der Straße. Ich kenn die Leute doch nicht. Meistens krieg ich irgendwelche Ecstasypillen, sonst nichts. - Und das ist selten."

„Haben Sie an den Abenden Alkohol konsumiert?"

„Ja, könnte schon sein…"

„Könnte sein? Wissen Sie das nicht mehr?"

„Ja, nein, doch, ich weiß schon noch, aber ich bin nicht sicher was. Wahrscheinlich Wein, der ist billig."

Stöcklein sah Jasmin an, die Moltern die ganze Zeit scharf beobachtet hatte. Er nickte ihr zu und stand auf.

„Wir kommen sofort wieder."

Sie begaben sich in den Nachbarraum.

„War er´s oder nicht?" fragte er die Kommissarin.

„Ich bin sicher, dass er es war. Er kann kein einziges Beweismittel entkräften."

„Okay, dann wird der Staatsanwalt die Anklage vorbereiten."
„Ja, ich denke, Moltern ist überführt."
Sie traten wieder in den Verhörraum.
„Ich kann Ihnen nur noch einmal raten, ein Geständnis abzulegen. Ihr Leugnen bringt Sie nicht weiter."
„Aber ich kann doch nicht gestehen, wenn ich das nicht war."
Verzweifelt blickte er die Ermittler an. Stöcklein schüttelte den Kopf.
Er drehte sich nach dem Beamten um, der mit anwesend war.
„Bringen Sie bitte Herrn Moltern in seine Zelle."
Der Beamte nickte und trat auf den völlig zusammen gebrochenen Mann herab.
„Kommen Sie bitte mit."
Moltern stand auf und ging mit gesenktem Kopf mit dem Beamten mit.
Jasmin und Stöcklein sahen sich an.
„Ich denke, er war es. Er hat uns mit seiner Weinerlichkeit ein Schauspiel geliefert," sagte Jasmin mit einer überzeugenden Klarheit.
„Ja, so langsam neige ich auch dazu."
„Du zweifelst immer noch?" fragte sie ihn. Fixierte seine Augen und wartete auf eine Reaktion.
Stöcklein zuckte die Schultern.
„Auch ein Indizienprozess wird zu einem Urteil führen. Ich kann nichts Entlastendes über diesen Mann finden. Laut seiner Akte kann er sehr schnell gewalttätig werden und weiß nicht mehr, wann er aufzuhören hat. Er ist leicht reizbar und neigt zu irrationalen Handlungen, die mögliche Konsequenzen ausschließen. Er ist ein Kleinkrimineller mit Hang zur Gewalt, aber ein Mord oder ein Mordversuch war noch nie Teil seines Repertoires. - Vielleicht war es wirklich ein Affekt, mit dem er nicht mehr umgehen konnte."

„So oder so. Er ist überführt und kann sich in keinster Weise irgendwie entlasten. Und wenn er noch hundertmal beteuert, unschuldig zu sein, ich bin von seiner Schuld überzeugt."

„Ja, das wird im Endeffekt der Richter beurteilen. Trinken wir einen Kaffee?"

„Kaffee wäre toll. Gehen wir…"

Sie verließen den Raum und suchten wieder ihr Büro auf.

*

Die große Karte lag vor ihm auf dem Schreibtisch und er starrte nachdenklich auf den Namen Florian Klammthaler, der den Platz für Anne eingenommen hatte. Er grübelte. Nicht einmal die eigenen Kinder wussten von der verstoßenen Tochter. Was war damals passiert? Hatte der alte Schorsch wirklich recht mit dem, was er gesagt hatte? Was war das für ein Drama gewesen, das solch furchtbare Reaktionen nach sich gezogen hatte?

Er richtete sich wieder auf und ging auf und ab. Er wurde mehr als neugierig. Das Verschwinden von Anne hatte nichts mit diesem Fall zu tun, aber er wollte wissen, wohin das Mädchen damals gebracht worden war. Wann und wo war sie gestorben? Und warum strich man sie einfach aus einem Stammbaum, der schon so weit zurückreichte? Was musste ein junges Mädchen angestellt haben, dass die eigenen Eltern sie aus der Existenz strichen und noch dazu aus einem bemerkenswert weit zurückreichenden Stammbaum? Er stellte sich seine eigenen längst erwachsenen Kinder vor, was passieren musste, um sie nicht mehr als seine Kinder ansehen zu können. Er konnte es sich nicht vorstellen. Wahrscheinlich würde er auch zu ihnen halten, wenn sie einen Mord begangen hätten. Je mehr er darüber nachdachte, desto größer und intensiver wurde der Drang zu erfahren, was damals in diesem Jahr passiert sein musste, um ein Familiendrama in Gang setzen zu können.

132

Niemand außer der Familie hatte Zugang zu dem Dokument. Und so, wie Florian sagte, war das Interesse an der familiären Historie auch nicht so groß. Trotzdem wurde das Dokument sicher verwahrt und auch ordentlich weiter geführt. Es standen auch alle Kinder bereits auf dem Dokument. Die Kinder von Florian und Sabine. Und die Kinder von Markus und Maria Klammthaler. Samt der schon lebenden Enkel.

Er setzte sich wieder auf seinen Stuhl. Florian war der einzige, der noch eine vage Erinnerung an seine Schwester hatte, auch wenn er sie nicht bewusst als Schwester wahrgenommen hatte. Er musste mit ihm über diese Sache sprechen.

Sie saßen auf der Terrasse in der Sonne. Der Spätsommer zeigte sich heute von seiner schönsten Seite. Es war angenehm warm und der nahende Herbst meldete sich mit einem eigentümlichen Geruch an, der immer entsteht, wenn die Blätter sich langsam färben, von den Bäumen schaukeln oder die Büsche sich langsam auf die kürzeren Tage vorbereiteten. Diese ganze Umgebung ließ die Erinnerung von Gerd Stöcklein tanzen und kreierte aus vergangenen Fragmenten ein Ganzes. Wären nicht diese schrecklichen Vorfälle geschehen, hätte er dies alles mehr als genießen können.

„Neusäß hat sich ganz schön verändert," sagte Stöcklein.

„Ja, stimmt. Es ist viel gebaut worn. Sieh dir nur den Schmutterpark an. Kannsch di no erinnern, als da nichts weiter gwesen is als eine große Mulde? An den Rändern simma Schlitten gfahrn. Oder vielmehr auf irgendwelchen Tüten runter grutscht."

Stöcklein lachte. Natürlich erinnerte er sich. Es war ein schönes Jahr gewesen, als sie in der Eichenwaldschule die sechste Klasse besucht hatten. Das Schwimmbad mit dem versenkbaren Boden war gerade fertig gestellt worden und sie waren mit ihrem Lehrer oft beim Schwimmen dort. Sie hatten zusammen Fußball gespielt. Es war das letzte Jahr gewesen, in dem sie zusammen in die Schule gegangen waren. Danach wurde die Klasse getrennt. Ein Teil ging auf die Realschule und ein Teil blieb in der Hauptschule. Der Fußball hielt sie alle zusammen. Viele Jahre. Weit bis in die Zwanziger. Sie hatten eine tolle Jugend zusammen verbracht. Die ersten Mädchen, Disco, Party, Alkohol und manche Aktionen, die lieber unausgesprochen bleiben sollten. Es war eine Zeit des Aufbruchs, der persönlichen Entwicklung und das leise Finden seiner eigenen Persönlichkeit. Fast alles war neu gewesen, das erste Mal eben. Der erste Kuss, der erste Sex, Eifersüchteleien zwischen den Jungs und den Mädchen, ständige Wechsel und instinktiv die Suche nach der Richtigen. Nach der, mit der man sich vorstellen konnte, zusammen zu bleiben, Familie zu gründen und sicher zu sein, seinen Weg gefunden zu haben.

Spätestens dann war die Jugend vorbei. Zurück blieben nur Erinnerungen, die bis heute sehr präsent waren. Ein bisschen Wehmut vielleicht, aber kein Bedauern.

„Warum lachsch?" fragte Flo.

„Wenn ich so zurückdenke, muss ich lachen. Denn wenn unsere Eltern über manche Sachen etwas erfahren hätten, dann wäre wohl eine Welt zusammen gebrochen. Also, für sie, nicht für uns…"

„Ja, da hast recht. Aber koi Minut will i missen…"

„Schön war's scho."

Flo wurde wieder ernst.

„Über was wolltsch denn mit mir sprechen, Gerd?"

Stöcklein presste die Lippen zusammen und sah Flo an.

„Tja, mir liegt da was im Magen, das ich verstehen will. Du kannst dich wirklich nicht an Anne erinnern?"

„Doch. Ich kann mich schon erinnern, dass da ein Mädchen war, aber sie war in meinen Erinnerungen immer so was wie ein Kindermädchen, weil meine Eltern so viel Arbeit hatten. Als eine Schwester hab ich sie nie gesehen. Ich kann auch nicht mehr sagen, wie sie eigentlich ausgesehen hatte. Hab´s vergessen."

Er zuckte mit den Schultern, so als ob er es bedauere.

„Und der Name? Sagt dir der Name noch etwas?"

„Anne? Nein, nicht wirklich."

„Hast du nicht gefragt, wo sie denn geblieben ist, als sie weg war?"

„Ich wois nimma. Vielleicht, aber sie war irgendwann nicht mehr da und niemand hat mehr von ihr gesprochen. I hab´s ganz einfach wieder vergessen."

Stöcklein schwieg.

„Weißt du mehr darüber? Was hat das mit dem allen zu tun?"

„Das weiß ich noch nicht. Wahrscheinlich nichts. Ich bin nur neugierig."

„Sicher? Nur neugierig? Oder hasch da noch mehr? Schließlich konfrontierst du mi do mit meiner eigenen Familiengeschichte, von der i dacht, i kenn sie."

Stöcklein sah ihn an. Nickte nur leicht.

„Ich möchte nur ein Puzzle zusammen setzen. Es hatte damals einen Mord gegeben. Die Leiche wurde auf einer Bank am Weiher gefunden. Anne war wohl diejenige, die die Leiche als erstes entdeckt hatte. Das hat sie wohl nicht verkraftet."

Er machte eine Pause und dachte nach.

„Wer war der Tote? I ko mi ganz vage erinnern, dass da mol was war, aber meine Eltern ham mir nichts gsagt und au später nichts mehr erwähnt. Für mi als Kind war das auch nicht mehr wichtig gwesen. I wois ned mol mehr, welches Joahr ds war."

„Es war 1965. Anne war gerade sechzehn geworden. Der Tote war ein US-Soldat. Ein Schwarzer...."

„Und?? Jetzt spann mi ned auf die Folter."

Stöcklein sah ihn sehr ernst an.

„Er wurde genauso getötet wie deine Familie. Und darum liegt mir das jetzt im Magen, Flo."

Florian kniff die Augen zusammen.

„Was?? Des is jetzt ned dei Ernst? Und du moinsch...es gibt da einen Zusammenhang? Nach so langer Zeit?"

„Ich weiß es wirklich nicht. Was mich im Moment mehr interessiert, ist, was aus deiner Schwester geworden ist. Anscheinend hat sie das alles nicht verkraftet und ist sehr krank geworden. Angeblich ist sie bald darauf verstorben. Mehr weiß ich auch nicht. Noch nicht."

„Woher weißt du denn das alles?"

„Reiner Zufall. Da sind ein paar Dinge zusammen gekommen, denen ich nachgehen möchte. Mehr kann ich dir auch nicht sagen. Noch sind wir ja in den Ermittlungen. Und unser Verdächtiger wird erst noch in Untersuchungshaft sein. Was ich wissen will, ist, wie groß ein Zufall sein kann, dass eine Tötungsart sich nach so einem gewaltigen Zeitraum wiederholen kann, ohne dass ich nur von einem Zufall sprechen kann. Bitte, das hat mit dem hier nichts zu tun. Es ist nur meine kriminalistische Neugier, was mich antreibt, sonst nichts."

Flo nickte verstehend.

„Ja, versteh scho. I ko dir da leider ned weiterhelfen. Es lebt ja niemand mehr, der damals des alles mitgkriegt hat. I moin, die, die wohl noch leben, wohnen längst nimma do. Ein paar Alte noch – hier in der weiteren Nachbarschaft vielleicht. Ob sie sich noch erinnern, halt i für sehr fraglich. Und mit mir hasch die nächste Generation. Leider war i damals viel zu kloi, als dass i mi an so etwas groß erinnern könnt."

„Ja, ich auch. Ich hab ja gar nichts mitbekommen."

„Was machsch jetzt ?"

„Ich werde mal ein bisschen recherchieren, damit wir ein klares Bild bekommen. Ich könnte mir denken, dass du auch daran interessiert bist, wer deine Schwester war und was aus ihr geworden ist."

„Ja, natürlich würd mi des interessieren. Meine anderen Schwestern wahrscheinlich au, obwohl sie ja noch gar ned auf der Welt waren zu dem Zeitpunkt."

Stöcklein stand auf und gab ihm die Hand.

„Wenn ich was Informatives habe, melde ich mich. Mach´s gut, Flo, bis dann…"

„Tschüss, und danke…"

„Für was denn?"

„Dafür, dass du den Mörder geschnappt hast."

Stöcklein nickte.

„Ich hoffe nur, ich bekomme doch noch ein Geständnis."

„Er hat nicht gestanden?"

„Noch nicht. Aber behalte das bitte für dich. Er ist bezüglich der Beweiskette überführt. Die ist lückenlos."

„Würde heißen, dass ein Geständnis ihm noch Vorteile bringen würde?"

Der Kommissar zuckte die Schultern.

„Das weiß ich nicht. Entscheidet der Richter. Ich bin nur der Ermittler."

Flo hob die Hand und öffnete das Gartentürchen.

„Schon in Ordnung. Bis dann…"

Als er im Auto saß, rief er Daniela Schäfer an.

„Hallo, Frau Schäfer. Haben Sie schon etwas heraus gefunden über Anne Klammthaler? Oder den Soldaten?"

„Ich habe was Besseres. Der Arzt, der damals das Mädchen betreut hat, lebt noch und wohnt immer noch in Neusäß. Ich habe gerade mit ihm telefoniert und er scheint mir noch recht fit zu sein."

„Was? Klasse…aber, der muss doch schon uralt sein oder nicht?"

„Er ist 89 Jahre alt. Wohnt in einem Ortsteil. Ottmarshausen…ich sende Ihnen die Adresse per Whatsapp. Außerdem habe ich die amerikanische Botschaft kontaktiert.

137

Sie haben unser Anliegen an die betreffenden Stellen weiter geleitet. Aber das wird dauern. Das geht nicht so schnell."

„Sehr gut...egal, wie lange es dauert. Dann such ich jetzt mal den Arzt auf. Wie heißt er denn?"

„Doktor Heinz Cofeldt..."

„Tolle Arbeit...danke sehr. Ich komme nachher noch einmal ins Büro. Hat sich Rolf gemeldet?"

„Nein. Er recherchiert noch den Bekanntenkreis von Bernhard Moltern. Soll er ins Büro kommen?"

„Ja, wir müssen noch den Bericht fertig machen...ich ruf ihn nachher selbst an."

„In Ordnung, bis später."

Er legte auf und öffnete die Nachricht mit der Adresse. Was für ein Glück, dass dieser Mann noch lebt, dachte er. Vielleicht bringt er etwas Licht in das schemenhafte Dunkel.

Der alte Mann sah nicht aus wie fast neunzig. Alt schon, aber nicht gebrechlich und schon gar nicht senil. Dr. Cofeldt erfreute sich trotz seines hohen Alters guter Gesundheit. Er hatte wache, lächelnde Augen. Sein Gang war ein klein bisschen unsicher und vorsichtig, aber das war entsprechend seines Alters nicht ungewöhnlich.

„Guten Tag, Herr Doktor Cofeldt. Ich bin Hauptkommissar Stöcklein von der Augsburger Mordkommission und würde mich gerne mit Ihnen über einen Fall unterhalten, der schon lange zurück liegt. Vielleicht können Sie mir da weiterhelfen."

„Mordkommission? Verdammt, jetzt habt ihr mich doch gekriegt..." sagte er verschmitzt und begutachtete den Dienstausweis.

Stöcklein grinste ihn an. Der Mann war noch sehr wach.

„Kommen Sie doch rein, Herr Kommissar."

Er führte ihn in einen Wintergarten, wo er auf eine kleine Möbelgruppe zeigte.

„Setzen wir uns. Möchten Sie etwas zu trinken? Ein Wasser oder einen Schluck Tee vielleicht?"

„Gegen einen Tee hätte ich nichts einzuwenden. Danke sehr."

„Bin gleich wieder da…"

Stöcklein setzte sich und sah sich um. Er saß in einem nostalgischen Wintergarten, der ihn an vergangene Epochen erinnerte. Ein verspielter Rahmen in weiß und keine eckigen Kanten. Der ganze Raum war in einem oval gehalten, der außen von zwei mächtigen Bäumen schattiert wurde. Der Rasen war tiefgrün, kurz geschnitten und sah aus wie das Green auf einem Golfplatz. Die wunderschönen Beete waren blitzsauber, frei von jeglichem Unkraut und glichen einem kleinen, botanischen Garten. Der Doktor war ein Stilist, der wohl viel Wert auf einen ordentlich gepflegten Garten legte.

Er kam gerade mit einem Tablett herein, auf dem eine Kanne mit zwei Tassen standen. Daneben ein Teller mit Gebäck. Vorsichtig stellte er es auf dem Tischchen ab.

„Bitte bedienen Sie sich. Hier ist Zucker, Milch oder Zitrone. Ganz wie Sie wollen."

„Danke. Sehr freundlich von Ihnen. Der Garten ist ja wunderschön. Gepflegt bis ins Detail. Machen Sie das selbst?"

Cofeldt lachte laut auf.

„Nein, nein. Das schaffe ich nicht mehr. Ich habe einen recht zuverlässigen Gärtner, der viel Ahnung davon hat und vor allem die Arbeit mit Freude macht. So etwas kann man dann sehen. Freut mich, dass es Ihnen gefällt. Für mich ist der Garten eine tägliche Inspiration."

„Kann ich mir vorstellen."

Er nahm einen Schluck aus der Tasse.

„Aber ich glaube, Sie sind nicht hier, um über meinen Garten zu plaudern. Wie kann ich Ihnen helfen?"

„Nun…sicherlich haben Sie das ganze Drama in Neusäß mit der Familie Klammthaler mitbekommen. Die Medien waren ja nicht gerade zurückhaltend."

139

„Natürlich. Wie immer eben. Schreckliche Sache. Ich hoffe, Sie haben wenigstens Spuren und können den oder die Täter bald fassen. Das sind doch keine Menschen mehr, die so eine abartige Tat begehen."

„Wir sind zuversichtlich, die Taten bald aufgeklärt zu haben. Aber ich bin eigentlich wegen etwas anderem hier. Es geht um eine Tochter der Klammthalers, von der bislang niemand etwas gewusst hat...und..."

„Sie sprechen von Anne..." unterbrach ihn der Doktor.

Stöcklein sah ihn überrascht an.

„Sie können sich noch an sie erinnern? Nach so langer Zeit? Ich bin beeindruckt."

„So ein Mädchen vergisst man nicht. Ich gebe zu, ich habe die Geschehnisse von damals längst verdrängt und fast vergessen. Aber als das jetzt alles passiert ist und ich gelesen habe, was man mit den Opfern angestellt hat, war alles wieder da, als ob es gestern gewesen wäre. Man verdrängt, Herr Kommissar, aber man vergisst nicht. - Woher wissen Sie von Anne, wenn ich fragen darf?"

„Ich habe das Stammbaumdokument der Klammthalers gesehen und ein Platz wurde mit Florian Klammthaler ersetzt. Wir haben die überarbeitete Schrift trotzdem entziffern können. Und da stand eben Anne Klammthaler mit den zugehörigen Daten."

„Man hat sie wirklich aus dem Stammbaum entfernt? Das ist ja unglaublich! Die Abgründe der Menschen überraschen mich trotz meines Alters immer wieder aufs Neue."

Er atmete laut aus und schüttelte den weißhaarigen Kopf.

„Ja...und hat mich neugierig gemacht. Warum entfernt man ein Familienmitglied? Das möchte ich eben wissen und darum suche ich auch nach Gründen."

„Manche Menschen haben eben ein erschütterndes Schicksal. Anne gehörte zu solchen Menschen. - Aber...warum interessiert Sie das Mädchen so?"

„Ich möchte mal so sagen – das sind alles Puzzleteile, die ich zusammensetzen möchte. Was dabei herauskommt, weiß ich noch nicht so genau, aber wenn irgendeine Verbindung besteht, muss ich das wissen."

„Sie rühren in einem nicht ungefährlichen Topf, wenn ich das sagen darf. So alte Geschichten wieder hervor zu kramen, mag einigen Leuten nicht gefallen."

„Scheint mir auch so. Was war damals geschehen? Können Sie mir einen Einblick geben? Und...waren Sie der Arzt von Anne?"

Cofeldt nickte bestätigend.

„Ich war der Hausarzt aller Landwirte samt Familien. Sie haben mir irgendwann eben doch vertraut. Trotz meiner Jugend und als Fremder habe ich mich hier sehr schnell heimisch gefühlt. Die Klammthalers kannte ich sehr gut. Frau Klammthaler habe ich auch während ihrer Schwangerschaften betreut. Neben dem Kollegen, einem Frauenarzt. Und natürlich auch Anne. Als ich sie kennenlernte, war sie ein schüchternes kleines Mädchen mit vielleicht zwölf Jahren. Irgendwie war sie von Anfang an etwas anders als der Rest der Familie Klammthaler."

„Wie meinen Sie das?"

„Damals hatten die Bauern immer viele Kinder, die dann auf dem Hof mitgeholfen hatten. Das ging ja weit bis in die Siebziger und Achtziger sogar. Durch die EU beziehungsweise den Beginn der Globalisierung, wie wir sie heute kennen, schrumpften die Landwirtschaften. Und die Nachkommen hatten immer weniger Lust, sich die schwere Arbeit noch anzutun, wenn immer weniger dabei heraus sprang. Anne war keine Landwirtin. Das war sie nie. Sie hatte ganz andere Interessen. Anne war neugierig…"

„Neugierig? Auf was?"

„Neugierig auf die Welt. Auf alles, was sie nicht kannte. Der Hof konnte diesen Wissensdurst niemals befriedigen. Trotzdem hat sie sich wohl nie beklagt, hat die Arbeiten erledigt, getan, was die Eltern von ihr verlangt hatten. Auf einem Hof aufzuwachsen, hatte schon immer zwei Seiten. Anne war eine sehr gute Schülerin. Eine Lehrerin von ihr hat einmal gesagt, sie ist jemand, die könnte einmal Großes vollbringen. Sie hatte ein Riesenpotential. Ein geistiges Potential. Schon in den frühen Jugendjahren habe ich ihre außergewöhnliche Intelligenz bemerkt. Aber die Eltern ignorierten das einfach. Für sie war Anne das Erstgeborene, das einmal den Hof zu übernehmen hatte. Also, heiraten, am besten auch einen Landwirt, Kinder und so weiter. Sie wollten nie begreifen, dass manche Menschen ganz andere Träume und Vorstellungen vom Leben haben konnten. Verstehen Sie mich richtig. Ich verurteile die Klammthalers deswegen nicht. Sie waren nicht fähig, das Talent und die Möglichkeiten ihrer Tochter zu erkennen. Sie kannten doch nur die Landwirtschaft. Das war der Mittelpunkt ihrer Welt. Der Hof war das, was ihren Lebenssinn bedeutete und warum sie auf der Welt waren. Das ist im Grunde eine sehr positive Einstellung, hat nichts mit irgendwas Schlechtem zu tun – aber... andere Länder, andere Kulturen, Wissenschaften und Bildung betrachteten sie als Zeitverschwendung. Das waren lediglich Hirngespinste, die eben junge Menschen so hatten."

„Und was war das konkret? Haben Sie mit ihr einmal drüber gesprochen?"

Cofeldt nickte.

„Ja. Sie kam regelmäßig in meine Praxis zur Untersuchung. Komischerweise wurde sie tatsächlich von den Eltern dahin geschickt. Meistens war die Mutter dabei, aber sie kam oft auch alleine. Dann haben wir viel geredet. Sie hatte wohl großes Vertrauen zu mir."

„Was war sie denn für ein Mädchen? Wie kann ich mir das vorstellen?"

Er überlegte.

„Sie war zweifellos sehr loyal gegenüber ihren Eltern. Sie war auch nicht unglücklich zu Hause. Das war es nicht. Sie war gerne auf dem Hof, aber der Hof sollte nicht ihr ganzes Leben einnehmen. Die Arbeit dort machte sie mit Freude – mit den Tieren, auf dem Feld, im Haushalt. Aber sie hatte eben auch einen unglaublichen Drang nach außen. Sie wollte vieles über Medizin wissen. Heilkräuter, altes Naturwissen, Anatomie...mein Gott, sie war gerade etwa dreizehn, als sie mich darüber löcherte. Ein anderes Mal erzählte sie mir etwas über Kunst. Über van Gogh, Rembrandt oder Kandinsky. Sie hatte sogar einmal ein Buch über Philosophie dabei und erzählte mir über Sokrates, Platon und Aristoteles. Stellen Sie sich das mal vor. Sie erklärte mir die Malerei der größten Meister aller Zeiten und die Grundlagen der Philosophie. Sie war dreizehn. Kein Jugendlicher in diesem Alter hat sich mit Philosophie beschäftigt. Sie hat auf Anhieb alles verstanden, was diese Griechen gesagt hatten. Das ist einmalig. Einmal sprach sie davon, wie schön es wäre, eine Weltreise zu machen. Mehrere Monate durch die Welt zu ziehen und neue Kulturen kennen zu lernen. Diesem jungen Mädchen mit diesen wunderbaren Träumen zuzuhören war etwas ganz Besonderes. Sie hatte ein unglaubliches Charisma. Und ihre Träume waren ganz und gar nicht nur Träume. Da stand eine offensichtliche Realisierung dahinter."

Er begann zu lächeln, so als ob er Anne wieder vor sich sah, mit den Zöpfen, begeisternd und mit glitzernden Augen.

„Was wollte sie denn einmal werden?"

Der Doktor zuckte mit den Schultern.

„Tja, sie hat damals schon gewusst, dass sie ihre Eltern einmal sehr enttäuschen würde, weil für sie klar war, dass sie auf eine Universität gehen würde. Und bestimmt nicht in Bayern. Sie wollte weg von hier, auf eine Uni, in der sie all das finden konnte, was es zu Hause eben nicht gab. Was sie genau vorhatte, habe ich nie erfahren. Das Schicksal hat sie vorher eingeholt…"

„Was war passiert?"

„Genau weiß ich es nicht. Aber man hat vermutet, dass sie mit diesem armen Kerl von US-Soldat eine Liebesaffäre hatte. Da war sie sechzehn. Der junge Mann etwa zwanzig glaube ich."

„Ja, stimmt. Er war zwanzig."

„Wissen Sie etwas über ihn?"

Stöcklein schüttelte den Kopf.

„Nein. Die MP hat ja den Fall dann übernommen."

„Ja, genau. Die Militärpolizei. Das war dann schon merkwürdig. Man hat nichts mehr erfahren. Ich weiß bis heute nicht, ob man den Täter überführen konnte. Der Presse hat man danach so gut wie nichts mehr mitgeteilt."

Stöcklein schüttelte den Kopf. Er dachte an die dilettantische Untersuchung der deutschen Polizei.

„Nein. Ein Täter wurde nie gefasst."

„Nun. Jedenfalls hat Anne ihn tot auf dieser Bank gefunden. Es muss ein schrecklicher Anblick für sie gewesen sein. Stellen Sie sich das mal vor. Ein junges Mädchen findet ihren Liebsten abgeschlachtet auf einer Bank vor. Das arme Ding…."

„War sie danach bei Ihnen?"

„Ja, zuerst. Dann habe ich sie an einen Psychologen überwiesen. Das ist nicht mein Fachgebiet. Ich bin Allgemeinarzt."

„Sie waren für Ihre Patienten bestimmt wesentlich mehr als nur der Hausarzt. Was hat Anne gesagt? Wie hat sie sich verhalten?"

„Sie war vollkommen apathisch. Niemand konnte mehr zu ihr vordringen. Das Gehirn schaltet manche Funktionen ab, wenn es überfordert wird. Das ist ein Selbstschutz. Meistens funktioniert nach einer gewissen Zeit alles wieder, aber bei Anne nicht. Sie hatte sich einfach aus der Welt ausgeklinkt. Oft dachte ich daran, dass sie das ganz bewusst gemacht hatte.

Diese ganze schreckliche Tat hat ihr Leben von diesem Zeitpunkt an vollkommen vernichtet. Sie hat sich eine neue Welt erschaffen, zu der niemand mehr Zugang hatte."

„Wie meinen Sie denn das?"

„Nun, manche Menschen haben außergewöhnliche Fähigkeiten, die wir „Normalsterbliche" gar nicht begreifen. Ich war überzeugt, dass Anne so jemand gewesen ist. Denken Sie ganz einfach an Meditation. Eine Fähigkeit, sich aus einer sinnlich bewussten Welt für eine kurze Zeit zu entfernen, um wieder innere Kraft zu sammeln. So ähnlich kann man sich das vorstellen. Und Anne hat – ich bin überzeugt – genau so etwas getan. Sie hat sich einfach ihre eigene Welt ausgesucht. Wir bezeichnen das als Schizophrenie."

„Wie hat denn die Familie reagiert?"

„Sie waren heillos überfordert. Der Vater hat mir damals tatsächlich gesagt, wer ihm jetzt auf dem Hof mit der vielen Arbeit helfen würde. Florian war ja noch viel zu klein dafür gewesen. - Ich glaube, das war das erste und einzige Mal in meinem Leben, dass ich den Wunsch hatte, jemanden zu verprügeln."

„Was ist denn aus ihr geworden? Ich habe gehört, sie wurde in eine Klinik gebracht."

„Ja. Der Psychologe kam mit ihr auch nicht weiter und hat damals gemeint, dass es besser wäre, eine permanente Unterbringung in einer psychiatrischen Klinik wäre die beste Versorgung für sie."

„Was meinten Sie denn? Hat man Sie nicht nach Ihrer Meinung gefragt, da Sie sie ja am besten gekannt haben?"

„Nein. Das ging alles so schnell, dass Anne in kürzester Zeit abgeholt worden war und in eine Klinik gekommen ist. Ich habe sie nicht mehr gesehen."

„Sie kam nie mehr zurück?"

Cofeldt schüttelte den Kopf.

„Nein. Nie wieder habe ich sie gesehen. Und ich weiß, dass die ganze Familie sich nie wieder um sie gekümmert hat. Sie haben sie einfach aus ihrem Leben gestrichen. Weil sie wohl zu viel Schande über die Familie gebracht hatte. Ich habe nicht viel später erfahren, dass sie sich das Leben genommen hatte. - Es hat mich sehr getroffen damals, wirklich. So ein Schicksal verdient doch niemand. Sie war so jung...so jung…so ein heller Stern in einer wirren Welt."

Erschüttert senkte er den Kopf.

„Wo ist sie denn hingebracht worden? Wissen Sie das vielleicht?"

„Genau weiß ich es nicht. Ich hörte, sehr weit weg. Irgendwo im Nordwesten. Westerwald oder so. Aber ich weiß es wirklich nicht."

„Und ihr Leichnam? Wurde sie nicht hier im Familiengrab beerdigt?"

„Nein. Niemand weiß, wo sie beerdigt ist. Sie müssen sich das so vorstellen: Neusäß war ein kleiner Ort. Ständig gab es Gerede und Getratsche. Man kannte sich und die Familien. Und bei so einem Fall wurde noch mehr als sonst getratscht. Ein regelrechter Skandal und für die Klammthalers natürlich eine unglaubliche Ohrfeige, dass ausgerechnet ihr Kind mit einem – wie sagten die Leute damals? - mit einem Neger rummacht. Intoleranz, Vorurteile und Rassismus gegenüber anderen Menschen war nicht öffentlich, wurde aber unter vorgehaltener Hand sehr gepflegt. Gerade in dieser Zeit, als die Jugend begann, aufzubegehren. Die Kinder wurden bis dahin meistens autoritär erzogen, Prügelstrafe war doch gang und gäbe. Die späteren Sechziger hatten schließlich alles verändert. Aber Anne war tatsächlich ein Opfer ihrer Zeit gewesen. Genauso wie dieser junge Soldat. Opfer der Vorbehalte und einem kranken bescheuerten Selbstverständnis."

„Es wurde tatsächlich alles totgeschwiegen?"

146

„Ja. Die Klammthalers verloren kein Wort mehr darüber und die Verwandtschaft und Bekannten sowieso nicht. Vor allen Dingen nicht vor den Klammthalers. Totgeschwiegen, ja das ist der richtige Ausdruck. Als dann die anderen Kinder gekommen sind, war Anne noch schneller vergessen. Mittlerweile sind auch viele der Menschen schon gestorben. Und die nächsten Generationen haben das nicht gewusst."

„Und sie haben die Tochter einfach ihrem Schicksal überlassen, ohne es vielleicht in Betracht zu ziehen, sie wieder nach Hause zu holen? Das kann ich schier nicht glauben."

„Na ja, es war ja eine regelrechte Schande, als klar geworden war, dass sie mit diesem Mann ein Verhältnis hatte. Der Spießbürgerlichkeit waren keine Grenzen gesetzt und ich glaube, Sie wissen, wovon ich spreche, wenn ich diesen irren Satz sage: ́Was sollen denn die Nachbarn sagen?̀ Das trifft diese Zeit genau, denke ich."

„Da haben Sie recht. Kenn ich noch gut aus meiner Jugend. Aber so krass mit einer solch eiskalten Konsequenz habe ich es lange nicht erlebt."

„Für mich war das auch sehr überraschend, weil ich die ganze Familie nicht so kennen gelernt habe. Für mich waren sie wirklich eine verantwortungsvolle liebevolle Familie, die sich sehr wohl um die Kinder gekümmert haben. Gründe für diese ganze schreckliche Geschichte konnte ich niemals nachvollziehen. Auch dieses Totschweigen nicht. Vielleicht haben sie sich auch geschämt, dass Anne in die Psychiatrie gekommen war."

„Darum habe ich auch nichts mitbekommen..." murmelte Stöcklein.

„Wie meinen Sie?"

„Ich sagte, darum habe ich auch nichts mitbekommen in diesem Jahr. Wir sind in die Schule gekommen und unsere Eltern haben uns natürlich nichts erklärt. Wahrscheinlich hätten wir es auch nicht begriffen..."

147

„Sie sind hier zur Schule gegangen?"

„Ja. Florian Klammthaler ist ein Schulfreund von mir. Wir sind zusammen eingeschult worden. Ich kannte seine Eltern sehr gut."

„Oh, mein Gott. Und Sie müssen den Mord seiner Eltern aufklären? Ich beneide Sie nicht. Ich höre aus Ihrer Sprache, dass Sie nicht mehr hier wohnen."

„Nein. Ich lebe schon lange in Hamburg, aber durch ein Personalproblem bin ich für diesen Fall freigestellt worden. Ja...ich weiß, was Sie sagen wollen. Denkbar schlechtes Timing für ein Heimkommen."

Er grinste den Doktor mit geneigtem Kopf an.

„Sie haben mir sehr weitergeholfen. Ich danke Ihnen, Herr Cofeldt. Eine Frage hätte ich noch."

„Bitte. Fragen Sie."

„Haben Sie damals einen Verdacht gehabt, wer der Mörder von diesem Soldaten gewesen sein könnte?"

Der Doktor sah ihn auf einmal seltsam an. Seine Gesichtszüge wurden überraschend hart.

„Ich glaube, Sie ahnen es bereits. Wenn ich mich nicht irre."

„Ich habe eine Theorie, die ich lieber nicht hätte. Ich würde es gerne von Ihnen hören. Sie kannten die Menschen hier besser. Ist es wirklich möglich, dass es nicht nur ein Täter war? Kann es wirklich möglich sein, dass Menschen einen gemeinschaftlichen Mord begehen, nur weil jemand eine andere Hautfarbe hat und nicht in ihr Sozialgefüge passt?"

Cofeldt zuckte die Schultern.

„Es hat nie irgendeinen Beweis gegeben. Und bedenken Sie – ein Schwarzer, Soldat und auch noch Amerikaner. Schlimmer ging´s doch nicht mehr für die alle."

„Halten Sie es für möglich?" wiederholte Stöcklein die Frage.

Cofeldt atmete tief durch. Dann nickte er.

„Ja. Ich halte das für durchaus möglich. Ich halte das für sehr wahrscheinlich. Es gab ja überhaupt keinen Grund, diesem jungen Mann etwas anzutun. Er hatte niemandem etwas getan. Seine einzige Schuld bestand doch nur darin, so zu sein, wie er eben war."

Stöcklein nickte und stand auf. Er gab dem Doktor die Hand.

„Vielen Dank für Ihre Offenheit. Unser Gespräch bleibt selbstverständlich absolut vertraulich."

„Keine Ursache, Herr Kommissar. Wie war Ihr Name nochmal?"

„Stöcklein. Gerd Stöcklein."

„Stöcklein. Haben Sie eine Schwester?"

„Ja. Habe ich. Kennen Sie sie?"

„Ich erinnere mich an eine Stöcklein. Vielleicht war das Ihre Schwester. Wer weiß…"

„Ich werde sie mal fragen."

Er wandte sich zum Gehen, aber an der Türe drehte er sich noch einmal um.

„Ach, noch etwas. Was halten Sie denn davon, dass diese Morde fast identisch sind mit der Tötungsart des schwarzen Soldaten?"

„Die Vergangenheit kommt eben in irgendeiner Weise doch immer wieder zurück."

Mit einem seltsamen Lächeln um die Augen sah er ihn an.

„Das hab ich dieser Tage schon einmal gehört." sagte Stöcklein und nickte.

„Nicht jeder war mit dem Totschweigen wohl einverstanden, mir scheint."

„Ja, stimmt wohl. Alles Gute Herr Doktor."

„Ihnen auch Herr Kommissar. Werden Sie mich auf dem Laufenden halten? Ich bin sehr interessiert."

„Werde ich tun…Auf Wiedersehen."

Cofeldt nickte und wollte schon die Türe schließen.

„Ach, noch etwas, Herr Stöcklein…"

„Ja?"

„Kann man eigentlich jemanden noch belangen, der vor fünfundfünfzig Jahren ein Verbrechen begangen hat?"

„Wenn es sich um Mord handelt, schon. Mord verjährt nicht."

„Verstehe...noch einmal, ich beneide Sie nicht, Herr Kommissar. Auf Wiedersehen."

Stöcklein verließ das Haus und stieg in sein Auto. Ein leichter Schauer überkam ihn und er musste sich schütteln, um ihn loszuwerden. Er spürte, wie Anne Klammthaler sich in seinem Gehirn einnistete. Als wenn sie ihn bitten würde, die alte Geschichte endgültig aufzuklären. Er dachte in diesem Moment an die Worte des alten Schorsch, der gesagt hatte, dass er sich wünschen würde, Anne könnte durch die Aufklärung endlich Ruhe in ihrem Grab – wo immer das auch sein sollte – finden. Und genau diese Gedanken verdichteten sich langsam aber sicher zu einem Antrieb, der den erfahrenen Hauptkommissar nicht mehr zur Ruhe kommen ließ. Ein Virus setzte sich fest und dieser Virus hieß Anne Klammthaler.

*

Gerd Stöcklein behielt den Besuch bei dem Doktor für sich. Er wollte keine Diskussion um die Geschehnisse im Jahre 1965 führen. Die drei Ermittler konzentrierten sich weiter auf Bernhard Moltern und sein privates Umfeld. Sie hatten zwar eine schlüssige Beweiskette bei den ersten beiden Morden, aber kein Indiz, dass Moltern auch bei dem Bruder und seiner Frau der Täter gewesen war.

„Etwas verstehe ich nicht," sagte Rolf zu seinen beiden Kollegen, die ihn aufmerksam ansahen.

„Wenn wir davon ausgehen, dass er auch die anderen Morde begangen hat, warum hat er dann beim ersten Mal so viele Spuren hinterlassen und erst beim zweiten Mal gar keine? Ist es nicht umgekehrt, dass ein Täter erst bei einer Wiederholungstat nachlässiger wird, wenn man ihm nicht auf die Spur kommt?

Das ganze ist doch konträr und ich kann das nicht nachvollziehen. Was meint ihr?"

Stöcklein nickte.

„Stimmt schon. Das ist auch genau der Punkt. Wir müssen mehr Beweise finden, Zeugen, die vielleicht mehr gesehen haben, als wir im Moment wissen. Das Blut an seinem Messer stammt von Anton und Hertha Klammthaler, aber keinerlei Blutspuren von den anderen beiden. Wo ist die Tatwaffe? Wo ist das Messer? Solange wir nicht die Tatwaffe haben oder verwertbare Spuren, können wir ihm die zweite Tat nicht nachweisen. Tatsache ist, wenn er die erste Tat begangen hat, dann bin ich überzeugt, ist er auch der Täter aller Morde. Aber ich gebe dir recht, Rolf. Auch mir stellt sich diese Frage. Also, was können wir noch tun?"

„Uns bleibt nichts übrig, als noch einmal den ganzen Hof von Martin Klammthaler zu untersuchen. Vielleicht ist etwas übersehen worden, vielleicht hat er die Waffe dort so gut versteckt, dass sie von der KTU übersehen worden ist."

„Wie willst du noch Spuren finden? Mittlerweile sind jede Menge Leute da durch gelaufen. Mögliche Spuren sind längst verwischt und existieren nicht mehr. Gut, die Tatwaffe. Wäre eine Möglichkeit...macht ihr das?"

Stöcklein sah beide an.

„Natürlich. Wir fahren gleich los." sagte Jasmin und sah Rolf an, der zustimmend nickte.

„Okay. Rolf, hast du noch Molterns Bekanntenkreis ausfindig machen können?"

„Ja. Heute Nachmittag habe ich einen Hermann Gering herbestellt und eine Frau Sofia Braun. Die drei waren die letzten Monate oft zusammen und kennen sich wohl ganz gut. Treffen sich meistens im Obdachlosenasyl."

„Göhring und Braun? Das ist kein Witz oder?"

„Witz? Wieso Witz?"

Stöcklein grinste.

151

„Hermann Göhring und Eva Braun. Sind die wieder von den Toten auferstanden?"

Jasmin lachte laut auf.

„Wenn die noch einen Freund namens Adolf haben, flipp ich aus…"

Rolf stand auf der Leitung und sah beide verständnislos an.

„Hab´ ich was verpasst? Oder bin ich zu blöd?"

„Hast du im Geschichtsunterricht gefehlt? Hallo, bissel Nazi gefällig??"

Sie lachte noch lauter und bekam schon keine Luft mehr. Endlich verstand Rolf, bekam tatsächlich einen roten Kopf und suchte verzweifelt an der Decke ein Loch, in das er kriechen konnte.

„Ach so, jajaja…ich brauch´ wohl erst nen Kaffee…"

Stöcklein schlug ihm grinsend auf die Schultern.

„Nimm´s nicht tragisch. In deinem Alter hat mich das auch nicht interessiert…" sagte er lachend. Rolf war bedient und rollte mit den Augen.

Jasmin stand auf und rieb sich die Augen.

„Na dann, folge mir, mein unwissender Freund."

Rolf machte ein dümmliches Gesicht und trampelte ungeschickt hinter ihr her. Sie boxte ihn in die Schultern.

„Mach´ das ja nicht draußen. Was werden die Leute denken?"

„Jawohl, Eure durchlauchtigste Allwissende…"

Lachend ließen sie Stöcklein alleine, der grinsend den Kopf schüttelte. Dann wurde er wieder ernst. Er dachte daran, dass er erst einmal herausfinden musste, in welcher Klinik Anne untergebracht worden war. Und dann…dann würde er auch wissen, wo man sie begraben hatte.

*

Jasmin saß einem dünnen Männlein gegenüber, das in einem viel zu großen Mantel steckte. Hermann Gering sah

152

ausgemergelt aus – und Jasmin konnte auch riechen, warum. Seine Fahne war größer als die Deutschlandflagge vor dem Bundeskanzleramt. Etwas angewidert verzog sie das Gesicht. Es war früher Nachmittag. Gering hatte wohl seinen täglichen Pegel erreicht. Trotzdem sah man ihm seinen Alkoholspiegel nicht auf den ersten Blick an. Er sprach ohne Zungenschlag, wohl überlegt und auch seine Augen waren klar. Keine Trübung, kein permanentes Hin-und Herwandern. Er sah die Kommissarin wartend an. Lediglich eine feine Rötung des Gesichtes hätte darauf hinweisen können, dass er Alkoholiker war.

„Herr Gering, sie machen hier lediglich eine Aussage, nichts weiter. Sie verstehen das?"

Er nickte.

„Klar. Es geht um Bernhard?"

„Ja, Sie kennen sich also gut?"

„Wir sind schon oft zusammen, das stimmt. Zusammen mit der Sofi."

„Sofia Braun. Ich weiß. Wie lange kennen Sie ihn denn schon?"

„Schon einige Jahre. Ab und zu geht jeder seiner Wege, aber die meiste Zeit treffen wir uns wieder in der Küche."

„Sind Sie befreundet?"

„Na klar. Der Bernhard ist schon ein Freund. Wir helfen uns gegenseitig, so gut es geht. Manchmal teilen wir auch das, was wir gesammelt haben."

„Sie meinen, was erbettelt worden ist?"

„Ja, das auch. Wir sammeln auch leere Flaschen, die wir dann in den Geschäften abgeben. Da kommt oft ein richtiges Sümmchen zusammen."

„Wie lange leben Sie denn schon auf der Straße?"

Gering überlegte. Genau wusste er das nicht mehr.

„Schon ein paar Jahre. Als ich nach Augsburg gekommen bin, war ich ja noch verheiratet. Und die Kinder waren schon groß."

153

„Sie haben Kinder?"

„Ja, zwei. Ein Mädchen und ein Junge. Aber ich habe schon lange keinen Kontakt mehr zu ihnen. Seit ich aus der Wohnung geflogen bin."

„Verstehe. Was ist denn passiert?"

„Das Übliche halt...Streit mit der Frau, Geldprobleme, Trennung, Job verloren, Wohnung verloren...freier Fall."

„Alkoholprobleme?"

Gering presste die Lippen zusammen und zuckte resignierend mit den Schultern.

„Haben Sie nie mehr daran gedacht, sich wieder eine Arbeit zu verschaffen?"

„Am Anfang schon, aber ohne Wohnung keine Arbeit. Keine Arbeit, keine Wohnung, kein Geld…"

„Was war mit der Jobbörse, Arbeitslosengeld, Hartz 4 oder dergleichen? So einfach wird man doch nicht obdachlos."

„Hab´ mich nicht mehr darum gekümmert. Irgendwann spielt das alles keine Rolle mehr. Bin dann bei den Kumpels auf der Straße gelandet. Die Kumpels sind die besten Freunde...die einzigen, die verstehen, wie du dich fühlst."

Jasmin nickte. Der typische Absturz eines Alkoholabhängigen.

„Zurück zu Bernhard Moltern. Erzählen Sie mir von ihm. Was ist er für ein Mensch? Wo verbringen Sie den Tag und was machen Sie?"

„Der Bernhard hat mir gezeigt, wo was zu holen ist. Am Königsplatz oder am Bahnhof, da geht immer was. Natürlich in der Fußgängerzone. Er hat mich immer mitgenommen. Später, als die Sofi zu uns gekommen ist, waren wir zu dritt. Wir sind wie eine Familie, wir drei. Und das find ich schon schön."

„Hatten Sie nie Schwierigkeiten mit der Polizei oder den Geschäftsinhabern, wenn Sie vor den Läden gebettelt haben?"

„Doch, doch. Aber dann gehen wir halt einfach ein paar Meter weiter. Manchmal werden wir auch angegriffen, aber der Bernhard haut jedem aufs Maul, der uns was will. Einmal hat

154

er sogar einen Polizisten verdroschen, weil der uns wegjagen wollte..."

Er lachte amüsiert auf.

„Er fackelt wohl nicht lange, oder?" fragte Jasmin.

„Nee, nicht der Bernhard. Vor dem haben die alle richtig Schiß. Der lässt sich gar nichts gefallen. Ich bin froh, dass er mein Freund ist. Der passt auf mich auf."

„Habt ihr schon einmal Leute überfallen?" fragte sie ins Blaue hinein.

Gering sah sie erschrocken an und rutschte plötzlich nervös auf seinem Stuhl hin und her. Seine Augen waren auf einmal nicht mehr ruhig.

„Leute? Nein, natürlich nicht...wir überfallen doch niemanden...nein, nein, das machen wir nicht."

Jasmin sah ihn starr an und beugte sich weit vor. Ihre dunklen Augen glühten wie Kohlen.

„Wenn Sie mich anlügen, Herr Gering, wird das für Sie heftige Konsequenzen haben. Halten Sie mich nicht für blöd, das kann ich nicht leiden. Also? Noch einmal dieselbe Frage..."

Jetzt wurde das Männlein nervös. Er vermied Blickkontakt und sah zu Boden. Nach einer Weile nickte er, fast ergeben und ängstlich. Er hatte keinerlei Widerstand in sich.

„Ja, da war mal was vorgefallen..."

„War mal was vorgefallen? Etwas genauer bitte."

„Der Bernhard wollte mal mehr holen als nur die paar Kröten, die wir tagsüber einsammeln. Also hat er den Vorschlag gemacht, jemandem so Angst zu machen, dass er seine Kohle rausrückt."

„Und wie hat er das gemacht?"

„Am Abend haben wir einfach einen Typen rausgesucht, der aus dem Karstadt rauskam und sind ihm nachgegangen. Der Bernhard hat ihm das Messer an die Kehle gehalten und gesagt, er soll alle Kohle rausrücken, sonst schneidet er ihm die Kehle durch."

„Und dann?"

„Der Mann hatte ja so viel Angst, er hat ihm gleich alles gegeben. Und dann hat ihn der Bernhard zusammengeprügelt. Ganz schnell ging des, wir konnten gar nichts dagegen tun."

„Wann war denn das? Und wie oft habt ihr das gemacht?"

„Ich weiß nicht, wann das war. Letztes Jahr, glaub´ ich…"

„Habt ihr das öfter gemacht?"

„Nein, das war nur des eine Mal."

Jasmin schlug mit der flachen Hand auf den Tisch. Sie sagte nichts, sondern sah ihn nur an.

„Keine Lügen…!!"

Das Männlein zuckte erschrocken zusammen.

„Ja, ist ja gut…vielleicht ein paarmal. Ich weiß nicht mehr, wie oft."

„Und Moltern hatte immer ein Messer dabei?"

Gering nickte.

„Würden Sie sagen, dass er keine großen Skrupel hatte, die Menschen zu bedrohen? Oder würden Sie ihm zutrauen, dass er im Falle des Falles zustechen würde?"

Gering hob wieder den Kopf und sah sie an.

„Es ist ja nie passiert, aber ich glaub´ er würde ohne zu zögern zustechen, wenn es notwendig wäre."

„Er ist leicht reizbar, kann ich aus seinem Lebenslauf erkennen. Hatte mit der Polizei schon immer Ärger und meistens wegen seiner Aggressionen."

„Man sollte ihn nicht reizen, das stimmt. Er flippt schnell aus."

„Trauen Sie ihm einen Mord zu?"

„Was? Mord? Nein, das bestimmt nicht."

„Möglicherweise aus einer angespannten Situation heraus…muss ja nicht einfach so sein."

„Also, das glaub´ ich jetzt nicht. Ich hab´ ihn zwar schon öfter bei einer Prügelei erlebt, da dreht er immer durch, aber…"

„Sie trauen ihm das also zu?"

156

„Wenn die Situation eskaliert...ja, vielleicht, ich glaube, er würde das in seiner Wut tun..."

Jasmin nickte. Sie hatte genug gehört.

„Gut, Herr Gering. Das wär's mal...Sie halten sich bitte weiterhin zur Verfügung, verlassen die Stadt nicht. Vielleicht haben wir noch Fragen. Vorerst danke, dass Sie hier waren."

Sie stand auf und nickte ihm zu, ging zur Türe und entließ das Männlein. Sie sah ihm noch einen Augenblick hinterher und schüttelte leicht den Kopf. Aus dem ehemaligen Mann, Familienvater, Ehemann war mit den Jahren ein alkoholabhängiges Wrack geworden. Ohne Würde, ohne Ehre, ohne Stolz und ohne Willen. Ohne Chance, aus dem Sumpf der Straße jemals wieder heraus zu kommen.

Sie verließ den Raum und begab sich wieder ins Büro, wo sich Stöcklein und Rolf gerade unterhielten. Sie sahen Jasmin fragend an.

„Und? Was sagt der Mann?"

„Er bestätigt eigentlich nur das, was wir über Moltern schon wissen. Er ist jähzornig, aggressiv und schlägt sehr schnell zu. Gering traut ihm durchaus einen Mord zu. Er sagt, Moltern verliert schnell die Kontrolle. Das, was wir schon dachten – wie war die Aussage der Frau, Rolf?"

Sie sah ihren Kollegen an.

„Im Prinzip nicht anders. Auf der einen Seite hat sie immer wieder betont, wie freundschaftlich die drei miteinander umgehen, auf der anderen Seite bestätigt auch sie die Gewaltbereitschaft Molterns. Leicht reizbar, unkontrolliert, brutal...sie hat es nicht wörtlich gesagt, aber sie verneint das auch nicht, dass sie ihm einen Mord zutraut."

„Also bestätigt das lediglich seinen Lebenslauf und sein Wesen. Alles andere wäre überraschend gewesen..." sagte Stöcklein.

„Er ist definitiv der Täter, und wenn er das tausenmal bestreitet. Ich bin von seiner Schuld überzeugt," bemerkte Jasmin und sah die beiden Männer an.

Stöcklein nickte bestätigend. Er hatte kein Argument, das für Molterns Unschuld sprechen könnte. Er begab sich wieder in sein Büro und Rolf fuhr mit Jasmin noch einmal zum Tatort.

Das Klopfen an der Türe holte ihn aus seinen Überlegungen und die Türe ging auf. Daniela Schäfer kam herein mit einer Mappe in der Hand.

„Ich bin fündig geworden bezüglich Anne Klammthaler," sagte sie und wedelte mit der Mappe. Ein Lächeln umspielte ihre Mundwinkel. Ein fast schon triumphierendes Lächeln.

Stöcklein stand auf.

„Wirklich? Was haben Sie herausgefunden?"

„Also, sie wurde in die Westerwaldklinik gebracht. Die liegt in Koblenz – oder besser lag. Die wurde längst abgerissen und an einem anderen Ort neu eröffnet. Das war 1995. Ich habe mit der Verwaltung gesprochen. Die sagen, lange her aber das alte Archiv besteht noch. Was aber gar nicht notwendig war, denn...hier ist ihre Akte. Ich habe alles ausgedruckt. Sie werden überrascht sein, Herr Stöcklein."

Er nahm ihr die Akte aus der Hand und sah sie fragend an.

„Überrascht? Worüber?"

„Anne Klammthaler ist erst vor drei Jahren gestorben."

Stöcklein sah sie an wie einen Außerirdischen.

„Was??!!! Vor drei Jahren erst? Ist das sicher?"

Schäfer nickte.

Langsam setzte er sich wieder.

„Das gibt's doch nicht...!" keuchte er. Jetzt war er wirklich überrascht.

„Doch. Bis zu ihrem Tod war sie in der Klinik. Eigentlich ist es ja keine Klinik, sondern eine Art Heim für psychisch

Schwerkranke. - Und noch eine Überraschung. Bleiben Sie noch sitzen, Herr Stöcklein."

Stöcklein sah sie neugierig an und wartete. Daniela Schäfer war richtig in ihrem Element.

„Anne hat mit sechzehn Jahren ein Kind geboren. Sie war also schon schwanger, als man sie eingeliefert hat."

„Schwanger?? Von wem denn? Oh,mein Gott...der Soldat."

Daniela nickte.

„Das weiß man nicht. Das Kind wurde sofort nach der Geburt zur Adoption freigegeben. Die Adoptiveltern sind nicht bekannt. Damals waren diese Dinge absolut anonym. In der Akte steht jedenfalls nichts über die Adoptiveltern drin. Möglicherweise ist sie aber auch unvollständig."

Stöcklein stand auf und setzte sich wieder. Er nickte fortwährend und sah vor seinem geistigen Auge das Puzzle, das auf einmal sehr viele passende Teile bekommen hatte.

„Spitze, Frau Schäfer. Danke Ihnen sehr. Das bringt Licht in eine außerordentlich diffuse Sache."

„Gerne. War mir ein Vergnügen."

Sie verließ wieder das Büro und Stöcklein öffnete die Akte.

Die erste Seite war das Personenprotokoll mit Namen, Anschrift und den Daten. Es folgte die Erstdiagnose des behandelnden Arztes und die Empfehlung einer langfristigen Einweisung. Die Bestätigung der Krankenkasse und die psychologischen Gutachten der dort behandelnden Ärzte. Regelmäßige Statements und die Berichte der Betreuer und Schwestern. Anne Klammthaler war aufgrund eines Traumas manisch depressiv mit einer schizophrenen Ausbildung von halluzinogenen Wahnvorstellungen. Der Bericht über ihre Schwangerschaft schoss ihm ins Auge und die Anordnung der sofortigen Adoption des Neugeborenen. Er las weiter, schockiert über einen Lebenslauf, der sich im Laufe der Jahre immer wieder veränderte. Besserung der Depressionen, Verschlechterung der realen Wahrnehmung, schizophrene

Aggression, dann wieder Monate mit Tendenzen von Normalität. Immer wieder Rückfälle. Der Akt war dick. Stöcklein war schockiert. Anne hatte fast ihr ganzes Leben in diesem Heim verbracht. Sie starb mit achtundsechzig Jahren an Herzstillstand. Auslöser unbekannt. Einfach eingeschlafen und nicht wieder erwacht. Er besah sich die Kopie des Totenscheins. Keine besonderen Medikamente, keine Einflüsse von außen, nichts. Ein natürlicher Tod. Er dachte an die Worte von Doktor Cofeldt, der ihr eine übernatürliche Begabung zugesprochen hatte. In diesem Moment war Stöcklein überzeugt, dass Anne Klammthaler ihren Tod bewusst selbst herbei geführt hatte. Ohne es zu wissen oder nur einen vagen Beweis in Händen zu halten, gab es für ihn nur diese eine Erklärung. Für den Zeitraum eines winzigen Sekundenbruchteils sah er in seinem Geist die beiden Stöcklein-Wesen miteinander diskutieren. Der sachliche, pragmatische Stöcklein schloss die These eines selbst herbeigeführten Todes kategorisch aus und der andere Stöcklein, der, der unbegrenzte Möglichkeiten in Betracht zog, versuchte zu erklären, wie der Geist in der Lage war, die natürlichen Lebensfunktionen zu stoppen und somit bewusst in den Tod gehen zu können.

Er schloss den Akt und starrte minutenlang in die Leere. Er dachte daran, dass er ein Drama eröffnet hatte, das längst geschlossen war. Aber eben nur geschlossen, nicht abgeschlossen. Er hatte es wieder zum Leben erweckt. Geöffnet wie ein Buch, das nie ausgelesen wurde und jetzt wieder aufgeschlagen wurde, um es zu Ende zu lesen. Das Drama und die Tragik um Anne nahmen immer mehr zu, je mehr er sich darin einließ. Doch er war schon zu weit vorgedrungen, um jetzt aufzuhören. Und je mehr er darüber erfuhr, desto mehr kam er zu dem Schluss, dass die Geschehnisse damals eng mit den Morden heute zusammen hingen. Er konnte gar nicht anders, als eine Verbindung zu sehen. Noch nicht greifbar, noch nicht erklärbar, aber mit einem solch starken Gefühl durchsetzt, dass er befürchtete, mehr Wahrheiten zu finden als vielleicht gut und nötig war. Aber es gab gar keine Alternative, wollte er diesen Fall von A bis Z aufklären. Er war viel zu sehr Ermittler, als dass er irgendwo und irgendwann weiße Flecken zurücklassen könnte. Das Puzzle musste fertig gestellt werden. Bis zum letzten Teil. Erst dann konnte das Bild im Gesamten erkannt werden und erst dann würde auch der Hauptkommissar und Ermittler seine Ruhe finden.

Manche Tage bringen Überraschungen, die sich vollkommen unerwartet zeigen und dann noch in so rasch aufeinander folgenden Reihe, dass einem fast schwindlig von den Erkenntnissen wird. Dieser Mittwoch war so ein Tag. Nicht nur, dass Stöcklein erfahren hatte, was nach dem Mord 1965 mit ihr geschehen war, er wusste nun auch, dass sie nicht bald darauf gestorben war, sondern noch viele Jahre lebte. Nun konnte er auch ihre Begräbnisstätte finden und Florian mitteilen, dass seine Schwester zumindest anständig begraben worden war.

Am Spätnachmittag erreichte ihn Rolf.

„Hallo, Gerd. Jasmins Intuition war richtig gewesen. Wir haben im Steinboden unter dem Pflaster einen Hohlraum entdeckt und rate mal, was da drin gelegen ist."

„Weiß nicht. Ein Kuhskelett?"

„Was? Nein. Scherzkeks. Ein Metzgermesser. Wurde oberflächlich gereinigt, aber es sind Blutspuren sichtbar. Ist schon auf dem Weg ins Labor."

„Wirklich? Genial. Hoffen wir mal, dass es nicht nur die Tatwaffe ist, sondern dass wir auch noch Fingerabdrücke finden werden."

„Das hoffe ich auch."

„Wer hat's gefunden? Du?"

„Du wirst es nicht glauben, aber wir beide fast gleichzeitig. Ich bin auf einen lockeren Stein getreten und Jasmin hat die Fugen gesehen, die anders waren als die in der Umgebung. Dann haben wir den Stein herausheben können."

„Sehr gut. Wo seid ihr jetzt?"

„Wir sind noch auf dem Hof und suchen weiter. Vielleicht ergibt sich noch etwas."

„Okay. Alles klar…"

Er ging in das Vorzimmer, wo Daniela Schäfer aufsah, als er sein Büro verließ.

„Frau Schäfer, könnten Sie in Erfahrung bringen, welches Familiengericht die Adoption von dem Kind bearbeitet hat? Und wenn, dann möchte ich wissen, wer die Adoptiveltern waren – oder sind."

„Läuft schon…"

„Wie bitte?"

„Ich dachte schon, dass Sie das wissen wollen. Darum habe ich auch beim Familiengericht in Koblenz nachgefragt. Sie mailen mir die Unterlagen, wenn sie sie haben."

„Wow...Sie sind ja drauf. Kann ich Sie mitnehmen, wenn ich wieder nach Hamburg gehe?"

Er lachte sie an und sie lachte zurück.

„Hamburg würde mir schon gefallen," flötete sie.

„Na, dann bereiten Sie sich mal vor."

Lachend verließ er das Büro und begab sich zu seinem Fahrzeug. Er fuhr aus der Garage, schlängelte sich in den Verkehr und bog an der großen Eisenbahnbrücke links in die Rosenaustraße ab. Sein Ziel war der Hof von Martin Klammthaler. Er wollte sich an der Suche beteiligen, vielleicht fanden sie wirklich noch etwas, das nach einem Beweis aussah und verwendet werden konnte. Auf jeden Fall würden sie sich noch einmal mit Bernhard Moltern intensiv beschäftigen müssen. Stöcklein wollte ein Geständnis. Erst dann konnte er sicher sein, den wahren Täter auch gefasst zu haben. Solange Moltern nicht gestand, war eben immer ein zweifelndes Gefühl vorhanden, das ihm mitteilte, möglicherweise doch einen Unschuldigen verhaftet zu haben. Wobei er dies für sehr unwahrscheinlich hielt.

Es war nicht sehr überraschend, als Stöcklein den Bericht der KTU vor sich liegen hatte. Das Blut auf dem Messer stammte sicher von Markus und Maria Klammthaler. Und der Griff war übersät mit Molterns Fingerabdrücken. Damit war er endgültig überführt. Sie würden ihn heute noch damit konfrontieren. Dann würde sein Leugnen zwecklos sein, dann musste er gestehen.

Sie saßen am Besprechungstisch und tranken Kaffee.

„Also, sieht so aus, als ob wir Moltern heute an die Wand nageln können. Die Beweise sind dermaßen erdrückend, dass er mit seinen Unschuldsbeteuerungen niemand mehr beeindrucken kann. Er wird gestehen müssen."

Jasmin sah die beiden Männer an und nickte vehement mit dem Kopf.

„Ja, ich glaube, es sieht ganz gut aus. Ein Geständnis fehlt noch, aber ich denke, Moltern sieht heute ein, dass das seine einzige Option sein wird," sagte Stöcklein.

„Noch etwas," fuhr er fort. „Ich gehe davon aus, dass unsere Arbeit in diesem Falle sich dem Ende neigt. Ich möchte mich bei euch beiden für euren Einsatz bedanken. Ich glaube, wir waren ein sehr gutes Team, auch wenn es nur zusammen gewürfelt wurde. Tut mir fast leid, dass wir uns wieder trennen müssen. Das wollte ich nur gesagt haben…"

Er sah von einem zum anderen und lächelte breit.

„Seh´ ich auch so. War wirklich toll, mit euch zu arbeiten. Ich hoffe, meine zukünftigen Vorgesetzten werden genauso sein wie ihr."

Rolf grinste wie ein Honigkuchenpferd.

163

„Tja, tatsächlich haben wir in relativ kurzer Zeit einen recht spektakulären Fall gelöst. Hätte ich nicht gedacht, aber da sieht man mal wieder, dass echte Teamarbeit auch Erfolge bringt. Ich habe mit meinem Chef telefoniert und werde am Montag wieder abreisen. Die Berichte sind ja soweit alle fertig und werden dem Richter vorgelegt. Hat mir viel bedeutet, mit euch gearbeitet zu haben. Ich danke euch und vor allem dir, Gerd."

Sie sah ihm lächelnd in die Augen und Stöcklein musste wiederum feststellen, dass Jasmin eine sehr schöne Frau war.

Das Telefon klingelte. Stöcklein hob ab und stand auf.

„Hauptkommissar Stöcklein...ja, ah, ich grüße Sie. Ja, das war mein Anliegen. Ich weiß, dass die Anonymität gewahrt bleiben muss, aber ich kann auch einen richterlichen Beschluss vorlegen, wenn es sein muss...Wie? Persönlich? Warum das denn?...Okay, reicht nicht. Na gut, ich werde sehen, wie ich das bewerkstelligen kann. Ich rufe Sie rechtzeitig an. Danke für Ihren Rückruf."

Als er wieder aufgelegt hatte, sahen Jasmin und Rolf ihn fragend an. Offensichtlich hatte es mit dem Fall zu tun und sie warteten auf eine Erklärung.

„Es geht um Anne Klammthaler. Florian hatte mich gebeten, raus zu finden, wo denn seine Schwester begraben ist. Dafür brauche ich die Dokumente, die ich aber nur persönlich abholen darf, weil ich mich legitimieren muss."

Er verdrehte die Augen wegen dieser absurden bürokratischen Hürden.

Jasmin stand auf.

„Also, ich würde vorschlagen, dass wir uns morgen oder übermorgen Abend zum Abschiedsessen treffen. Einverstanden?"

Grinsend stimmten die beiden Männer zu. Sie hatten einen vierfachen Mörder überführen können. Auf diesen Erfolg konnte man schon anstoßen.

*

Stöcklein träumte. Es waren keine schönen Träume. Sie waren durchsetzt mit Blut und Tränen. Mit zerstörten Wünschen und Vorstellungen. Und immer wieder sah er sich auf einem Friedhof. Immer wieder stand er im strömenden Regen und verfolgte eine Beerdigungszeremonie. Schwarze Schirme waren aufgespannt und die Anwesenden waren ihrerseits alle schwarz gekleidet. Als er näher trat, drehten sich die Trauergäste um und sahen ihn mit toten Augen an. Sie hatten keine Gesichter, nur starr blickende, nicht lebende Augen. Sie traten zur Seite und öffneten für ihn einen Gang zur Grabstätte. Stöcklein trat näher und näher, er spürte die Blicke der Trauergäste auf sich ruhen. Sie waren nicht aggressiv, nicht bösartig und auch nicht feindselig. Eigentlich spürte er ein seltsames Gefühl von Willkommen-sein, ohne es richtig definieren zu können. Der Weg durch die Menge war lang. Er hatte den Eindruck, nicht richtig vom Fleck kommen zu können, aber dann stand er doch sehr nahe an der Grabesstätte. Jemand harrte vor dem Grab aus, er konnte nur den Rücken sehen. Es war eine Frau, die einen schwarzen Rock trug und einen halblangen schwarzen Mantel. Sie trug einen Hut und hatte einen aufgespannten Schirm in der Hand. Ohne sich umzudrehen, trat sie zur Seite und gab den Blick frei auf den Grabstein. Stöcklein erstarrte zu Eis. Auf dem Grabstein saß eine junge Frau, die ihn erwartungsvoll ansah. Nichts schützte sie vor dem Regen. Sie trug lediglich eine dunkle Jacke und ein knöchellanges Kleid, das bereits vollkommen durchnässt war. Als sie den Kopf hob und ihn mit ihren dunklen Augen fixierte, entfuhr ihm ein wehmütiges Stöhnen. Es war Anne.
Er trat noch näher, bis an den Rand des ausgehobenen Grabes. Die Frau in schwarz, die vor ihm gestanden hatte, hatte sich immer noch nicht umgedreht. Er konnte den Kopf nicht

165

wenden, weil ihn Anne´s Blick festnagelte, ihn nicht losließ und sein Innerstes wie niemals zuvor aufwühlte.

Lange bewegte er sich keinen Millimeter, verkrallte sich nur in ihr dunkles Augenpaar, das nichts Negatives ausstrahlte. Er bemerkte das feine Lächeln, das sich langsam einstellte. Ihr Blick war sanft wie ein Daunenkissen und hübsche Lachfältchen bildeten sich unter den Augen. Das Lächeln erreichte den Mund, der sich leicht öffnete und eine hellweiße Zahnreihe zum Vorschein kommen ließ. Ihre Hand hob sich, mit der Handfläche nach oben und zeigte ihm an, dass er zu ihr kommen sollte. Er machte einen Schritt nach vorne, noch einen...dann drehte er den Kopf und sah der Frau ins Gesicht, die vor dem Grab gestanden hatte. Aber er konnte nichts erkennen. Stattdessen trat er mit dem nächsten Schritt ins Leere. Er fiel vornüber, konnte den Sarg sehen, die Blumen, Erde...der Sarg kam immer näher, gleich würde er aufschlagen...

Leicht aufschreiend schreckte er hoch. Einen Moment konnte er sich nicht orientieren, suchte die Totengesellschaft, drehte pausenlos den Kopf, weil er die Frau neben sich suchte. Dann stierte er wieder geradeaus, aber Anne war nicht da. Er starrte nur die Wand mit dem Fernseher vor sich an. Dämmerlicht fiel in das Zimmer. Es war früher Morgen. Er drehte sich herum und suchte sein Handy. Fünf Minuten nach sechs. Ächzend ließ er sich wieder auf das Kissen fallen, spürte, dass sein Hemd nass geschwitzt war und wartete auf eine Erklärung. Aber sie kam nicht, niemand klärte ihn über diese Träume auf und niemand sagte ihm, was denn der Sinn davon sein könnte.

Sein Puls raste immer noch, so intensiv hatte er die Grabszene gespürt. Er hatte das Bild Annes so klar vor Augen. Dunkle lange wallende Haare umrahmten ein beeindruckendes Antlitz, in dem die dunklen Augen hervorstachen. Er hatte ihr Bild so konkret vor seinem imaginären Auge, dass er sich fragte, warum er sich Anne so vorstellte. Er hatte ja immer noch kein

166

Foto von ihr gesehen. Er wusste nicht, wie sie ausgesehen hatte. Das Bild, das er nicht vergessen konnte, wurde aus seiner Vorstellung geschöpft. So meinte er, könnte sie ausgesehen haben. So wollte er, dass sie ausgesehen hatte.

Stöhnend wälzte er sich aus dem Bett. Er musste duschen. Und er brauchte einen Kaffee. Etwas zu essen. Er brauchte dringend ein richtiges Frühstück.

Die Tasse Kaffee verströmte ein betörendes Aroma. Seine Lebensgeister waren wieder zurück gekehrt und sein Traum nahm ihn nicht mehr so gefangen. Details hatte er sowieso schon wieder vergessen. Einzig das Bild von Anne hatte sich eingeprägt. Was seltsam war. Er hatte sich noch niemals Traumbilder von Personen merken können. Meistens waren sie in seinen Träumen Gestalten ohne Persönlichkeit und ohne Gesichtszüge.

Sein Telefon brummte. Er bekam eine Nachricht. Es war Daniela Schäfer, die ihm eine gute Fahrt nach Koblenz wünschte und noch etwas für ihn hatte.

`Ich schicke Ihnen noch ein Foto von Anne Klammthaler, das ich gerade bekommen habe.´ schrieb sie.

Stöcklein starrte auf den Bildschirm und wartete. Ein Piepen zeigte ihm den Erhalt an und er öffnete die App.

Als er auf das Foto starrte, legte er das Telefon mit zitternden Händen zur Seite und konnte für einen ganz langen Augenblick nicht mehr Luft holen. Er spürte den Ausstieg seines rationalen Geistes und er spürte gleichzeitig, dass von diesem Augenblick an sein Leben anders würde verlaufen müssen.

Das Foto zeigte Anne Klammthaler. Wahrscheinlich aufgenommen kurz nachdem sie in die Klinik eingeliefert worden war. Es war schwarz-weiß. Es zeigte ein junges Mädchen mit einem abwesenden apathisch wirkenden Blick, dem man ansah, dass etwas nicht stimmen konnte. Aber Gerd Stöcklein sah noch viel mehr. Er sah ein Mädchen, das sich in

167

seine Träume eingeschlichen hatte. Er sah ein Mädchen, das auf diesem Foto so aussah wie das Mädchen auf dem Grabstein. Er fühlte, wie der Schauer, der über seinen Körper rollte, seine Nackenhaare aufstellte, seine Muskeln zittern ließ und einen Schweißausbruch nach sich zog. Mehrfach zwickte er die Augen zusammen, öffnete sie wieder, rieb darin und reinigte mehrfach seine Brillengläser. Nein, dachte er immer wieder, das ist nicht möglich, nein, nein, nein…minutenlang schrie er sich selbst an, wollte eine Erkenntnis verleugnen, wollte eine Tatsache verleugnen, weil sie einfach nicht sein konnte. Es konnte doch nicht sein, dass er in seinem Traum Anne Klammthaler sehen konnte, von der er noch niemals ein Foto gesehen hatte. Niemand hatte ein Foto von Anne gehabt. Auch der Doktor nicht. Woher?...Warum?...Wie?...Was?…
Zwanzig Minuten starrte er das Bild vor sich an und weigerte sich, eine Wahrheit anzuerkennen, die es in seiner Welt nicht geben konnte. Erst als die Bedienung ihn fragte, ob er noch Kaffee wollte und er automatisch nickte, entließ ihn die Starre wieder ins Leben. Wie hatte der Schorsch gesagt? Es gibt keine Zufälle. Es gibt nur kausale Zusammenhänge.
Sehr sehr nachdenklich trank er seinen Kaffee, knabberte an einem Croissant und musste mit seinen sechzig Jahren einsehen, dass es immer noch Dinge zwischen Himmel und Erde gab, die man nicht erklären konnte und es wahrscheinlich auch nicht zu erklären brauchte. Mit diesen Gedanken stand er auf, nahm seine kleine Reisetasche, setzte sich ins Auto und fuhr Richtung Koblenz. Aber während der ganzen langen mehrstündigen Fahrt konnte er das Bild von Anne nicht mehr aus seinem Kopf verbannen. Er würde es so lange mit sich tragen, bis alle Fragen und alle Rätsel um sie sich aufklären konnten.

*

Er saß in einem wuchtigen Büro mit Regalen voller Bücher. Ein massiver Schreibtisch aus Holz trennte ihn von dem Mann auf der anderen Seite, der in diesem Moment eine verstaubte Akte aufschlug und dann den Hauptkommissar über seine Brille ansah.

„Ihr Anliegen ist recht ungewöhnlich, Herr Kommissar. Nach so langer Zeit...gut möglich, dass die Adoptiveltern gar nicht mehr leben."

„Das ist mir klar. Wir möchten nur diese ganzen Puzzleteile in diesen Mordfällen zusammensetzen. Und das Schicksal von Anne Klammthaler ist eins der vielen Teile, das so seltsam wie geheimnisvoll ist."

„Geheimnisvoll? Was sollte da geheimnisvoll sein?"

„Niemand wusste etwas von ihr. Nicht einmal ihre eigenen Geschwister. Anne wurde nach diesen Vorfällen einfach totgeschwiegen. Ihr Bruder ist ein Schulfreund von mir. Auch deswegen ist es mir wichtig, alles darüber herauszufinden."

Philip Neudert nickte verständnisvoll.

„Ich verstehe...nun, hier steht, dass Anne Klammthaler am 29. September 1965 in die Westerwaldklinik eingeliefert worden ist. Am 4. April 1966 hat sie ein Mädchen geboren, das sofort nach der Geburt zur Adoption freigegeben worden war."

„Wer hat denn die Adoption veranlasst? Steht das da auch?"

„Ja...das Familiengericht hat damals die Vormundschaft übernommen. Im Einverständnis mit der Familie Klammthaler. Die Einverständniserklärung ist hier auch ordnungsgemäß unterzeichnet worden."

„Darf ich mal sehen?"

Neudert übergab ihm das Schriftstück. Es war bereits verblichen, aber die Tinte war noch einwandfrei zu lesen.

„Beide Elternteile haben unterschrieben..." sagte Stöcklein.

„Ja. Ist Vorschrift."

Er gab das Dokument wieder zurück.

„Hier ist auch das Geburtsdokument. Dem Kind wurde kein Name gegeben. Das hat die Hebamme eingesetzt. Dient aber nur der Form halber wegen."

„Wie hat sie sie denn genannt?"

„Sie hat sie Severine genannt. Diente aber lediglich der Geburtspapiere wegen. Ob die Adoptiveltern das geändert haben, weiß ich nicht."

„Severine? Ist ja auch nicht alltäglich, der Name. Also zumindest für die damalige Zeit."

„Stimmt. Vielleicht hatte sie damit eine gewisse Assoziation herleiten wollen."

„Wurde eigentlich die Hautfarbe auch dokumentiert?"

„Ja, es war ein dunkelhäutiges Kind. Also muss der Vater ein Farbiger gewesen sein. Oder Kreole...wie auch immer. Kein Weißer jedenfalls."

„Ist der Name des Vaters angegeben?"

Neudert schüttelte den Kopf.

„Nein. Unbekannt..."

„Okay...und die Adoptiveltern?"

Neudert blätterte weiter.

„Da muss doch die Urkunde irgendwo sein...wo ist sie denn?"

Er blätterte von vorne bis hinten, aber er fand nichts.

„Das verstehe ich nicht. Normalerweise müsste die Adoptionsurkunde da sein. Aber na ja, nach dieser Zeit...wahrscheinlich ist sie bei dem damaligen Umzug verloren gegangen...tut mir leid, hier ist sie jedenfalls nicht."

„Verdammt...das gibt's doch nicht. Gibt es irgendwo Kopien? Oder wurde im Laufe der Zeit auch eine Digitalisierung vorgenommen?"

„Ja, das schon...Moment schnell..."

Er nahm den Hörer ab und wählte eine kurze Nummer.

„Hier Neudert, hallo Frau Schneider. Sind eigentlich alle Akten, auch die ganz alten, digitalisiert worden? Mir fehlt hier ein Adoptionsdokument....ja? Gut, ich warte...die

170

Dateinummer? Ja, hier steht etwas...65-9-AKL-256974Okt23331...Ja, danke."

Er legte wieder auf.

„Sie ruft mich gleich zurück. Haben Sie eigentlich schon den Täter?"

„Darüber darf ich leider keine Auskunft geben. Laufende Ermittlungen...Sie verstehen."

„Natürlich, klar...ist ja noch nicht abgeschlossen...ich..."

Das Telefon klingelte.

„Ja? Frau Schneider? Ah, schon gut, vielen Dank."

„Tja, es tut mir leid. Es existiert keine Datei. Jedenfalls konnte die Kollegin nichts finden unter der Aktennummer. Entweder ist sie gar nicht angelegt worden oder möglicherweise mit einer anderen Nummer hinterlegt worden. Was aber eigentlich nicht möglich ist. Es tut mir leid, aber da kann ich nicht weiter helfen."

Stöcklein presste die Lippen zusammen. Er war enttäuscht. Er hätte schon gerne gewusst, wer das Kind von Anne zu sich genommen hatte.

„Na gut, kann man nichts machen. Ob es noch Pflegekräfte gibt, die Anne damals betreut hatten? Ich meine, von Anfang an."

Neudert schlug die Akte wieder auf und nickte.

„Ja, hier steht, dass sich eine junge Pflegerin um sie gekümmert hat. Ihr Name ist Silvia Meinhart. Aber sie ist schon lange in Rente. Schon seit 2005."

„Ist es möglich, mit ihr Kontakt aufzunehmen?"

„Ich habe leider keine Adresse oder Telefonnummer von ihr. Aber ich kann das Personalbüro ja mal fragen...einen Moment..."

Er wählte eine Nummer und sprach mit der Person in der Leitung.

„Ach, das ist ja prima. Könnte sie mal zu mir herauf kommen? Danke."

171

Er legte auf und sah nickend Stöcklein an.

„Frau Trichow ist schon lange bei uns. Bald geht sie in Rente. Sie kennt Frau Meinhart von früher. Vielleicht weiß sie, wo sie wohnt oder ob sie überhaupt noch am Leben ist."

Zehn Minuten später klopfte es an der Türe.

Eine korpulente Frau trat ein und sah die beiden Männer fragend an.

„Sie wollten mich sprechen, Herr Neudert?"

„Ja, Frau Trichow, ich habe nur eine Frage. Sie haben doch mit Silvia Meinhart zusammen gearbeitet, bevor Sie ins Personalbüro gegangen sind."

„Silvia? Ja stimmt. Bis zu ihrer Rente waren wir Kolleginnen auf der Station."

„Wissen Sie, ob sie noch lebt? Haben Sie noch Kontakt zu ihr?"

„Ja, sie lebt noch. Nächste Woche wird sie 81 Jahre alt. Warum fragen Sie?"

„Wissen Sie, wo sie wohnt?"

„Ja, ab und zu besuche ich sie noch und sie hat mich zum Geburtstag eingeladen."

„Wunderbar. Das ist Hauptkommissar Stöcklein von der Kripo in Augsburg. Er möchte gern mit ihr sprechen. Geben Sie uns doch bitte die Adresse."

„Kripo? Hat sie was angestellt?"

Stöcklein lachte laut auf.

„Nein, nein, ich möchte mit ihr über eine langjährige Patientin sprechen, die sie betreut hat."

„Oweh...Anne Klammthaler?"

Stöcklein riss die Augen auf und starrte sie überrascht an.

„Sie kannten sie?"

Jetzt lächelte die Frau.

„Natürlich. Jeder, der hier gearbeitet hat, konnte nicht an ihr vorbei. Sie war eine wunderbare Frau mit soviel Wissen....und so einer schrecklichen Vergangenheit."

172

Jetzt stand Stöcklein auf.

„Sie kennen Ihre Geschichte?"

„Natürlich nicht von Anfang an. Aber Frau Meinhart hat sie mir erzählt. Sie hat Anne am besten gekannt. Die beiden waren richtige Freundinnen geworden."

„Wissen Sie etwas über das Kind, das sie kurz nach ihrer Einlieferung geboren hat?"

„Kind? Nein, das wusste ich nicht. Silvia hat davon nie erzählt. Das höre ich zum ersten Mal."

„Nun gut. Wo finde ich denn Frau Meinhart?"

„Sie wohnt in der Somméstraße 101. Gleich unten in Parterre."

Stöcklein schrieb die Adresse auf und sah Neudert und Frau Trichow an.

„Prima. Vielen Dank. Sie haben mir sehr viel weiter geholfen."

Damit verabschiedete er sich und begab sich auf den Weg zu der alten Dame. Vielleicht konnte sie ihm mehr über sie erzählen.

Als die Türe sich öffnete, sah ihn ein kleines Mütterchen neugierig an. Sie hatte eine Schürze umgebunden und trocknete sich gerade die Hände ab.

„Guten Tag, Frau Meinhart, ich bin Hauptkommissar Stöcklein von der Kripo. Frau Trichow war so freundlich, mir Ihre Adresse zu geben. Ich würde mich gerne mit Ihnen über eine ehemalige Patientin unterhalten…"

„Kommissar? Kripo? Hab ich was angestellt?"

„Nein, nein, alles in Ordnung. Ich möchte nur etwas über Anne Klammthaler erfahren und es hieß, Sie hätten mit ihr ein enges Verhältnis über die vielen Jahre gehabt."

„Anne?? Ja, das hatten wir wohl. Eine wunderbare Person…aber sie ist bereits gestorben, Herr Kommissar."

Stöcklein nickte.

„Ich weiß. Mich interessiert eigentlich mehr ihre Persönlichkeit…"

„Dann kommen Sie mal rein. Bitte."

Sie führte ihn in ein kleines Wohnzimmer und bot ihm einen Platz an.

„Möchten Sie etwas zu trinken?"

„Vielleicht ein Wasser. Danke."

Als sie wieder hereinkam, setzte sie sich ihm gegenüber und sah ihn an.

„Was möchten Sie denn wissen?"

„Sie haben sie von Anfang an betreut?"

„Ja, von dem Tag an, als sie eingeliefert worden war. Damals war sie fast noch ein Kind. Sie hat mir unheimlich leid getan. Was sie erlebt hatte, konnte ich anfangs nur den Akten entnehmen."

„Hat sie mit Ihnen darüber gesprochen?"

„Nein. Am Anfang hat sie gar nicht gesprochen. Erst nach und nach ist diese Starrheit von ihr abgefallen. Aber es hat schon einige Zeit gedauert."

„Sie hat im Folgejahr ein Kind geboren…"

Die alte Frau nickte und presste die Lippen zusammen.

„Das hat sie. Es wurde sofort nach der Geburt zur Adoption freigegeben."

„Hat Anne dagegen protestiert? Wie hat sie reagiert?"

„Ich hatte damals den Eindruck, als ob sie gar nicht mitbekommen hatte, dass sie ein Kind geboren hatte. Zumindest konnte ich keinerlei Reaktion vor und nach der Geburt feststellen. Das Begreifen kam erst sehr viel später."

„Hatte sie mit Ihnen einmal über die Geschehnisse gesprochen? Oder wissen Sie, warum Anne in so einen Zustand gefallen war?"

„Es hat geheißen, sie fand einen Mann tot auf einer Bank und das hat sie wohl nicht verkraftet."

Stöcklein sah die alte Frau an. Er spürte, dass sie das niemals als den wahren Grund angesehen hatte.

„Aber Sie glauben das nicht, nehme ich an."

„Nein. Dafür war sie viel zu apathisch. Das konnte ich nicht glauben. Und ich hatte recht."

„In wie fern?"

„Ich bin überzeugt, Sie war Zeugin gewesen, als man diesen Mann getötet hatte."

„Sie hat nie darüber gesprochen?"

„Nicht direkt. Wissen Sie, Anne durchlief viele Phasen mehrmals. Manchmal war sie gar nicht in der Realität. Dann sprach sie über diese Vorfälle. Meist war es wirres Zeug und am Anfang habe ich gar nichts verstanden."

„Am Anfang?"

„Ja. Später wurden die Aussagen klarer, aber auch Anne. Manchmal war sie so klar, dass sogar die Ärzte sagen mussten, diese junge Frau ist weder krank noch psychisch labil. Aber dieser Zustand änderte sich immer wieder. Ohne irgendwelche Andeutung oder Vorzeichen. Einfach so war sie von einem Moment zum anderen in einem Zustand, der mir immer so vorkam, als ob sie die Welten wechselte – wenn Sie verstehen, was ich meine."

Stöcklein nickte.

„Ja, ich habe in der Akte gelesen, dass sie immer wieder Rückfälle hatte. Wie kann ich mir das vorstellen? Wie verhält sich ein Patient, wenn er einen Rückfall hat?"

„Das ist bei jedem anders. Anne verfiel immer wieder in diese unheilvolle Apathie, wo sie nicht sprach, nicht zuhörte, nicht selber aß und trank. Dann war sie wie ein Kleinkind, das man füttern musste."

„Wie lange hielt dann so ein Rückfall an?"

„Unterschiedlich. Es gibt kein Muster. Es kommt und geht und niemand weiß, was der Auslöser in einem Menschen ist. Und bei Anne wusste sowieso niemand, wie sie eigentlich tickte. Sie war für alle ein Rätsel."

„Für Sie auch?"

Frau Meinhart lächelte.

„Nein. Nicht so ganz. Ich wurde ihre Bezugsperson, vielleicht so etwas wie eine Mutter, obwohl wir altersmäßig gar nicht so weit auseinander lagen. Wir freundeten uns an…"
Sie stockte und wusste nicht, ob sie weiter sprechen wollte.
„Und?"
„Nun. Über die Jahre wurden die Rückfälle weniger oder besser gesagt, die Abstände wurden länger. Aber sie wieder allein in die Gesellschaft zu entlassen, war nicht möglich. Sie wäre alleine niemals zurecht gekommen. Das wusste sie auch. Und hat sich irgendwann damit abgefunden, im Heim zu bleiben."
„Hat sie denn jemals über ihre Familie gesprochen?"
„Warum wollen Sie denn das alles wissen? Anne ist tot."
„Das weiß ich. Aber es wurde damals kein Täter gefasst und ich bin sicher, Anne wusste, wer den Soldaten getötet hat. - Und ich glaube, sie hat Ihnen das erzählt."
Stöcklein sah sie fest an. Mit zusammen gepressten Lippen senkte sie langsam den Kopf. Eine Träne floss über ihre faltigen Wangen und sie hatte die Augen geschlossen.
„Ich...ich kann Ihnen das nicht sagen, Herr Kommissar. Es...es...ist...so schrecklich...und ich habe es Anne versprochen. Noch einmal kurz bevor sie sich...kurz bevor sie gestorben ist. Außerdem...es ist doch so lange her. Die Vergangenheit sollte man ruhen lassen. Das bringt doch niemandem mehr etwas."
„Sie hat sich getötet? Wollen Sie mir das sagen? Frau Meinhart...bitte...es ist wichtig. Ich kenne die Familie von früher. Florian Klammthaler ist ein Schulfreund von mir. Er hat gar nicht gewusst, dass er eine ältere Schwester hat. Ich glaube, er hat das Recht, alles über seine Schwester zu wissen. Bitte sagen Sie mir, was Sie wissen."
Silvia Meinhart atmete laut aus und schüttelte den Kopf.
„Sie hat sich nicht getötet. Wie denn? Sie ist einfach...einfach vom Leben in den Tod gegangen. Einfach so...ich kann Ihnen

nicht sagen, wie sie das gemacht hat. Aber sie hat sich vorher von mir verabschiedet."

„Hat sie sich ein Medikament besorgt?"

Doch die alte Dame schüttelte den Kopf.

„Nein, das hatte sie nicht nötig. Anne war ein ganz besonderer Mensch mit ganz besonderen Fähigkeiten, die wir alle nicht verstehen."

„Das hat mir erst ihr Hausarzt zu verstehen gegeben. So etwas in der Art hat er mir auch gesagt."

„Sie hat jetzt ihren Frieden. Ganz bestimmt...und ich bin darüber sehr froh."

„Das glaube ich gerne. Und ich bin auch sicher, dass sie damals dabei gewesen ist, als der junge Mann getötet wurde. Das war der Auslöser für ihren Zustand gewesen, nicht der, die Leiche zu finden. Nicht wahr?"

„Ja, Sie haben recht. Sie war Zeugin...sie war dabei gewesen."

Sie atmete hörbar aus.

„Sie war dabei gewesen, als ihre eigene Familie diesen Mann tötete."

Einen Moment stockte Stöcklein der Atem über die so klare Aussage.

„Das hat sie Ihnen erzählt? Warum? Hat sie jemals darüber gesprochen, warum er sterben musste?"

„Genau weiß ich es auch nicht. Aber sie liebte diesen Mann. Sie liebte diesen Soldaten. Dass er ein Schwarzer war, konnte ich erst viel später erfahren."

„Waren Sie nicht bei der Geburt des Kindes dabei?"

Sie schüttelte den Kopf.

„Nein. Sie wurde ins Krankenhaus gebracht, als die Wehen einsetzten. Das Kind habe ich nie gesehen."

„Wann hat sie Ihnen das alles erzählt? Und warum wurde es nicht angezeigt?"

„Von ihr persönlich habe ich das alles erst erfahren, nachdem ich in Rente gegangen bin. Sie hat mich gebeten, die

Geschichte einfach ruhen zu lassen. Ich musste es ihr versprechen."

„Sie wollte nicht, dass die Mörder bestraft werden?? Sind Sie sicher, dass sie das nicht wollte?"

„Ja. Sie sagte, dass sie nicht noch mehr Unheil über ihre Familie bringen wollte. Und denken Sie wirklich, dass ein Mensch wie Anne ihre eigenen Eltern angezeigt hätte? Dazu war sie überhaupt nicht fähig."

„Aber wie dachte sie denn über diese Tat? Auch wenn das ihre eigene Familie gewesen war, musste sie doch so etwas wie...ja, wie Hass oder Rache entwickelt haben."

„Ich konnte so etwas niemals bei ihr feststellen. Sie war ein Mensch ohne negative Emotionen. Solche Menschen sind eben mehr als gefährdet."

Stöcklein war schockiert. Anne hatte keinerlei Rachegedanken gegenüber ihrer Familie gehegt.

„Hat sie sich die Schuld an allem gegeben? Sich alleine??"

„Ja und nein. Es kam darauf an, in welchem Zustand sie war. Aber Hass habe ich nie festgestellt. Dafür war sie viel zu ...viel zu...wie sagt man...viel zu mitfühlend."

„Mitfühlend? Wenn die eigene Familie ihre Liebe abschlachtete? Vor ihren Augen? Ich kann das nicht glauben…"

„Sie hatte niemals irgendwelche Rachegedanken, wenn sie das meinen, Herr Kommissar. Leben ihre Eltern eigentlich noch?"

Ihre Frage kam spontan.

„Ich bin deswegen hierher gekommen, Frau Meinhart. Die Eltern und der Bruder mit Frau wurden genauso getötet wie der schwarze Soldat damals. Und darum bin ich so an Anne interessiert."

„Was??? Sie sind tot? Wie der Soldat? Das ist ja...ich bin fassungslos. Anne ist seit Jahren tot...wie????…."

„Kann irgendjemand die Vergangenheit von ihr gekannt haben? Hat sie vielleicht doch jemanden beauftragt? Wer könnte davon

178

gewusst haben, Frau Meinhart? Bitte überlegen Sie, es ist wichtig."

„Ich bin ja schon seit 2005 in Rente. Ich weiß nicht, mit wem sie Kontakt gehabt hatte. Bei den Besuchen hat sie nie jemanden erwähnt. Wir hatten auch nie über die Vergangenheit oder gar ihre Familie gesprochen. Und ich kann mir nicht vorstellen, dass sie mit jemand anderem darüber gesprochen haben könnte. Ich bin sicher, sie hätte mir gesagt, wenn sie wieder zu einem Menschen Vertrauen haben könnte. Aber da war nichts. Ich weiß es wirklich nicht."

„An dem Tag, als sie Andeutungen über ihren Tod machte, wie war sie da? Anders als sonst?"

„Ja, sie kam mir gelöst vor. Ausgeglichen. Sie war fast fröhlich, erzählte mir von den Menschen um sie herum und dass sie sehr viel geschrieben hatte in letzter Zeit."

„Geschrieben? Was geschrieben? Ein Buch?"

„Ich weiß es nicht. Sie hat immer wieder erwähnt, dass das Schreiben ihr hilft. Damit könnte sie mit jemandem sprechen, der ihr zuhörte. Ich glaube, sie schrieb einfach ihre Gedanken auf. Vielleicht ein Tagebuch...aber ich habe nie eins gesehen. Und sie hatte mir auch nie eins gezeigt. Vielleicht hatte sie auch nur einen Wunsch auf diese Weise ausgedrückt. Wer weiß…"

„Ein Tagebuch...ja...das wäre eine Möglichkeit. Wissen Sie, ob nach ihrem Tod etwas derartiges gefunden worden war? Wo sind eigentlich ihre ganzen Sachen hingekommen?"

„Das weiß ich nicht. Ich habe auch nicht gefragt."

„Liegt sie hier begraben?"

„Ja. Auf dem Nordfriedhof. Ich gehe regelmäßig ans Grab und richte es wieder her. Viel muss ich nicht machen. Es sieht immer akkurat aus."

„Hört sich nach gutem Friedhofsdienst an."

„Nein. Nein. Die Angehörigen pflegen ihre Gräber selbst. Irgend jemand kommt wohl regelmäßig und pflanzt neue Sachen ein. Nicht viel, aber so, dass es schön aussieht."

„Soso...da ist also jemand, der sich darum kümmert...soso..." Stöcklein kratzte sich am Kinn. Ein Gedanke ließ ihn nicht mehr los. Ein Tagebuch. Wenn es eins geben würde, dann wäre vielleicht ein konkreter Hinweis auf die Täter gegeben. Er musste wissen, wer die verbliebenen Utensilien von Anne abgeholt hatte. Er stand auf. Er hatte sehr viel erfahren.

„Sie haben mir sehr geholfen, Frau Meinhart. Vielen Dank. Die ganze Sache erscheint jetzt in einem klareren Licht."

„Ich verstehe immer noch nicht ganz, nach was Sie eigentlich genau suchen, Herr Kommissar."

„Konkret suche ich nach dem oder den Mördern der Klammthalers. Vier Morde sind begangen worden. Grausam und außerordentlich kaltblütig. Gleichzeitig möchte ich wissen, wer den Soldaten damals getötet hat. Dafür brauche ich einen Beweis und wenn es ein Tagebuch sein sollte, dann hätte ich wenigstens etwas in der Hand. Beide Fälle sind miteinander verbunden und ich möchte wissen, warum erst jetzt so etwas passiert. Ich möchte ganz einfach verstehen. Und Anne ist der Schlüssel zu allem. Selbst tot ist sie noch eine Person voller Rätsel."

„Treibt sie Sie an?"

„Vielleicht...ich weiß es nicht...aber ich muss es herausfinden." Er wandte sich zum Gehen, aber das Wichtigste hatte er noch gar nicht gefragt.

Er drehte sich noch einmal zu der alten Dame um, die ihn zur Türe begleitete.

„Eigentlich bin ich ja gekommen, um Sie zu fragen, ob Sie wissen, wer die Adoptiveltern des Kindes sind. Die Unterlagen sind verschwunden und auch eine digitale Datei ist nicht existent."

„Das wundert mich. Ich habe damals die Datei im Archiv angelegt."

Stöcklein bekam große Augen.

„Wirklich? Vor oder nach dem großen Umzug?"

„Es war lange danach. Wir bekamen ein neues Betriebssystem und ich legte die Datei unserer Station selbst an. - Ich weiß bestimmt, dass auch im Akt ein Dokument war. Top Secret natürlich, aber es war da."

„Das ist ja interessant. Die Adoptiveltern haben Sie aber nicht kennen gelernt, oder?"

„Nein. Aber ich weiß, dass es ein Ehepaar aus Berlin war. Sie konnten keine Kinder bekommen und durch ihr stabiles finanzielles Umfeld wurde die Adoption relativ schnell frei gegeben."

„Und der Name? Erinnern Sie sich noch an den Namen?"

Frau Meinhart lachte.

„Herr Kommissar, Sie verlangen zu viel. Ich werde nächste Woche einundachtzig. Das ist so lange her. Ich weiß es wirklich nicht mehr. Aber wenn ich doch noch drauf komme, lasse ich es Sie wissen."

Sie lachte immer noch, während Stöcklein ihr seine Karte gab.

„Sie können mich jederzeit anrufen, Frau Meinhart. Vielen Dank für Ihre Ausführungen. Bleiben Sie gesund."

„Sie auch. Auf Wiedersehen."

Gerd Stöcklein fuhr noch einmal zu Philip Neudert. Ihn interessierte, wer nach Anne´s Tod ihre Habe in Empfang genommen hatte.

Im Büro bot ihm der Klinikchef einen Platz an.

„Haben Sie die alte Dame sprechen können, Herr Stöcklein?"

„Ja, es war sehr aufschlussreich. Sie hat mir sehr viel über Anne Klammthaler erzählen können. Aber ich möchte noch wissen, wer die Utensilien von Anne nach ihrem Tod abgeholt hat. Vorausgesetzt, es hat etwas gegeben."

181

„Ich seh´ mal nach. Ich habe die Datei noch bei mir. Moment bitte…"

Er tippte auf der Tastatur herum und öffnete die bekannte Datei.

„Ja, hier ist es ja. Das Übergabeprotokoll. Das Paket wurde von einem Zusteller abgeholt. UPS. Kein Auftraggeber bekannt… ah, nein, doch. Hier steht es ja. Das Paket wurde nach Augsburg/Neusäß geschickt. An die Familie Klammthaler."

„Was? Ich dachte, die wollten von ihrer Tochter nichts mehr wissen…"

„Hier steht es so drin. Auftraggeber Familie Klammthaler. Mehr kann ich Ihnen auch nicht sagen, Herr Kommissar."

„Ist eine Inhaltsliste vorhanden?"

„Ja…Kleidung, eine Halskette mit einem silbernen Kreuz, zehn Bücher, zwei USB-Sticks."

„USB-Sticks?? Hatten die Patienten Zugang zu einem Computer?"

„Ja, schon. Aber kein Internet. Sie konnten digitale Bücher lesen. Mehr war nicht gestattet."

„Sonst nichts? Vielleicht ein Tagebuch oder sowas?"

„Wenn, dann wurde es unter „Bücher" geführt. Das kann ich Ihnen auch nicht sagen."

„Na gut. Titel oder so weiß man wohl auch nicht…"

Neudert schüttelte bedauernd den Kopf.

„Leider nicht. Tut mir leid."

„Kein Problem. Das ist schon mehr als ich erhoffen konnte. Sie haben mir sehr geholfen. Vielen Dank für die Mühe."

„Gerne. Wenn Sie noch Fragen haben, wenden Sie sich gerne wieder an mich."

„Mach´ ich. Alle Gute für Sie."

„Danke. Für Sie auch und viel Erfolg."

„Kann ich brauchen. Wiedersehen."

Er ging zu seinem Wagen und überlegte, ob er noch zum Friedhof fahren sollte. Er sah auf die Uhr. Heute konnte er eh nicht mehr zurück fahren. Er würde noch eine Nacht im Hotel verbringen.

Er startete den Wagen und schaltete das Navi an, das ihn zu dem besagten Nordfriedhof bringen sollte. Gut, dass er sich die Grabnummer von Silvia Meinhart geben ließ. Dann brauchte er die Grabstätte nicht lange suchen.

Der Tag neigte sich dem Ende zu und er hatte nicht mehr viel Zeit. Der Friedhof schloss um sechs Uhr. Jetzt war es halb fünf. Er sah auf die Gräberkarte, die sich am Eingang befand. Der Friedhof war in Zonen unterteilt und er hatte keine Mühe, das Grab zu finden. So, wie es Frau Meinhart gesagt hatte, war es frisch bepflanzt worden. Nicht zu viel, gerade genug, dass es würdevoll aussah. Langsam trat er näher. Ein ganz seltsames Gefühl schien sich um sein Innerstes zu legen. Nun stand er am Grab der Frau, um die sich alles zu drehen schien. Ein tragisches Schicksal hatte es so gewollt, dass dieses Leben so früh zerstört worden war, ein besonderer Geist sich nie entfalten konnte und Träume und Hoffnungen im Bruchteil einer Sekunde sich in Nichts auflösten, so als ob sie niemals existiert hätten.

Stöcklein schluckte und las die Inschrift.

Anne Klammthaler

18. September 1949 – 12. Juni 2017

gelebt, geliebt, mit sechzehn schon verstorben

Stöcklein biss sich auf die Lippen. Wer hatte diesen Spruch verfasst? Silvia Meinhart? Er spürte, wie sich die Nackenhaare aufrichteten und er spürte, wie sich die Wogen der Fassungslosigkeit tief in seinem Innern aufrichteten und einen Tsunami entwickelten, der seine Gefühle wirr durcheinander wirbelte und ihn minutenlang auf den Grabstein starren ließ. Er nahm die Umgebung nicht mehr wahr und konnte seinen Blick nicht abwenden. Immer wieder sah er sie in seinen Träumen, wie sie auf dem Grabstein saß und ihm zuwinkte. Mit einem

Lächeln, das er noch niemals bei einem Menschen gesehen hatte. Tief bewegt bemerkte er nicht einmal die Träne, die sich aus seinen Augen schälte und langsam über die Wange lief. Er bemerkte auch nicht die beobachtende Gestalt, die mit zusammen gekniffenen Augen auf den Mann vor dem Grab starrte und sich hinter dem Baum, an dem sie stand, nicht vom Fleck rührte.

*

Er stand im Hof der Klammthalers und ließ seinen Blick über die Gebäude schweifen. Der Himmel war mit mehr oder weniger dunklen Wolken durchzogen und ließ die ganze Umgebung diffus erscheinen. Langsam ging er auf das Scheunentor zu, zog es auf und trat ein. Sofort zog frischer Heuduft in seine Nase. Er ließ das Tor geöffnet, sodass Licht das Halbdunkel durchflutete. Er stand eine Fußbreit vor dem getrockneten Blutfleck am Boden. Wie magisch angezogen hob er den Kopf und suchte die quer liegenden Balken ab. Aber es war kein Hanfseil da, die Beamten hatten es längst entfernt und zur Spurensicherung in die KTU gegeben. Aber auch dort wurde nichts Verwertbares gefunden. Keine Fingerabdrücke, keine Fasern, Hautreste oder irgendetwas, das nach Spuren aussah. Seine Gedanken waren bereits seit Stunden bei dem Paket, das von der Klinik an die Klammthalers nach Annes Tod geschickt worden war. Er hatte im Haus nichts gefunden, das an den Inhalt irgendwie erinnerte. Keine Bücher, kein Halskettchen, keine USB-Sticks – nichts. Die Nebengebäude waren leer, dort konnte er auch nichts entdecken. Möglicherweise hatte man das gesamte Paket damals entsorgt, um nichts mehr zu haben, das an Anne erinnerte. Das war eine Möglichkeit. Eine andere war, dass es abgefangen worden war. Von demjenigen, der den Versand beauftragt hatte, um selbst nicht persönlich in Erscheinung treten zu müssen.

Er zog das Handy aus der Tasche und rief Flo an. Seit er von Koblenz wieder zurück war, hatten sie sich noch nicht getroffen. Die Anklage gegen Moltern lief, nur der Gerichtstermin stand noch nicht fest. Und das konnte noch einige Zeit dauern, da die Gerichte heillos überfordert waren. Er musste Flo langsam die Wahrheit erzählen. Das war er ihm schuldig.

„Klammthaler."

„Hallo, Flo, hier Gerd. Können wir uns treffen? Ich habe einiges zu erzählen."

„Hallo, Gerd, ja klar. Gibt´s Neuigkeiten von Anne?"

„Ja. Wie wär´s heut abend?"

„Hab´ heut frei. Wegen mir können wir uns auch früher treffen."

„Bist du daheim?"

„Ja…"

„Ich bin grad auf dem Hof. Kommst du rüber?"

„Auf dem Hof? Ja, klar, bin schon unterwegs."

Fünf Minuten später kam er durch die Scheune auf den Hof. Lächelnd gaben sie sich die Hand.

„Wollen wir ins Haus gehen?"

„Klar. Wird eh gleich regnen…"

Sie setzten sich auf die Eckbank in die Stube mit dem Kachelofen.

„Was trinken? Hier ist noch Bier oder ein Radler."

„Radler wäre gut…danke."

Während er die Gläser hinstellte, sah er Stöcklein an.

„Und? Ich bin neugierig. Was hast du raus gefunden?"

„Zunächst mal…ist vor etwa drei Jahren mal ein Paket gekommen mit Kleidung und anderen persönlichen Sachen drin? Ein Paket von der Klinik, in der Anne war. Kannst du dich erinnern?"

„Paket?? Nee, i kann mi ned erinnern. Von einer Klinik? Nee, koi Ahnung. Was is mit dem Paket?"

„In dem Paket waren die Sachen von Anne, die ihr gehört hatten. Sie ist vor drei Jahren gestorben."

Flo setzte sich hin und wurde eine Spur blasser.

„Vor drei Jahren? Ich...des gibt´s doch ned. Wo hat sie denn gelebt? Und warum hat sie sich nie gemeldet?"

Stöcklein atmete tief durch. Jetzt konnte er nicht mehr zurück.

„Anne wurde 1965 in eine psychiatrische Klinik bei Koblenz gebracht. Sie war Zeugin gewesen, wie ihr Freund, den sie wohl sehr liebte, vor ihren Augen umgebracht worden war. Das hat sie nicht verkraftet. Sie war seitdem in dieser Klinik. Vor drei Jahren ist sie gestorben. Ich war an ihrem Grab, Flo."

„Was?? Des hoist, dieser Soldat, das war ihr Freund gwesen? Oder Liebhaber? Oder was?"

„Er war auch der Vater ihres Kindes. Sie hat im April ´66 ein Mädchen geboren."

Flo verlor alle Fassung.

„Ein Kind? Aber...meine Eltern...die haben nie etwas erwähnt, nichts gesagt...ein Kind, ihr Enkel, ich verstehe das nicht...warum haben sie uns nichts gesagt?"

„Sie wussten ja nichts von einem Kind und...weil es damals so war, dass nichts sein kann, was nicht sein darf. Der Soldat war Amerikaner und ein Schwarzer. In den sechziger Jahren warst du damit ein Feind und ein ungern gesehener Mensch hier auf dem Land."

„Wer hat ihn umgebracht? Wois ma des?"

Stöcklein schüttelte den Kopf.

„Nein. Man hat keinen Täter ermitteln können. Die MP hat den Fall übernommen, aber sie haben auch nichts entdeckt. Dann wurde die Akte relativ schnell geschlossen."

„Du woisch inzwischen, wer des gwesen is?" fragte Flo und sah ihm in die Augen. Aber Stöcklein ließ sich nicht in die Karten schauen. Er schüttelte den Kopf.

„Nein, ich weiß es auch nicht. Ich wollte nur wissen, was mit Anne geschehen ist. Sie wurde wohl totgeschwiegen, weil die

186

Schande zu groß gewesen war. Techtelmechtel mit einem schwarzen US-Soldaten, das geht gar nicht…"

„…und auch noch schwanger. I versteh."

„Das wusste niemand."

„Das wusste niemand?"

„Nein. Die Schande war wohl eher, dass Anne als verrückt hingestellt worden ist. Sie hat das Erlebnis nie verkraftet und darum hat man sie auch eingewiesen."

„Aber…wieso hat man uns ned gsagt, dass no a Schwester da is? Wir hätten sie doch wenigstens regelmäßig besuchen können."

„Niemand wollte das. Deinen Eltern war das wohl zu viel gewesen. Sie haben die Vormundschaft an das Familiengericht abgegeben."

„Sie haben was??? Das glaub´ i jetzt ned. Meine Eltern doch ned. Sie warn immer tolle Eltern für uns gewesen. Du kennsch sie doch. Des ko ned sein."

„Es war auch für mich schwer zu glauben, wirklich. Aber ich habe die Akte gesehen und die Dokumente. Es ist wirklich so, wie ich sage. Sie haben Anne in der Obhut der Klinik gelassen. Tut mir leid, dir das so sagen zu müssen, aber es ist so."

„Dann war sie ihr Leben lang in dieser Klinik?"

„Ja. Aber keine Sorge, sie hatte ein gutes Leben und wirklich gute Menschen, die sich um sie gekümmert haben. Ich habe mit der Betreuerin sprechen können, die sie von Anfang an betreut hat. Sie wurde sehr fürsorglich versorgt, kannst mir glauben."

„Und sie wurde nie wieder richtig gesund?"

„Nein. Es ging mal besser, dann wieder schlechter. Es war nicht mehr möglich, sie alleine in die Gesellschaft zu lassen. Sie hat immer Beistand nötig gehabt."

„An was is sie gstorben?"

„Herzstillstand."

„Herzinfarkt?"

„Nein. Herzstillstand. Von einem Moment zum anderen hörte das Herz auf zu arbeiten. Sie ist friedlich eingeschlafen. Es war in der Nacht. Keine Schmerzen. Keine Sorgen."

„Wie alt ist sie gewesen? Weiß du das?"

„Ja. Sie war 68 Jahre alt."

„Hat sie was hinterlassen? Einen Brief vielleicht oder sonst ne Nachricht?"

„Das ist es ja. Ich suche dieses Paket, das von einem Zusteller hier abgegeben worden war. Das Paket war nicht klein. Und es waren zwei Sticks drin, die uns vielleicht Anne näherbringen könnten. Aber niemand weiß etwas von dem Päckchen. Es ist verschwunden und ich hoffte, es liegt irgendwo hier herum. Aber ich habe auch nichts entdeckt."

„Oh Mann, solche Nachrichten gehen aber au ned aus. Was is mit dem Mann, den ihr verhaftet habt?"

„Er wird vor Gericht gestellt. Die Beweislast ist eindeutig."

„Wenigstens etwas...dann wird der Tod meiner Familie ja doch noch gesühnt."

„Ja...ah… "

„Was is? Bisch du ned überzeugt? Du hasch ihn doch überführt, denk i."

„Das schon. Aber er hat noch immer nicht gestanden."

„Na und? Wenn die Beweisc klar sind, spielt das doch koi Rolle mehr. Bestreitet er, dass er′s gwesen is?"

„Ja."

„Und du? Was denksch du? I frag di jetzt als Freund."

Stöcklein sah ihn an. Ohne Beweise konnte er ihm unmöglich sagen, dass seine Eltern für den Tod des Soldaten verantwortlich waren und dass damit auch Hinweise auf einen ganz anderen Täter bestehen würden.

„Ich weiß es nicht. Als Ermittler würde sagen, dass er sich nur raus reden will. Das ist die eine Seite. Die andere Seite ist die, dass die Beweise viel zu klar und eindeutig sind. Ich würde das aufgrund dessen nicht mehr bestreiten."

188

„Du moinsch, er könnt unschuldig sein?"

„Die Möglichkeit besteht. Eine kleine Möglichkeit, aber es ist eine. Nicht für den Richter, keine Sorge. Wir haben alle Berichte absegnen lassen, die sind wasserdicht."

„Trotzdem hasch Zweifel?"

„So lange mir nicht einer sagt, dass er es gewesen ist und mir erklären kann, wie, wo und wann, muss ich Zweifel haben."

„Wer könnt es sonst gwesen sein? Und warum?"

„Das ist die Frage, Flo, das wäre die Frage."

Eine Frage, die Stöcklein wenigstens halbwegs beantworten könnte. Aber er behielt sein Wissen für sich. Wahrscheinlich würde er es auch für sich behalten, wenn die Wahrheit bewiesen werden konnte. Er bemerkte, dass er immer mehr zwei Mordfälle miteinander verband, die fünfundfünfzig Jahre auseinander lagen. Ihm fehlte nur noch die Verbindung. Und die Person, die eine eventuelle Verbindung herstellen könnte.

*

Die nächsten Tage verbrachte Gerd Stöcklein damit, alte Freunde zu besuchen, die noch immer hier mit ihren eigenen Familien wohnten. Abgesehen davon, dass sich alle mehr oder weniger verändert hatten – hauptsächlich in der Gewichtsklasse – blieb die grundsätzliche Wesensart doch erhalten. Vielleicht ein bisschen mehr Ernst, aber der Witz und der Humor war immer noch derselbe. Sie trafen sich zum Essen und erzählten sich die Geschichten aus den Jugendjahren. Sie lachten Tränen über die Feten, die manchmal so sehr eskaliert waren. Zuviel Alkohol, zu viel Energie, zu viel Power, die entweichen musste. Laute Musik und süße Mädchen waren der Lebensinhalt damals. Einzig der Kontakt mit Drogen fand Gott sei Dank nicht statt. Zumindest nicht in einer besorgniserregenden Form. Sie lachten über die Vorstellung, was los gewesen wäre, wenn die Eltern dieses oder jenes mitbekommen hätten. Jetzt waren die meisten selbst Eltern und sorgten sich ihrerseits um die Jugend. Was natürlich auch schon vorbei war, da die Kinder alle schon erwachsen waren und zum Teil ihre eigenen Familien gründeten. Es war ein Abend in eine Vergangenheit, die schön gewesen war. Auf die Frage, was denn so schön war, konnte man lediglich antworten, dass es die Unbedarftheit war, die Sorglosigkeit - die Probleme, die man hatte, sich lediglich auf die vielen Liebschaften beschränkten oder auf die verdammte Schule oder später auf die Lehrzeit, die bei vielen nicht unbedingt zu den schönen Zeiten gehört hatten. Die ganze Aufbruchstimmung spielte sich eigentlich nur innerhalb von ein paar Jahren ab. Aber diese Jahre hatten es in sich. Es waren die schönsten Lebensjahre gewesen, da waren sich alle mehr als einig.

Mit einem zufriedenen Gefühl legte sich Gerd Stöcklein an diesem Abend ins Bett. Und fast durchbohrte ihn ein Gedanke, der sagte, warum er nicht wieder zurück kommen sollte. Zurück an den Ort seiner Kindheit, die so prägend gewesen war. Gleichzeitig wusste er, dass seine Heimat längst Hamburg geworden war. Er hatte dort viele Freunde und Kollegen, die ihm wichtig geworden waren. Und er hatte dort eine neue Liebe gefunden. Natürlich würde er Hamburg nicht verlassen. Nostalgische Gedanken sind mächtig. Aber es sind nur bunte Bilder der Vergangenheit, die wunderschön waren, aber sich niemals mehr wiederholen ließen – so sehr man das auch manchmal wünschen würde.

Als das Telefon klingelte, wurde er aus dem Halbschlaf gerissen. Wirr fasste er mit geschlossenen Augen nach dem Handy, stütze sich auf den Ellbogen und murmelte etwas von `zu früh´ und `ja, bitte´.
„Guten Morgen, Herr Stöcklein, hab´ ich Sie geweckt?"
„Hallo, Frau Schäfer...nein, ich musste eh ans Telefon, hat geklingelt..." sagte er leidenschaftslos.

Daniela Schäfer kicherte.

„Soll ich später noch mal anrufen?"

Stöcklein rieb sich die Augen und setzte sich aufs Bett.

„Wieviel Uhr ist es denn?"

„Es ist neun Uhr zwanzig."

„Was?? Oje...wir hatten ein Treffen im alten Freundeskreis. Ist spät geworden. Gibt´s was Wichtiges?"

„Ich wollte Ihnen nur mitteilen, dass ein kleines Päckchen für Sie gekommen ist."

„Ein Päckchen? Von wem denn?"

„Kein Absender. Aber es ist an Sie adressiert. Hier an die Polizeidienststelle."

„Aha. Na gut. Ich komme später mal vorbei und hol´s ab."

Er hörte ein leises Lachen am anderen Ende.

„Kalte Dusche hilft, kann ich nur raten."

„Wahrscheinlich. Ich versuch´s mal...bis später."

„Ciao..."

Er legte auf und starrte mit müden Augen in die Luft. Ja, Dusche, dachte er, das ist jetzt notwendig. Er erhob sich und schlurfte ins Bad, wo er sich fünfzehn Minuten abwechselnd kaltes und warmes Wasser über den Körper laufen ließ. Danach ging es ihm wieder besser und er fühlte sich erfrischt.

Daniela Schäfer übergab ihm das kleine Kuvert und Stöcklein setzte sich hinter den Schreibtisch. Er öffnete den Umschlag und holte einen USB-Stick hervor. Es war kein Schreiben darin und auf dem Briefumschlag konnte er außer der Adresse keine andere Nachricht erkennen. Schulterzuckend nahm er den Stick und steckte ihn in den Schacht am PC. Er öffnete die Datei und begann zu lesen. Mit ein paar Sätzen wurde dem Leser mitgeteilt, dass es sich bei der folgenden Datei um ein digitalisiertes Tagebuch handelte. Die meisten Seiten waren handschriftlich verfasst und dann eingescannt worden. Lediglich der letzte Teil war direkt geschrieben worden.

Stöcklein stockte der Atem. Es war das Tagebuch von Anne Klammthaler. Einen Moment lang war er sich nicht sicher, ob es sich hierbei nicht um einen unangebrachten Scherz handelte, aber gleich hatte er den Gedanken wieder verworfen. Das Tagebuch war echt. Er konnte anhand der gescannten Seiten sehen, dass sie in ihrem Original alt waren. Er spürte, wie ihm Schweiß ausbrach und er spürte, wie sich die vielen Fragen, die gerade jetzt auftauchten, sich irgendwie verknoteten. Er musste die Knoten auflösen, um zu erkennen, wer es geschafft haben könnte, sich die Tagebücher unbemerkt zu besorgen. Folglich gab es außer Silvia Meinhart doch noch jemanden, der die ganze Geschichte Annes kennen musste.

Es klopfte an der Türe. Daniela Schäfer kam herein und hatte eine Mappe in der Hand.

„Ich habe vom amerikanischen Konsulat die Akte des Soldaten bekommen," sagte sie und lächelte ihn an.

„Oh, fantastisch. Gibt´s was darin, was wir nicht wissen?"

„Eher nicht. Sind lediglich die Daten und wo der Leichnam hingebracht worden war. Aber lesen Sie selbst, Herr Stöcklein."

„Super. Danke für Ihre Hilfe…"

„Immer wieder gerne."

Er öffnete die Mappe und las die Berichte durch. Anscheinend war damals die Militärpolizei auch nicht weiter gekommen. Zusammen mit einem deutschen Beamten führten sie ein paar Verhöre durch, aber auch sie konnten nicht einmal einen Verdächtigen ermitteln. Der Leichnam wurde in die Staaten überführt und in die Heimatstadt – Springfield in Missouri - des Soldaten Gallaghan gebracht. Das war´s auch schon. Nicht mehr. Stöcklein kam der Verdacht, als ob man vermeiden wollte, mit den deutschen Behörden einen Konflikt offen zu treten. Jedenfalls ging nicht daraus hervor, dass man diesen Mordfall länger als nötig ermittelt hätte. Der Mord war ungesühnt geblieben.

192

Er schloß die Mappe und widmete sich wieder der Datei auf dem Bildschirm. Jemand hatte ihm ein Werkzeug in die Hand gegeben, das den ganzen Fall Anne Klammthaler in das richtige Licht setzte. Warum?

Er lehnte sich zurück und atmete tief durch. Wer ist das? Fragte er sich immer wieder. Wer hat mir die Tagebücher geschickt und warum? Er sah auf den Poststempel. Frankfurt.

Er beugte sich wieder nach vorne und schlug die erste Seite auf. Da war kein Vorwort, kein Gedanke, dass hier ein Tagebuch beginnen sollte. Es begann abrupt, beginnend mit dem Datum...

2. Juli 1962

Erna hat heute früh gekalbt. Das Junge ist einfach heraus geflutscht, war ganz nass und hatte große Augen. Gleich nachdem es im Heu gelegen hatte, wurde es von der Mutter trocken geleckt und etwas später war es schon aufgestanden. Es hat gezittert und sehr lustig ausgesehen. Und das Stimmchen war so schüchtern, dass ich gleich lachen musste. Es ist ein Junge. Ich werde ihn Benjamin nennen, das passt zu dem Burschen. Die Kaninchen haben auch schon wieder Junge. Die sind so süß und flauschig. Hoffentlich schlachtet Papa nicht wieder einige. Ich muss dann immer so weinen, ich mag das nicht. Genauso wie mit den Schweinen. Die verkauft er oft an andere Leute, die sie dann schlachten und essen. Ich glaube, ich werde kein Fleisch mehr essen. Die Tiere tun mir alle so leid...

Stöcklein lehnte sich wieder zurück. Auch wenn er diese Zeilen nur lesen konnte, meinte er, ihre Stimme zu hören, die diese geschriebenen Worte sprachen. Er schloss das Programm und zog den Stick wieder aus dem Schacht. Er würde das Tagebuch heute Abend auf seinem Laptop lesen. Da hatte er mehr Ruhe. Er war aufgeregt und sah auf die Uhr. Eine innere Stimme in ihm meldete sich und ließ ihn wissen, dass er in diesem Tagebuch alle seine Fragen beantwortet finden würde. Einschließlich des Täters des schwarzen Soldaten und wahrscheinlich auch die Identität eines möglichen Täters der aktuellen Verbrechen. Er konnte langsam nicht mehr an die Schuld Molterns glauben, ohne dass ihm hier irgendein Beweis vorliegen würde. Der einzige Grund, warum er daran zweifelte, war die Tatsache, dass Bernhard Moltern hartnäckig jegliche Schuld bestritt. Er konnte zwar auch keinerlei Erklärung für die gesamte Beweiskette abliefern, aber ein unerklärlicher Zweifel hatte sich längst in Stöcklein festgesetzt. Sollte Moltern tatsächlich das Opfer von durchtriebener Manipulationen und Machenschaften gewesen sein, dann konnte nur dieses Tagebuch Aufklärung bringen. Stöcklein war sich sicher.

Er stand auf und beschloss, sofort damit anzufangen, die Datei zu lesen. Es war umfangreich, das sah er schon an der Größenangabe.

*

Er saß am Schreibtisch seines Hotelzimmers und begann wieder mit der ersten Seite. Anne hatte 1962 begonnen, ihre Gedanken aufzuschreiben. Anscheinend konnte sie die Tagebücher noch einpacken, bevor man sie abgeholt hatte. Und in der Klinik schrieb sie Jahre später weiter. Er scrollte weiter und suchte die Datumslücke. Da – im September 1965 wurde der letzte Eintrag gemacht. Das musste kurz vor dem Mord geschehen sein. Danach war nichts mehr. Ein paar unbeschriebene Seiten. Der nächste Eintrag wurde mit dem Jahr 1999 datiert. Wieder im September. Anne hatte vierunddreißig Jahre lang nichts aufgeschrieben. Was war passiert, dass sie sich wieder an die Tagebücher erinnert hatte? Ein Schlüsselerlebnis?

194

Er blätterte wieder zurück in das Jahr 1962. Anne war dreizehn Jahre alt gewesen und sah die Welt mit großen Augen an. Die Neugierde wurde zum Lebenssinn erklärt und die pubertierende Jugendliche entdeckte eine Welt außerhalb des elterlichen Hofes und außerhalb der Schule. Das, was sie real lebte, war lediglich eine Startbahn in das zukünftige Leben. Wie ein Schwamm nahm ihr Geist alles in sich auf, das rund um sie herum geschah. Sie schrieb alle Gedanken und Fragen in ihr Tagebuch – bis hin zu den philosophischen Grundelementen. Ohne dass sie jemals irgend etwas darüber gelesen hatte, beschäftigten sie die fundamentalen Fragen der Existenz. Warum sind wir hier? Warum leben wir? Was ist der Sinn unseres Lebens? Gibt es nur eine sichtbare Welt oder doch noch eine andere, die wir nicht wahrnehmen können? Und wenn, wie bekomme ich dazu Zugang?

Stöcklein schüttelte den Kopf. Anne war dreizehn. Er erinnerte sich daran, als er dreizehn war. Von diesen Fragen hatte er bis dahin nie etwas gehört und er hätte wahrscheinlich den Kopf geschüttelt, wenn ihm jemand mit so einem Blödsinn gekommen wäre. Heute, kurz vor dem Rentenalter stehend, dachte er darüber natürlich ganz anders. Das Leben hatte ihn eben gelehrt, auch darüber ernsthaft nachzudenken. Er blätterte um und begab sich ins Jahr '62. Die Kubakrise und die unmittelbare Gefahr eines Atomkrieges war das bedeutsamste Ereignis. Marilyn Monroe war gestorben. Die Spiegel-Affäre. Der Friedensvertrag zwischen Frankreich und Algerien beendete den grausamen Algerienkrieg. In Deutschland zeigten die Schwabinger Krawalle die Vorboten der 68er-Bewegung. Juan Carlos heiratet Sophia von Griechenland und Jamaika, Trinidad und Tobago werden unabhängig. Die Beatles machen ihre ersten Aufnahmen und im deutschen Fernsehen wird der Durbridge-Krimi `Das Halstuch´ gezeigt. Die Rolling Stones haben ihren ersten Auftritt im Londoner Marquee Club. Und auch das war passiert – Fidel Castro wird vom Papst exkommuniziert. Der DFB-Bundestag beschließt die Gründung einer Fußballbundesliga ab dem Jahr ´63. Im Februar ´62 bricht die bislang schwerste Sturmflut über Hamburg herein und fordert mehr als 300 Menschenleben. Doch für Stöcklein war in diesem Moment das wichtigste Ereignis gewesen, dass ein junges Mädchen die Unendlichkeit ihres Geistes entdeckt hatte und diesen neuen Raum mit allem, was ihr zur Verfügung stand, füllen wollte...

`Ich habe heute im Lohwald eine Blume gefunden, die ich noch nie gesehen habe. Es war am Waldrand auf der Südseite, da, wo der Weg zur Schmutter runtergeht. Die Blütenblätter sind weiß, lila und blau. In der Mitte etwas gelb. Die ganze Form sieht aus wie eine kleine Orchidee, die ich schon einmal im Botanischen Garten gesehen habe. So was Wunderschönes habe ich noch nie gesehen. Sie wächst ganz versteckt hinter dem Schilf und den Farnen – fast an dem kleinen Bach, der ins Tal hinunter läuft. Die Sonne hat darauf geschienen und sie leuchtet wie ein glitzernder Stern am Himmel. Vielleicht ist sie wirklich als Stern vom Himmel gefallen, um demjenigen, der sie findet, mitzuteilen, wie schön die Erde und das Universum sein kann. Irgendwie glaube ich ja, dass die Menschen viel zu achtlos an diesen Schönheiten vorbeigehen. Sie sehen die Pflanzen und die Blumen und sagen: ja, das ist schön. Und dann gehen sie daran vorbei und haben nach fünf Minuten alles wieder vergessen. Ich sehe das viel intensiver und mit so viel Freude, dass ich so richtig glücklich sein kann. Wenn die Sonne am Nachmittag schon Schatten bilden lässt, sieht die Wiese, der Bach und die Bäume am Schönsten aus. Unser Pfarrer würde wahrscheinlich sagen, dass Gott, der Schöpfer, eine wunderbare Arbeit damit vollbracht hat. Ich sage dazu ja nichts, weil man mich bestimmt schimpfen würde und sagen würde, Gott ist unser Herr, der alles erschaffen hat und die Bibel hat immer Recht. Ich finde das ehrlich gesagt einen ganz schönen Schmarrn, da die Naturwissenschaften doch längst alles belegt und nachgewiesen haben. Und eigentlich sieht man doch jedes Frühjahr, wie die Natur sprießt, wächst und immer neue Wunder entstehen lässt. So wie mit dieser kleinen Blume. Darwin hat doch recht mit allem, was er herausgefunden hat. Aber die Kirche hält halt an ihrem Glauben fest. Ich glaube ja auch an Gott, aber nicht daran, dass er die Natur erschaffen hat. Alles entwickelt sich doch, es wird nichts erschaffen. Wir Menschen haben uns ja auch entwickelt. Vom Affen bis hin zu dem, was wir heute sind...im Religionsunterricht sag ich besser nicht solche Sachen, sonst wird der Pfarrer wieder böse.

Ich bin heute noch bis zum kleinen Wehr an der Schmutter gelaufen. Niemand war da und es war so schön warm. Ich habe meine Füße ins Wasser gehalten und ein Flusskrebs ist mir über die Zehen gelaufen. Es hat gekitzelt und er hat nicht gezwickt. Da waren noch mehr Krebse, und Fische. Ich habe gedacht, wie schön es wäre, solche Bäche und Wiesen einmal auf anderen Kontinenten besuchen zu können. Das wäre schön. Das würde mir gefallen. Immer nur hier zu sein finde ich manchmal schön langweilig. Mama und Papa waren noch nie irgendwo. Die kennen nur den Hof, die Felder und die Nachbarn. Aber irgendwann werde ich eine große Reise machen. Nach Afrika, Asien, Amerika. Vielleicht auch einmal nach Australien. Oh wie schön das wäre...´

Stöcklein hielt inne und hob den Kopf. Unwillkürlich stellte er sich Anne vor, wie sie am Ufer der Schmutter saß und ihren Träumen nachhing. Fast körperlich konnte er ihren Gedankengang spüren, ihre Sehnsucht, ihre Überzeugung und vor allem ihre Gabe, schon in diesem jugendlichen – fast noch kindlichen – Alter ihre sichtbare Welt gedanklich schon verlassen zu können mit Blick auf die Weite der Welt. Ohne es bewusst wahrnehmen zu können, begann Anne sich in seinen Geist einzubinden, in sein Herz, in sein Gefühl und seine

Empathie. Und ohne es zu bemerken, wurde dieses junge Mädchen zu seiner Obsession, zu einem Teil von ihm, der sich nicht aufdrängte, sondern mit seinem Geist partizipierte.

Er las wieder weiter und wunderte sich immer wieder, mit welcher präzisen Sprache sie diese Zeilen geschrieben hatte. Es war in diesem Alter mehr als bemerkenswert. Seine Faszination begann zu wachsen – und seine Neugierde auch.

...sie stand in dem kleinen Stall am Gatter und sah auf die jungen Häschen hinunter, die sich Schutz suchend an ihre Mutter kuschelten. Die anderen Kaninchen hüpften in dem Gehege herum und kümmerten sich nicht um den Nachwuchs. Lächelnd nahm Anne eines der Kleinen in die Hand und hob es hoch. Sanft streichelte sie den Rücken des Jungen. Das Fell war weich und flauschig. Richtig schön fühlte es sich auf ihrer Haut an. Ein Miauen ließ sie den Kopf drehen und sie sah Mischa um die Ecke schauen. Mischa war der Hofkater. Einer von einer handvoll Katzen, die sich auf dem Bauernhof tummelten. Sie kamen und gingen wie sie wollten, fingen Mäuse und manchmal sogar Ratten. Mischa war der Einzige, der immer da war. Seine Stammplätze zum Dösen waren unangefochten. Wehe dem, der es wagte, es sich auf dem Fußabtreter vor der Türe bequem zu machen. Dann wurde der Kater zur Furie und fauchte und schrie den Widersacher in die Flucht. Er ließ sich von der Familie widerstandslos streicheln, aber nur Anne durfte ihn auf den Arm nehmen. Dafür antwortete er mit einem behaglichen Schnurren. Noch niemals hatte er sie gekratzt, was bei Mischa schon etwas Besonderes war. Anne liebte ihn. So wie sie alle Tiere liebte. Die Kaninchen, die Hühner, die Schweine und die Rinder im gegenüberliegenden Stall. Sie liebte sogar den Hahn, der mit seinem kreischenden Gekrähe jedem auf die Nerven ging. Sie meinte immer, er mache das, weil er vielleicht einsam ist und will, dass sich jemand um ihn kümmert. Vielleicht wollte er auch nur andeuten, dass er der Herr auf dem Hof war. Nicht der blöde Kater oder die anderen Katzen. Nicht die großen Kühe, die so dumm guckten oder gar noch die Schweine, die permanent am Boden etwas Fressbares suchten. Nein, Johnny, der Hahn, war der Boss – sonst niemand. Anne nannte ihn Johnny, weil er sie immer an John Wayne erinnerte, der in den Filmen ja auch immer der Boss war.

„Anne…!!"

Ihr Vater rief sie. Schnell stellte sie das kleine Fellknäuel wieder zurück und rannte aus dem Stall.

„I bin do, Papa."

„Ach…do bisch. Hilf doch mol der Mama im Gemüsegarten. Das Unkraut muss raus und die Möhren kömma au scho ernten."

„I komm´ scho. Müss ma heut ned no aufs Feld? Du hasch doch gsagt, das Weizenfeld muss gepflügt wern."

„Ach ja, stimmt. Willsch mitkomma?"

„Ja, darf i fahrn?"

„Wenn willsch…aba erscht aufm Feld."

„Warum denn ned scho von do?"

„Weil des ned darfsch. Woisch doch."

Sie neigte den Kopf und verdrehte die Augen.

„Na gut. Dann halt erschd aufm Feld. Wann fahr ma?"

„So in ner Stund. Dann is fünfe."

„Okay. Bis dahin hilf i der Mama."

Klammthaler schüttelte den Kopf.

„Dia imma mit dem bleden `Okay´. Dös hats doch von dene Ami," murmelte er in sich hinein.

Im Gemüsegarten war die Mama damit beschäftigt, den Rhabarber zu schneiden. Sie machte damit immer Kompott. Solche Mengen, dass es über den Winter reichen würde. Die Äpfel wurden zu Apfelmus verarbeitet und die vielen Kirschen zu Marmelade. Die Kohlsorten wurden mit anderen Gemüsesorten eingelegt und die Zwiebel gelagert. Zusammen mit den Kartoffeln. Daneben pflegte sie auch einen Kräutergarten, der eigentlich mehr unter Annes Aufsicht stand. Sie hatte sich über die Jahre ein immenses Wissen über Heilkräuter angeeignet. Die Vielfalt des Kräutergartens war bemerkenswert. Pfefferminze, Johanniskraut, Zitronenmelisse, Thymian, Petersilie, Dill, Kresse, Majoran, Schnittlauch und Salbei zählten zu den Standardkräutern. Daneben auch Estragon und Rosmarin, alles abgetrennt durch kleine Lavendelbüschchen. Liebstöckl und Basilikum rundeten den ganzen Garten ab. Die Klammthalers waren im begrifflichen Sinne autark. Sie konnten sich jederzeit selbst versorgen, ohne groß auf das Nahrungsmittelangebot der Lebensmittelmärkte zurückgreifen zu müssen. Frau Klammthaler buk sogar ihr eigenes Brot. Und Kuchen aus dem Laden war sowieso verpönt. Wer Kuchen kaufen muss, ist nur zu faul zum Backen, sagte sie immer. Oder zu blöd dafür. Aber das dachte sie bloß. Anne hatte diese Dinge frühzeitig von ihr gelernt. Frau Klammthaler wunderte sich immer wieder, wie schnell Annes Auffassungsgabe war, ohne dass sie auf den Gedanken gekommen wäre, dass diese Auffassungsgabe und diese neugierige Interesse etwas sehr Besonderes sein musste. Ihr fehlte der Vergleich.

Anne war schon immer neugierig gewesen. Es genügte ihr nicht, zu wissen, dass dieses Kraut Zitronenmelisse hieß und dass man daraus Tee zubereiten konnte. Sie wollte wissen, welchen Effekt die Pflanze auf den Organismus haben würde. Genauso wie bei den anderen Kräutern. Ihre Mutter hatte ein altes dickes Kräuterbuch im Schrank stehen und bei jeder Gelegenheit las sie darin. Sie verzichtete auf sämtliche Kunstdünger, nahm nur den Mist aus den Ställen her. Mit dreizehn Jahren hatte sie ein Kräuterwissen, das manche ihr ganzes Leben nicht erreichen würden. Dementsprechend prächtig sahen auch ihre Pflanzen aus, die von den Nachbarn immer wieder bewundert wurden. Das Lob für ihr gutes

Naturhändchen war ihr sicher – genauso sicher, wie ein jeder überzeugt war, dass sie die zukünftige Bäuerin des Hofes sein würde, wenn die Eltern dafür zu alt geworden waren. Anne wusste das, sie spürte diese Selbstverständlichkeit, wie ihr Leben bereits jetzt verplant worden war. Es war ihr nicht recht, dass andere über sie einfach entschieden. Ungefragt wurde sie in eine Schublade gesteckt, in die sie nicht wollte. Ohne es bewusst wahrnehmen zu können, wehrte sich ein innerer Krieger gegen diese Bevormundung. Es war ein kleiner, winziger Stachel, der die Gedanken an die Zukunft breiter fächerte. Ohne es sich einzugestehen, war die Zukunft auf dem Hof nicht unbedingt ihr eigener Wunsch. Sie hatte eigentlich nicht vor, ihr weiteres Leben nichts weiter zu sehen als den Bauernhof, den Garten und die Felder. Tag für Tag und Jahr für Jahr. Immer dieselbe Arbeit, immer denselben Tagesablauf. Unterbrochen nur durch die Jahreszeiten. Urlaub? Wegfahren? Das geht nicht, sagte eine mahnende Stimme in ihr. Noch wurde der Gedanke nicht gedacht, der sie weit außerhalb der vertrauten Heimat eine andere Welt sehen ließ. Noch fühlte sie sich zu Hause sicher, aufgehoben und auch glücklich. Das ganze vielfältige Leben der Tiere ließ sie noch keine Langeweile oder gar Frust verspüren. Aber ganz tief drinnen, tief in ihrer Seele, in ihrem Gefühl und in ihrem Wahrnehmen – da begann, ein unbekannter Gestalter neue Bilder zu kreieren. Wie ein Embryo begann ein Gebilde zu wachsen und sich zu formen. Noch nicht sichtbar, noch nicht erfassbar, aber bereits im Begriff, eine neue Welt mit seinen ganzen Eigenarten und Schönheiten zu erschaffen. Neugierde, Abenteuerlust und Sehnsucht nach der Ferne spielten bereits an diesem Gebilde herum und schufen so eine imaginäre Skulptur mit den prägnanten Vorstellungen.

Anne ahnte es bereits, aber sie wusste noch nichts von ihrer Ahnung. Lediglich ein seltsames Gefühl der Unruhe verspürte sie dann und wann. Winzige Nadeln stachen sie dann in ihr

Herz. Auslöser waren entweder stille, nachdenkliche Momente oder auch das Schmökern in irgendwelchen Büchern, die sie aus der Leihbücherei mitgenommen hatte und vor dem Einschlafen einen Blick hinein warf. Doch anderntags hatte sie der Alltag schnell wieder eingeholt. Schule, der Hof, manchmal die Freundinnen lenkten sie aus ihren Gedankengängen ab und ließen sie wieder ihr Leben leben, das eines Teenagers auch zustand.

Im Sommer endete das Schuljahr und die Sommerferien begannen. Einige ihrer Freundinnen fuhren mit den Eltern ans Meer nach Italien, andere blieben daheim und verbrachten die heißen Tage im Schwimmbad oder am Baggersee. Anne hatte dazu selten Gelegenheit. Die ersten Felder mussten abgeerntet und das Getreide in die Silos verfrachtet werden. Später war der Mais dran und auch die Obstbäume hatten so viel Obst wie selten. Es war genug Arbeit zu tun, sodass Anne nicht sehr viel Freizeit hatte, mit den Mädchen Spaß zu haben. Im September ging die Schule wieder los und der Winter nahte. Im Herbst wurde das Getreide für das nächste Jahr ausgesät und im Frühjahr begann der Kreislauf von Neuem. Anne hatte bereits die Schule gewechselt und besuchte nun die Mittelschule in Augsburg. Es waren neue Fächer dazu gekommen, die sie noch neugieriger werden ließ. Als das Jahr 1964 begann, war die Schöpfung in ihr bereits abgeschlossen und ihr Entschluss stand fest. Sie würde den Hof nicht übernehmen und sie würde eine weiterführende Schule besuchen, die es ihr ermöglichte, mit einem Abitur auf eine Universität zu gehen. Wie sie es ihren Eltern beibringen wollte, wusste sie noch nicht. Ihre Angst war groß. Aber ihre Entscheidung war definitiv gefallen.

„War es schwer, Medizin zu studieren, Herr Doktor?" fragte sie Doktor Cofeldt. Er legte das Stethoskop zur Seite und sah sie überrascht an.

„Einfach war es nicht. Wenn man nicht stetig lernt, wird das nichts. Wissen fällt einem nicht einfach zu, man muss dafür auch sehr viel tun."

„Ich habe mir schon mal überlegt, auch Medizin zu studieren. Meinen Sie, ich könnte das?"

Cofeldt lächelte.

„Warum denn nicht? Aber studieren kannst du nur, wenn du Abitur hast."

„Ja, ich weiß. Ich bin ja nur auf der Mittelschule, aber es gäbe eine Möglichkeit, aufs Gymnasium zu wechseln. Ich weiß bloß nicht, ob meine Eltern das erlauben würden."

Cofeldt sah sie überrascht an.

„Ist es dir ernst damit, Anne? Ich dachte immer, irgendwann würdest du den Hof übernehmen…"

Sie senkte den Kopf und sah auf den Boden.

„Der Hof…jaja…den soll ich übernehmen. Aber…"

Sie sah ihn wieder an.

„Aber vielleicht will ich das gar nicht. Ich würde viel lieber studieren. Es gibt doch so viel, das wichtig wäre."

„Das ist schon richtig. Was würdest du denn studieren wollen? Abgesehen von Medizin, meine ich."

„Vielleicht so etwas wie Geologie, oder Geographie. Oder Archäologie, da müsste ich um die Welt reisen. Am besten alles zusammen. Irgendwie gehört das ja auch zusammen."

„Hast du dich damit schon mal beschäftigt? Hört sich an, als ob du schon darüber Bescheid weißt."

Sie nickte heftig.

„Ja, i hab über Geologie gelesen. Wie die Erde aufbaut is, mit welchen Gesteinen und wie sie entstanden sind. Man ko a Altersbestimmung über die Gesteine machen. So wie in der Archäologie au. In Griechenland ko man bestimmt no sehr viel finden. Oder im Nahen Osten. In Mesopotamien…da liegt die Wiege der Menschheit. Da hat doch alles agfanga…."

Mit leuchtenden Augen sah sie den Doktor an, der die Augenbrauen hochgezogen hatte. Fast körperlich spürte er die Begeisterung dieses jungen Mädchens. Eine Leidenschaft, die er bei jungen Menschen noch niemals gesehen hatte.

„Ich merke, dass du dafür eine gewaltige Leidenschaft entwickelt hast. Wissen das deine Eltern?"

„Nein. I hol mir doch immer Bücher aus der Bücherei. Die Mama fragt mi scho öfter, was i diesmal mitbrocht hab. Aber der Papa ned. Der hat zu viel zu tun. Wahrscheinlich interessiert's ihn au ned."

„Würden sie dich unterstützen, wenn du sagst, dass du lieber studieren willst?"

Sie zuckte die Schultern und presste die Lippen zusammen.

„Woiß ned. I glaub' eher ned. Sie meinen doch immer, das mit der Schul is zwar wichtig, aber später muss jeder arbeiten, damit er leben kann. Und der Hof is a gute Arbeit, sagn sie."

„Naja, ganz unrecht haben sie ja nicht. Der Hof ist schon eine gute Arbeit. Und die Landwirte leben davon auch nicht schlecht, denke ich."

Sie zuckte wieder die Schultern und presste noch einmal die Lippen zusammen.

„Moinen'S , i soll lieber den Hof übernehma, wenn's soweit is?"

„Ich meine gar nichts, Anne. Manche Entscheidungen muss man alleine treffen, da kann niemand helfen. Aber ich kann dir aus eigener Erfahrung sagen, dass man sein Bauchgefühl nicht unterdrücken soll. Wenn dir ein Studium wichtig erscheint und du das unbedingt willst, solltest du vielleicht genau diesen Weg einschlagen. Aber nicht ohne mit deinen Eltern gesprochen zu haben."

„Jaja, ich wois scho. Vielleicht tu i des mol."

„Denk halt noch mal intensiv drüber nach. Und wenn dein Entschluss feststeht, dann versuche, einen Kompromiss zu finden."

„Zwischen wem oder was?"

„Zwischen dir und deinen Eltern. Du bist noch minderjährig, deine Eltern haben das Entscheidungsrecht. Also geh´ behutsam vor. Okay?"

„Okay. Das werd´ ich tun."

Sie stand auf.

„Bin i eigentlich gsund? Alles in Ordnung bei mir?"

„Klar. Alles gut. Die Blutwerte bekomm ich noch aus dem Labor, aber so wie ich das sehe, bist du gesund wie ein Fisch im Wasser."

Sie grinste ihn an und gab ihm höflich die Hand.

„Danke, Doktor Cofeldt. I sag´ Bescheid, wenn i mit meine Eltern gsprochen hab."

„Tu das, Anne. Ich bin gespannt."

„Wiedersehen."

„Mach´s gut…"

Schon war sie aus der Türe und der Doktor sah sie durch das Fenster, wie sie auf den Bürgersteig trat und sich nach rechts wandte. Seine Praxis befand sich gerade einmal ein paar hundert Meter entfernt von dem Klammthaler Hof.

Anne freute sich. Der Doktor gab ihr Zuversicht. Und ein Doktor, der lange Jahre Medizin studiert hatte, wusste bestimmt, auf was es im Leben ankam. Das wusste Anne auch schon, aber sie behielt diese Gedanken wohlweislich für sich. Denn wenn sie solche Bemerkungen einmal von sich gab, war sie sicher, dass sie entweder ausgelacht oder vielleicht sogar geschimpft worden wäre. Also verhielt sie sich ausgesprochen zurückhaltend und wartete ab, bis die Zeit dafür gekommen war.

Frohgelaunt hüpfte sie in den Hof, als sie Silvia erblickte, die auf der Bank vor dem Wohngebäude saß.

„Silv, was machsch du denn hier?"

205

„Hallo, Anne, i hab auf di gwartet. Deine Mam hat gsagt, dass beim Arzt bisch, aber es ned lang dauern kann."

„Super. Willsch die kloina Häsle sehen?"

Silvia sprang auf. Sie war die beste Freundin von Anne und sie verbrachten so viel Zeit wie möglich zusammen.

„Au ja, sins viel?"

„Acht Stück. Komm mit in Stall…"

Anne ging voraus und Silvia folgte ihr. Vor dem niedrigen Gatter blieben sie stehen und Anne holte eins der Jungen heraus.

„Oh mei, sin di süss…"

Silvia lächelte den Kleinen an und streichelte ihm den Rücken.

„So weich und so flauschig. Darf i ihn mol haltn?"

„Aba ned fallen lassen, gell."

„Na, i paß scho auf."

Sanft drückte sie ihn an sich und streichelte seinen Rücken bis hinter zu dem kleinen weißen Stummelschwänzchen. Verzückt kicherte sie.

„Schau mol, der Stummel, is der ned süss?"

„Ja scho…wie der leuchtet. Alles grau und der Stummel is weiß."

Wieder Kichern.

„Fahr ma mit die Räder in Wald? Die Amis machen grad Übung. Sin mit die Panzer dort. Hasch Luschd?"

„I wois ned. Vielleicht muss i no aufm Hof helfen. Wart mol, i frog die Mama…"

Sie rannte hinaus und suchte ihre Mutter.

„Mama, kann i mit der Silv a bissel mitm Fahrrad fahrn?"

Frau Klammthaler stellte gerade den Korb mit der Wäsche auf den Tisch. Dann drehte sie sich um.

„Von mir aus. Aber ned so weit. Wo wollts denn hi?"

Anne zuckte die Schultern.

„Wois no ned. Einfach bissel rumfahrn. Vielleicht in Lohwald."

Der Lohwald war ein kleines Waldgebiet, das an die Wohnsiedlung grenzte. Wenn man ihn durchquerte, erreichte man das Schmuttertal mit seinen Wiesen und Feldern, das von dem kleinen Flüsschen durchzogen wurde. Die Mädchen fuhren oft hierher, setzten sich an die Uferböschung und beobachteten die Flusskrebse und die Fische, die sich im glasklaren Wasser tummelten.

„Na, meinetwegen. Aba um sechs gibts Abendessen. Da bisch wieda do."

„Klar...tschüss dann…"

Sie wartete die Antwort nicht ab und stürmte davon. Schnell schnappte sie sich das Fahrrad und sah zu, aus dem Hof zu kommen, nicht dass der Papa doch noch irgendwelche Arbeiten für sie hatte.

„Wo sind denn die Amis?" fragte Anne die Freundin.

„Hinter Hammel im Wald."

„Ganz schee weit, oder?"

„Na. Fahr ma an Lohwald runter nach Ottmarshausen, dann sin ma eh scho do."

„Okay…"

Schon von weitem hörten sie die Motorengeräusche der Panzer, die sich im Wald befanden. Ab und zu fielen Schüsse, wenn die Soldaten einen Einsatz simulierten. Ein Kiesweg führte in den Wald hinein und die Mädchen stiegen von ihren Rädern. Zögernd sahen sie sich an.

„Moinsch wirklich, dass wir da rein dürfen?" fragte Anne unsicher.

„Is ja nix abgsperrt. Also kömma au rein. I möcht mol so nen Panzer von Nah sehen."

„I au. Also los…" sagte Anne und ging voran.

Zusammen schoben sie die Räder ungefähr dreihundert Meter, als sie schon einen Panzer sahen, der mit einem dunkelgrünen Netz bedeckt war und zwischen zwei Fichten stand. Zwei bewaffnete Soldaten lehnten daneben und einer saß auf dem Panzer und betätigte ein Funkgerät. Ein anderer kam gerade hinter einem Baum hervor und sah die beiden Mädchen, wie sie schüchtern und zögernd näher kamen. Ein Lächeln überzog sein Gesicht und er hob die Hand.

„Hello, girls, how are you?"

Silvia sah verständnislos Anne an, die das Lächeln des jungen Mannes erwiderte.

„I´m good. How are you?"

Silvias Augen wurden groß und größer und sie sah Anne sehr erstaunt an. Das Lächeln des Soldaten wurde noch breiter.

„Oh, you speak English? I´m impressed."

Anne schüttelte leicht den Kopf und sah den Mann an. Es war ein Schwarzer. Seine Augen leuchteten und er sah aus, als ob er sich sehr freute, dass die Mädchen seine Sprache sprachen.

„Just a little bit. Not so good. We are...ääh...we are curious for the...ääh…"

Sie zeigte auf den Panzer. Der Soldat folgte ihrem Blick.

„The Tank?"

„Ja...yes, that´s the word. Tank. Yes. We never seen a Tank. Only in the TV."

„Anne. Woher…? Woher kannst du englisch? Wir hatten das doch nicht in der Schule."

„I hob mir a Buch aus der Bücherei gholt und halt a bissel was glernt."

Sie wandte sich wieder an den lächelnden Schwarzen. Er hat leuchtende Augen, dachte sie in diesem Moment.

„You wanna see the Tank?" fragte er.

Anne nickte.

„Yes, sure. Is it possible?"

Der Soldat zuckte mit den Schultern und sah den Mann auf dem Panzer an, der das kurze Gespräch mit verfolgt hatte. Auch er lächelte und nickte leicht.

„Okay, dann rauf mit euch…"

Die Mädchen sperrten Mund und Augen auf und sahen den schwarzen Soldaten an, der lauthals loslachte, als er ihre erstaunten Gesichter sah.

„Sie…Sie sprechen ja deutsch…" stammelte Anne.

„Ja...meine Mutter ist Deutsche. Als sie meinen Vater geheiratet hatte, ist sie mit ihm in die Staaten gegangen. Sie bestand darauf, dass ich auch deutsch lerne."

Anne lachte jetzt auch.

„So ein Zufall, dass wir ausgerechnet auf Sie treffen."

„Tja...stimmt...also, wollt ihr mal rein in den Panzer?"

Sie nickten heftig.

Er trat an das Monstrum und zeigte auf ein paar Querstangen, die vorne angebracht waren.

„Tretet da rauf und über die Fahrerluke zum Kommandoturm. Da könnt ihr reinsteigen. - Wie heißt ihr?"

„Ich bin Anne und das ist Silvia."

„Ich bin Jason. Dann los...Anne und Silvia…"

Sie kletterten auf den Panzer bis zu der Kommandoluke. Anne sah noch einmal Jason an, der ihnen gefolgt war. Ganz kurz kam ihr in den Sinn, dass sie ganz schön leichtsinnig waren. Schließlich waren sie im Wald, fern der Straße oder Wohnhäusern, zusammen mit fremden Männern. Ausländern, die sie nicht kannten. Es wäre ein leichtes, sie…

Sie dachte den Gedanken gar nicht zu Ende. Jason würde auf sie aufpassen, dessen war sie sicher. Er hatte ein freundliches und ehrliches Gesicht. Sehr sanftmütig und Vertrauen erweckend. Unwillkürlich dachte sie daran, dass sie ihn mochte.

„Was ist? Keine Angst, wir sperren euch da nicht ein und machen dann den Ofen an."

Er grinste sie an und zeigte nach unten. Dann war Annes Misstrauen verflogen und die beiden Mädchen kletterten in das Innere. So groß der Panzer von außen aussah, so beengt war es hier drinnen. Er bot höchstens Platz für drei Personen. Plus dem Fahrer. Anne konnte kein Lenkrad erkennen.

„Wie fährt man denn das Ding, Jason? Da ist ja gar kein Lenkrad."

Sie zeigte auf den Fahrersitz und auf die beiden Hebel, die vor dem Sitz angebracht waren.

„Gelenkt wird mit den beiden Hebeln. Dadurch bremst man die Ketten. Linker Hebel, linke Kette. Rechter Hebel, rechte Kette. Wenn eine Kette bremst und die andere sich weiterdreht, fährt man eine Kurve."

„Ah, verstehe. Ist das nicht schwierig?"

„Nein. Reine Übungssache."

„Bist du der Fahrer?"

Jason grinste.

„Ja, genau. Woher weißt du das?"

„Nur geraten…"

Neugierig ließen sich die beiden das Innere erklären. Die vielen Knöpfe, die Funkgeräte und natürlich das Waffensystem mit den Granaten, die jetzt nicht an Bord waren. Nach zwanzig Minuten kletterten sie wieder aus dem Fahrzeug. Sie waren sehr aufgeregt.

Jason sprang vom Panzer und half ihnen herunter. Anne erfasste seine Hand und einen winzigen Augenblick sahen sie sich in die Augen. Dann sprang sie hinunter und ließ sich auffangen. Ihre Hand lag auf seiner Brust und ihr Herzschlag beschleunigte sich. Im Bruchteil einer Sekunde passierte etwas. Sie hob wieder den Kopf und sah seine dunklen Augen. Er hatte sie schon losgelassen, aber ihre Blicke waren immer noch gefangen. Schnell trat Anne einen Schritt zurück und sah nach Silvia, die bereits mit Jasons Hilfe herunter geklettert war. Anne atmete innerlich auf. Silvia hatte nichts bemerkt.

Die Mädchen lachten sich an und hoben die Räder auf. Anne drehte sich um und sah die lächelnden Soldaten an. Ihr Blick blieb auf Jason hängen.

„Danke Jason, das war sehr aufregend. Danke, dass wir da mal rein durften."

„Jederzeit, Ladies. Wenn ihr wieder mal in der Gegend seid, schaut einfach mal vorbei. Wir sind noch drei Tage hier, dann gehts wieder in die Kaserne."

„Wo seid ihr denn stationiert?"

„Flakkaserne."

„Wirklich? Da kann ich ja hinlaufen…" sagte sie und hielt sich erschrocken die Hand vor den Mund."

Jason lachte.

„Zivilisten haben keinen Zutritt zur Kaserne. Nur Armeeangehörige."

„Nein, ääh…ich wollte nicht…ja, ich weiß…Wiedersehen, Jason…"

„Macht´s gut, Mädels...aufpassen auf der Straße…"

Jason hob die Hand und winkte ihnen zu.

Anne stieg aufs Fahrrad und sah die anderen Soldaten an.

„Thank you, guys...have a nice day…"

„Thank you, Ann...bye Silvi…"

Sie lachten und die Mädchen fuhren strahlend davon. Was für ein Abenteuer, dachten sie sich. Was für ein Mann, dachte Anne. Der Pfeil hatte ihr Herz durchbohrt.

Als sie wieder auf der Straße waren, hatten sie sich beruhigt.

„Der war ja nett, der Jason. Oder was moinsch du?"

„Ja, das war er. Komisch, dass mia ausgrechnet auf nen Soldaten treffen, der deutsch kann. Moinsch ned au?"

Silvia sah Anne fragend an.

„Wie moinsch des jetzt?"

„Na, da sin so viel Amis im Wald und mia fragen ausgerechnet oin, der deutsch kann. I glaub ned, dass so viele Amis deutsch sprechen."

„Die Soldaten glauben bestimmt au ned, dass so viel Mädchen englisch sprechen."

Sie lachte und zwinkerte Anne zu.

211

Anne sagte nichts und sah auf die Straße. Sie dachte an Jason. Wie alt mochte er wohl sein? Er war noch jung, sehr jung. Was für wunderschöne dunkle Augen er hatte. Nie hatte sie so ein Leuchten gesehen. Ihr Mund verzog sich zu einem Lächeln – und sie stellte sich vor, wie es wohl wäre, wenn er sie küssen würde. Sie stellte es sich sehr schön vor.

„Hallooo...Silv an Anne. Können Sie mich verstehen???"

Sie drehte den Kopf und sah verdattert Silvia an, die grinsend ihre Augenbrauen hochgezogen hatte.

„Ja...was? Was hasch gsagt?"

„Wo bisch denn grad? I hob di gfrogt, ob ma nummol in Wald fahren wolln..."

„In Wald? Ja...vielleicht..."

„Hasch di jetzt verknallt, oder was? - Na ja, der Jason schaut scho toll aus. Hasch di Muschkeln unter dem Hemd gsehn?"

„Logo...ja, der war scho nett."

„Nett? Deine Karnickel sin nett. Der Jason is a Traum. Schad, dass er a Neger ist..."

„Wieso schad? Hasch was gegen Neger?"

„Na, des ned. Aber stell dir mol vor, was deine Eltern sagn würden, wenn mitm Neger aufm Hof kommsch."

Anne lachte. Ja, das konnte sie sich vorstellen. Wahrscheinlich würden sie ihn vom Hof jagen.

„Kann scho sei. I wois ned, vielleicht au ned. Meine Eltern sin ned so spießig, wia ihr des moinds."

„Wois i doch. Aba i glob, wenn oin Neger mitbringsch, werns spießig werden. Wia alle Bauern, glaub i."

Anne zuckte die Schultern. Silvia hatte recht. Die Eltern schauten ja jetzt schon misstrauisch, wenn mal ein paar Jungs kamen, um sie abzuholen. Bernhard kam öfter, um sie auf seinem Moped mitzunehmen. Meistens zum Baden, aber auch mal zu einer Geburtstagsparty. Mittlerweile hatten sie sich an ihn gewöhnt. Einmal hatte Bernhard sie im Schwimmbad geküsst. Es war aufregend gewesen. Sie hatte seine Zunge in ihrem Mund gespürt. Seine Hände hatte er um ihre Hüften gelegt. Und sie hatte ihre Arme um seinen Nacken geschlungen. Ja, es war richtig aufregend gewesen, dieser Kuss. Zusammen waren sie trotzdem nicht. Er hatte sie nicht gefragt und sie hatte auch kein großes Interesse an ihm. Er war lediglich ein Freund. Wenn auch ein guter Freund. Mehr nicht. Anscheinend dachte er genauso, weil niemals mehr eine Bemerkung über diesen Kuss gefallen war. Und jetzt? Die Bekanntschaft mit Jason war etwas Besonderes gewesen. Anne hatte noch nie so ein heftiges Gefühl verspürt. Vielleicht war es bei Jason genauso gewesen. Sein Blick sprach Bände. Unwillkürlich sehnte sie sich danach, von ihm geküsst und gestreichelt zu werden. Sie wollte seine leuchtenden Augen küssen, über seinen muskulösen Körper streicheln und sich ihm hingeben…

Leise schrie sie auf.

„Was is?" fragte Silvia.

„Ah, nix, hab nur an was denkt…"

„Wahrscheinlich Jason…"

„Na, Schmarrn…"

„Ob er ne Freundin hat?"

Anne zuckte die Schultern.

„In der Kaserne wohl ned so einfach, glaub i."

„Vielleicht a Deutsche…guad gnu sieht er ja aus."

„Was geht's uns an…"

„Jedenfalls kenna mia jetzt an Ami. Is doch cool, oder?"

„Cool?? Wo hasch jetzt des her?"

„Hab i glesn…irgendwo über die Negergangs in New York."

„I glaub, es is besser, wenn niemand wois, dass mia bei di Ami gwesn sin."

„Na gut, dann hamma halt a Geheimnis…"

„Abgmachd? Mia sagn niemand was. Au ned die Freund…"

Silvia grinste sie an.

„Okay, girl…"

Lachend fuhren sie den leichten Anstieg zum Lohwald hoch.

Am Abend stand Anne im Bad und betrachtete sich im Spiegel. Ihre dunklen Haare waren geöffnet und fielen locker auf ihre Schultern. Sie sah sich in die Augen. Sie waren genauso dunkel wie die von Jason. Hatten sie auch so ein Leuchten? Das Licht war dazu nicht geeignet. Sie öffnete ihren sinnlichen Mund ein kleines bisschen. Anne war hübsch. Sie sah nicht wie ein 15-jähriges Mädchen aus. Kannte man sie nicht, wurde sie leicht ein paar Jahre älter geschätzt. Sie hatte bereits eine frauliche, schlanke Figur mit einem fast perfekten Busen – wie sie fand. Ihr Blick glitt über ihren Körper und sie wünschte sich in diesem Moment, dass dunkle Arme sie umfassten und Hände über ihre Brust strichen. Langsam, zärtlich und liebevoll. Sie schloss die Augen und atmete sehnsuchtsvoll aus. In ihrer Vorstellung spürte sie Jason hinter sich stehen, der seinen Körper gegen sie presste. Ein leises Stöhnen kam aus ihrem halb geöffneten Mund und ein neues unbekanntes Verlangen durchströmte sie. Sie spürte seine Lippen auf ihrem Nacken…
„Anne!!!"
Erschrocken fuhr sie auf und öffnete die Augen. Es klopfte an der Badtüre.
„Ja? I komm glei…"
„Essen is fertig. Was machsch denn so lang da drin?"
„Komm scho…"
Hastig zog sie sich an, band ihre Haare zu einem Pferdeschwanz und ging nach unten, wo die Eltern schon am Tisch saßen. Anne hatte keinen Hunger. Sie aß ein paar Löffel, aber ihre Gedanken unterbrachen jeglichen Appetit. Jason hatte sie vereinnahmt.
´Bin ich jetzt verliebt?` dachte sie sich. Sie konnte darauf auch keine Antwort geben. Das übernahmen schon die Hormone.

Im Herbst 1964 fand das zweite deutsch-amerikanische Volksfest statt. Deutsche und Amerikaner veranstalteten auf dem freien Platz neben der Ackermannstraße in Augsburg dieses Fest, das neben verschiedenen Fahrgeschäften auch typische amerikanische Speisen und Getränke anbot. Es war durchaus beliebt, dieses Fest. Bis in die Neunziger Jahre, als der Truppenabzug stattfand, wurde dieses Fest jährlich gefeiert. Anne und ihre Freundinnen waren dieses Jahr das erste Mal auf dem Fest. Es war nicht sehr groß, aber es versprühte einen seltsamen Hauch von Ferne und Weite. Das hatte nichts mit den Amerikanern zu tun, wohl eher kam dieses Gefühl von den Gerüchen der Garküchen und der Essstände. Zuckerwatte, Popcorn und Hamburger waren bei den Deutschen nicht alltäglich. Sogar ein Bierzelt war aufgebaut worden. Anne und Silvia waren die Ersten, die darauf bestanden, ins Bierzelt zu gehen. Die Mädchen waren aufgeregt, als sie langsam und schüchtern durch die Biertische gingen, an denen sehr viele amerikanische Armeeangehörige saßen. Es waren auch nicht wenige Schwarze darunter. Etwas unschlüssig suchten sie nach einem leeren Tisch, den sie fast am Rande auch fanden. Aber bevor sich Anne in Bewegung setzen konnte, zupfte sie eine Hand an ihrem Kleid. Verärgert drehte sie sich um, erwartete sie jetzt eine primitive Anmache.

Umso größer war die Überraschung, als sie unversehens Jason in die Augen blickte. Sie leuchteten immer noch.

„Jason!" sagte sie lachend. „Du bist das...dich hätte ich jetzt nicht erwartet..."

Sie drehte sich um und winkte den Mädels, dass sie gleich nachkommen würde.

„Hallo, Anne...wie geht's dir?"

„Mit geht's gut...und dir? Was macht der Panzer?"

„Fährt noch. Und ich hab noch keinen Unfall gehabt."

„Sehr brav. - Ich muss mal zu den Mädels. Sehen wir uns noch?"

Jason nickte und lächelte.

„Klar. Lust auf Kettenkarussell?"

„Natürlich…"

„Ich hol dich nachher ab, okay? Wo seid ihr?"

Anne sah sich um.

„Da, an dem Tisch. Siehst du?"

Jason stand auf und nickte.

„Okay, dann bis nachher…"

Anne nickte und lächelte ihn an. Sie drehte sich um und ging an den Tisch, an dem sie von den anderen schon neugierig erwartet wurde. Er ist da, dachte sie und freute sich wie schon lange nicht mehr.

„Anne, wer is des? Seit wann kennsch du denn an Neger?"

„Nur flüchtig…" sagte sie ausweichend und sah der grinsenden Silvia ins Gesicht. Die beugte sich zu ihr und flüsterte ihr ins Ohr.

„Das kann doch kein Zufall mehr sein, oder?"

Anne senkte kurz den Kopf. Das Lächeln verschwand nicht mehr aus ihrem Gesicht.

Die anderen Mädchen gaben es auf, sie zu löchern. Anne gab entweder keine oder nur ausweichende Antworten. Als ob sie Jason als nicht erwähnenswert fand. Dann gaben sie es auf. Nur so lange, bis Jason an ihren Tisch kam und Anne mitnahm. Er war in Zivil und hatte ein schwarzes T-shirt an, das seine perfekte Figur zur Geltung brachte. Schmachtend sahen sie den beiden nach, die durch die Türe nach draußen verschwanden. Dann löcherten sie wieder Silvia, die aber ihrerseits auch nur die Schultern zuckte und ihnen nichts zu erzählen hatte.

Anne und Jason fuhren dreimal mit dem Kettenkarussell. Das erste Mal ganz normal, Anne außen und Jason in dem inneren Sitz. Das zweite Mal hielten sie sich an den Händen. Voller Spaß und Freude lachten sie die ganze Zeit. Beim dritten Mal war das Lachen verflogen. Sie lächelten, hielten sich bei den Händen und sahen sich in die Augen.

216

Es dämmerte bereits, als sie ihre Zuckerwatte drehten und aufpassten, das klebrige Zeug nicht im ganzen Gesicht zu verschmieren. Jason holte danach noch eine Coke und einen original Hamburger vom Stand und sie standen an einem Stehtisch, beobachteten die bunten Lichter und die Menschenmenge. Als er ihr die letzten Ketchupflecken von der Wange strich, konnte sie nicht länger warten. Sie zog ihn von dem Tisch weg, schob ihn hinter die Hütte und legte ihm die Arme um den Hals. Die Lichter spiegelten sich in seinen Augen, als sie seine Hände auf ihren Hüften spürte. Dann küssten sie sich. Und trotz aller bisherigen romantischen Vorstellungen wurde Anne belehrt, dass die Realität alle Imagination in den Schatten stellen konnte. Ohne Schwierigkeit, ohne Zweifel. Sie genoss seine Lippen auf den ihren, sie suchte seine Zunge, sie spürte diese tiefe Zärtlichkeit, die von ihm ausging und sie krallte sich so fest in seinen Nacken, als ob sie am Ertrinken wäre. Sie wusste danach nicht, wie lange sie sich geküsst hatten. Sie bemerkte nur, dass es schon dunkel geworden war und sie sah erschrocken auf die Uhr.

„Ich muss gehen, Jason. Die Mädels warten bestimmt schon auf mich. Und außerdem muss ich bald zu Hause sein. Wenn ich zu spät komme, dann lassen mich meine Eltern nicht mehr abends weg."

Jason nickte.

„Ja, ich verstehe. Wann können wir uns wiedersehen? Ich möchte dich wiedersehen…"

„Ich möchte dich auch wiedersehen. Vielleicht können wir einen Treffpunkt ausmachen."

„Ja. Wo?"

Anne streichelte seine Wange.

„In Neusäß gibt's einen Festplatz neben einer Eisenbahnstrecke. Da kommt kaum jemand hin. Da können wir uns treffen. Da ist viel freie Fläche mit Bäumen…"

„Beim Schuster?"

„Ja, genau. Den kennst du?"

Jason nickte.

„Ich war mit ein paar Freunden öfter beim Essen dort."

„Wann kannst du?"

„Mittwoch hab ich nachmittags keinen Dienst mehr. Kannst du da?"

„Mittwoch. Ja, aber erst nach vier."

„Ich bin da…"

Sie strich ihm wieder über die Wange und küsste ihn. Dann drehte sie sich um und wollte schon gehen. Aber plötzlich blieb sie stehen, sah ihn an und stürmte auf ihn zu. Sie fiel in seine Arme und er ließ sie nicht los.

Bis die Zeit sie ermahnte, dass sie gehen musste.

Es dauerte ewig bis Mittwoch. Irgendwie schien die Zeit stehen zu bleiben oder einfach keine Lust zu haben, schneller zu laufen. Anne machte ihre Arbeiten auf dem Hof, fertigte ihre Hausaufgaben – und dachte ständig an Jason. Sie sehnte den Augenblick herbei, wo sie sich in die Arme schließen konnten, sich küssen konnten. Sie ersehnte den Augenblick, in dem sie verweilen konnte in einem nie dagewesenen Glückszustand. Seine Augen verschwanden nicht aus ihrem Geist und die Berührung seiner Hände entfachte in ihr ein Feuer, das lichterloh brannte. Sie wähnte sich in einer anderen Welt, fernab von ihrem altbekannten Alltag und der täglichen Routine auf dem Hof. Selbst ihre Sehnsucht nach der Ferne, nach anderen Ländern, nach Wissen und nach Plänen für ihre Zukunft stellte sie im Moment hintenan. Sie hatten keine Bedeutung. Nur Jason hatte Bedeutung. Nur ihre Sehnsucht nach ihm hatte Bedeutung. Anne war verliebt. Ihr Inneres spielte verrückt und ließ sie nicht mehr nachdenken. Am liebsten wäre sie mit ihm auf und davon gegangen, nur um immer bei ihm sein zu können. Sie kam gar nicht auf den

Gedanken, dass es sich bei Jason möglicherweise nicht um Liebe handeln konnte. Sie setzte es einfach voraus. Solche Augen können nicht lügen, dachte sie sich. Das erste Mal im Leben liebte sie. Sie liebte nicht wie ein Kind, sondern wie eine Frau. Sie begehrte Jason, wie sie noch niemals irgend jemand begehrt hatte. Dass sie erst fünfzehn Jahre alt war und ihre Liebe mit einer leidenschaftlichen Verliebtheit gleichsetzte, ignorierte sie erfolgreich. Für sie gab es in diesem Moment keinen Unterschied zwischen Liebe und Verliebtheit. Sie wusste auch nichts von den hormonellen Stürmen, die über sie hereinbrachen und alles rationale in die Wüste schickten. Und wenn sie es gewusst hätte, wäre es ihr auch egal gewesen. Das junge Mädchen konnte sich eine Zukunft ohne Jason nicht mehr vorstellen. Sie ahnte nicht, dass Jason in diesen Tagen tatsächlich die gleichen Gedanken hatte. Sie wusste nicht, dass er ihr genauso verfallen war wie sie ihm. Und er wusste nicht, dass diese Konstellation eines Paares unter keinem guten Stern stehen konnte. Dazu war Anne zu jung und dazu hatten beide keinerlei Erfahrung in diesen Dingen. Sie wähnten sich nahezu allein auf der Welt und konnten sich nicht annähernd vorstellen, wie ihre Umwelt darauf reagieren konnte.

Sie trafen sich wie verabredet an den Bahngleisen. Zwischen Bäumen und Büschen waren ein paar grasbewachsene freie Flächen. Jason hatte einen kleinen Rucksack dabei, aus dem er eine Decke zauberte. Anne sah sich um, aber weit und breit war kein Mensch zu sehen. Die nächsten Häuser waren hunderte Meter entfernt und über die Gleise konnte an dieser Stelle auch niemand gehen. Sie waren allein. Anne sah in seine leuchtenden Augen, die heute noch mehr Strahlkraft als sonst hatten. Er hob die Hand, fasste die ihre und zog sie sanft an sich. Ihre Blicke schienen ineinander zu verschmelzen, während er ganz sanft seine Lippen auf die ihren drückte. Sie stöhnte kurz auf, dann legte sie ihre Arme um seinen Nacken, sie spürte seine Hände auf ihrem Po – und ihr Denken setzte aus. Ihre Hände glitten über seine Schultern, unter sein Hemd. Er hob die Arme und sie zog das Shirt über seinen Kopf. Sanft berührte er ihren Bauch, seine Hand streichelte langsam nach oben, bis sie auf ihrer Brust liegenblieb. Ein leichtes Brummen kam aus seiner Brust und Anne konnte sich nicht mehr beherrschen. Zusammen sanken sie auf die Decke, vergaßen die Welt um sich herum, wollten nur noch die nackte Haut und den heißen Atem des anderen spüren und sich fallenlassen in das unendliche Meer der Liebe. Zum ersten Mal in ihrem Leben wurde Anne geliebt, zärtlich, begehrlich, sanft und wild, fordernd und liebevoll. Sie gab sich ihm ohne Zurückhaltung hin und er ließ alles geschehen, wie dieses so tiefe Gefühl der Zusammengehörigkeit es verlangte. Ekstatisch vereinten sie sich auf einer gemeinsamen Ebene, die nur durch eine unerklärliche Liebe zustande kommen konnte. Nie war Anne so glücklich gewesen und noch niemals hatten sie diese so fremden Gefühle derart übermannt.

Erst als sie Schweiß überströmt auf seiner Brust lag, beruhigte sich ihr Atem und ihr Geist. Sie wollte nicht mehr aufstehen. Sie wollte ewig so liegenbleiben und ihn spüren. Sie wollte seine Hände auf sich spüren, seinen Atem, seinen Schweiß. Erschöpft hob sie den Kopf und sah ihm in die Augen, die in diesem Moment leuchteten wie der Sternenhimmel.

„Ich...ich liebe dich, Jason..." hauchte sie.

„...und ich liebe dich. Ich habe nicht gewusst...nicht geahnt, was es heißt, lieben zu können. Es ist...einfach Wahnsinn..."

Er stammelte die Worte fast und pausenlos streichelte er über ihr Haar. Die Zeit war verflogen wie ein Vogel am Himmel und Anne sah erschrocken auf die Uhr. Sie richtete sich abrupt auf.

„Oh, verdammt, ich muss gehen...wenn ich zu spät heim komm, gibts wieder Stress. Den kann ich jetzt nicht brauchen."

„Wann können wir uns wiedersehen, Anne?"

Anne suchte ihre Kleider zusammen und sah ihn lächelnd an.

„Ich weiß nicht. Auf jeden Fall wieder hier. Wie kann ich dir denn Bescheid geben? Hast du ein Telefon irgendwo, wo ich anrufen kann?"

„Ja, wir haben eins auf unserem Gang. Ich such die Nummer raus, dann können wir uns verabreden. Wie wärs am Samstag?"

Anne nickte.

„Ich möchte dich eigentlich jeden Tag sehen, aber Samstag ist okay…"

„Selbe Zeit?"

„Ja, dieselbe Zeit."

Sie standen auf. Jason sah ihr in die Augen.

„Das war das Schönste, was ich je erlebt habe." flüsterte er.

Sie nickte.

„Ja…das war das Allerschönste, das ich je erlebt habe. Und ich möchte es so oft wie möglich erleben. Mit dir. Nur mit dir."

Sie küssten sich und trennten sich. Anne lief schnell nach Hause. Aufgeregt, durcheinander – aber unglaublich glücklich.

Die Liebe von Anne und Jason wurde dauerhaft. Es war keine leidenschaftliche Affäre, sondern es wurde eine ernsthafte Beziehung daraus. Geboren aus einer Liebe, die nichts Erklärbares benötigte. Alles im Geheimen, alles immer im Dunkeln haltend. Sie traute sich nicht, es irgend jemandem anzuvertrauen. Nicht einmal Silvia, die sich doch als zuverlässige Geheimnisträgerin bewiesen hatte. Und auch Jason sprach mit seinen Kameraden nicht über Anne. Er behielt alles für sich, wünschte sich einen Ausweg, um mit ihr offen über die Straße gehen zu können. Er wusste, dass sie minderjährig war. Auch die tiefen Gefühle täuschten nicht darüber hinweg, dass die Staatsanwaltschaft permanent das Schwert über ihm schwang. Nicht auszudenken, wenn diese Affäre zu seinem Kommandeur getragen worden wäre. Jason schritt auf einem scharfen Grat. Er wusste das, aber seine Gefühle für Anne waren stärker. Er würde sie niemals deswegen aufgeben. Dafür liebte er Anne viel zu sehr. Jason befand sich in einem Dilemma. Genauso wie Anne. Wohl oder über mussten sie die Zeit entscheiden lassen. Bis Anne volljährig war. Aber so lange war Jason gar nicht in der Armee. Er hatte sich für zwei Jahre verpflichtet. Natürlich konnte er verlängern, aber das machten nur die Soldaten, die auch ihre Familien hier hatten. Jason traf eine folgenschwere Entscheidung.

1965. Lohnsteuersenkung ab Januar. Wehrdienstleistende erhalten einen höheren Sold. In Vietnam kommt es zur ersten offenen Schlacht zwischen den Südvietnamesen und dem Vietcong. Winston Churchill stirbt. Hindi wird offizielle Staatssprache Indiens. Der erste Fernsehsatellit der Sowjetunion wird ins All geschossen. Der Mont-Blanc-Tunnel wird eröffnet. Die Malediven werden unabhängig und die Cookinseln erhalten Autonomie unter dem neuseeländischen Protektorat. Singapur wird unabhängig. Umsturzversuch in Indonesien mit einem Gegenputsch von General Suharto. Danach kommt es zu einem Völkermord der chinesischen Minderheit, bei dem etwa 100.000 – 500.000 Menschen getötet werden. Und im selben Jahr in Neusäß…

Jason hatte sich entschlossen, bei Annes Eltern vorzusprechen und sich vorzustellen. Er wollte, dass die Eltern von ihr wissen, mit wem sie sich trifft und wie sie zueinander standen. Anne war mit einem zwiespältigen Gefühl einverstanden. Ihr Magen grummelte und das war alles andere als ein gutes Zeichen. Aber sie zeigte sich angesichts der Ehrlichkeit und der Treue zu ihr von Jason´s Erklärung überzeugt. Auch war es Zeit, mit der Geheimnistuerei Schluss zu machen. Es regte sie auf und ihr Verhalten änderte sich, was ihrem Umfeld nicht entging. Die Eltern erklärten es mit den pubertären Jahren, aber sie beobachteten Anne mit misstrauischen Augen. Anne fühlte, dass ihre Eltern etwas ahnten. Darum beschloss sie, ihnen alles zu sagen, bevor Jason vor der Türe stand.

Es war August geworden. Die Nächte waren warm und die Tage heiß. Es hatte seit Wochen nicht geregnet und wenn, dann war es nur ein minutenlanger Duscher, der lediglich die Erde nässte. Dann wurde es dampfig. Dementsprechend reagierten auch die Menschen. Für die Kinder und die Schüler war es ein Wahnsinnssommer. Sie verbrachten die Tage im Freibad oder am Baggersee. Es waren Ferien und das sonnige Wetter bestätigte dies auch. Anne zog das Gespräch immer weiter hinaus. Am 18. September wurde sie sechzehn Jahre alt und zwei Tage später beschloss sie, ihren ganzen Mut zusammen zu nehmen und endlich ihre Liebe den Eltern mitzuteilen.

Sie saßen beim Abendessen, aber Anne hatte keinen Hunger. Sie hatte schon den ganzen Tag keinen Appetit. Zu sehr fürchtete sie den Moment, wenn sie ihren Eltern mitteilen würde, dass sie nun einen Freund hatte. Nicht irgendeinen Freund, sondern einen Amerikaner. Einen schwarzen Amerikaner. Sie wusste nicht, wie ihre Mama oder ihr Papa darauf reagieren würde. Vielleicht freuten sie sich für sie, mahnten zur Vorsicht, so wie es alle Eltern tun würden. Vielleicht war es auch egal, wen sie liebte. Vielleicht wollten die Eltern nur, dass sie glücklich ist und nicht auf einen Jungen reinfiel, der nur das eine von ihr wollte.

Aber tief drinnen ahnte sie, dass es nicht so sein würde. Trotzdem nahm sie allen Mut zusammen, denn so konnte sie nicht weitermachen. Und sie wollte es auch nicht. Es sollte jeder wissen, dass Jason und sie sich liebten.

Ihre Mutter beobachtete sie, wie sie lustlos in ihrem Essen stocherte. So kannte sie Anne gar nicht, dass sie abends gar keinen Hunger hatte.

„Was is? Schmeckt´s dir ned? Oder warum stochersch so im Essen rum?" fragte sie.

„I hab heut koin Hunger," sagte sie und stocherte weiter.

„Was′n los, Kind? Wirsch doch ned krank wern, oder?"

Ihr Vater sah sie aufmerksam an.

„Na, i bin ned krank. Hab bloß koin Hunger. Außerdem muss i was erzähln…"

„Ja..was denn? Is was passiert?"

„Na…doch…eigentlich scho…jetzt…jetzt bin i ja scho sechzehn und…"

„Ja was? Was stottersch denn so rum?"

Ihre Mutter legte die Gabel weg und sah sie an.

„Mei, i hab jetzt an Freund, den i sehr gern hab."

Sie sah ihre Eltern an und wartete auf eine Reaktion. Die Mutter sah den Vater an und der Vater sah die Mutter an.

„Ja, mei, Anne, moinsch ned dass da no z′jung bisch. Is des der Bernhard?"

Anne hob überrascht den Kopf.

„Der Bernhard? Na, gwies ned. Des is doch bloß a Freund. Es is…den kennts ihr ned. Des is a Soldat…"

Der Vater legte das Besteck weg und seine Züge verhärteten sich.

„Was soll′n des jetzt hoisn? Soldat? Was für a Soldat?"

„Es is a Soldat bei die Ami…"

„Was? Bei den…? Is des a Ami?"

Anne nickte heftig.

„Woher kennsch du denn an Ami? Kannsch mer des mol sagn?"

Die Mutter sah sie streng an. Noch war sie nicht wütend, aber Anne kannte sie zu gut.

„Ja, mia ham uns halt kenna glernt. Und er is wirklich super nett und höflich. Und dann hamma uns halt verliebt."

Der Vater lachte höhnisch auf. Er versuchte, seine aufkommende Wut hinter Zynismus zu verbergen.

„Was woisch denn du von der Liebe? Bisch doch no a Mädle. Was is′n des für oiner, dass der sich an junge Mädle ranmacht."

224

Seine Stimme begann sich bedrohlich zu heben.

„Er hat si ned rangmachd, i bin…"

„Was bisch du? Hasch du di etwa an so nen Kerl rangmachd?"

„Naa, wie kommsch jetzt do drauf. Mia ham uns halt kenna glernt und öfters mol droffn. Und jetzt gema halt mitnand…"

Jetzt war die Mutter wütend. Der Vater auch.

„Ja, spinnsch du jetzt ganz?! A Ami…bisch total bled woarn? Du triffsch den jedenfalls nimmer, dass des klar is. I glob, i schpinn…"

Ihr Vater stand kurz vor einem Tobsuchtsanfall und war aufgestanden. Unwillkürlich duckte sich Anne, vermutete fast schon, dass er sie schlagen würde.

„Wie lang geht´n des scho? Also a bissel mehr Hirn hätt i dir scho zutraut…" wütete die Mutter.

Die schlimmsten Befürchtungen Annes schienen sich zu bewahrheiten. Ihre Eltern urteilten über jemanden, den sie weder kannten noch jemals gesehen hatten.

„Ääh…ja, a paar Wochen halt…oder oin oder zwoi Monat."

„Was?? Oin oder zwoi Monat? Vielleicht scho a Joahr vielleicht oder??!"

„Naa…i wois ned, was jetzt habts. Ihr kennts den doch gar ned…" versuchte sie alles zu verteidigen.

„Schwätz ned so an Scheiß. Vielleicht au no an Neger, des wär ja no der Gipfel…"

Erschrocken sah sie auf.

„Ja und? Des is a Schwarzer. Und Jason is a ganz a lieber."

Jetzt verloren die Eltern sämtliche Fassung.

Einen Augenblick herrschte die sprichwörtliche Ruhe vor dem Sturm.

„A Neger?? Mei Tochter macht mitm Neger rum?!!! Ja, bisch jetzt vollkomma verrückt woarn? Ham euch vielleicht scho die Nachbarn gsehn? Wer wois denn des scho??"

„Niemand wois des. Und i wois au ned was ihr jetzt habts. Was interessieren mi jetzt die Nachbarn? Solln di jetzt meine Freund raussuchen oder was?"

Jetzt meldete sich der Trotz aus Anne. Sie konnte und wollte nicht hinnehmen, dass man ihre Liebe so in den Dreck zog, ohne dass irgend jemand die Hintergründe kennen konnte. In diesem Moment wurde aus dem braven Mädchen, das immer ohne Widerspruch alles erledigte, eine Rebellin.

Sie spürte die Ohrfeige auf ihrer Wange und sah in die wütend funkelnden Augen der Mutter. Für einen Moment hielt sie den Atem an. Noch niemals wurde sie geschlagen.

„Deine frechen Kommentare kannsch dir sparn, vastehst mi?" schrie sie die Mutter an.

Der Vater hatte seinen Stuhl umgeschmissen und lief auf und ab.

„Mei Tochter macht mitm Neger rum, ja gehts no??! Woisch, wia ma so jemand wie di nennt? - A Bix, a Schlampn, a Negerhur…"

Seine Stimme überschlug sich vor lauter Wut und Aufregung.

Jetzt war Anne aufgestanden. Tränen standen in ihren Augen. Tränen der Wut, der Enttäuschung und der Fassungslosigkeit. Niemals hätte sie gedacht, dass ihre eigenen Eltern solche Vorbehalte gegen andere Menschen haben könnten. Ihr wurde klar, dass ihre Liebe zu Jason nur noch funktionieren konnte, wenn sie hier rauskam. Ihre Gedanken rasten und sie konnte keinen einzigen mehr festhalten. Sie dachte nur noch daran, dass man ihr Glück zerstören wollte.

„Ihr…ihr seids so gemein…was hat euch der Jason denn tan?…Ihr kennts ihn gar ned. Warum schwätzt ihr so von jemand, den ihr ned kennt….ich…"

Die Tränen liefen ihr übers Gesicht und sie sprang auf und rannte aus der Stube.

„Trau dir bloß ned, jetzt weg zu laufa. Du bleibsch gfälligschd do, sakrament nochamol…" schrie die Mutter und wollte sie

226

festhalten. Aber Anne war völlig aufgewühlt und riss sich los, stürmte aus der Tür und rannte in den Garten und hinter die Scheune. Dort blieb sie ratlos stehen und begann schluchzend zu weinen. Ihr ganzes romantisches Gebilde war zusammen gebrochen. Wie ein Haus, das windschief gebaut worden war und nun durch einen leichten Wind einfach zusammenfiel.

„Anne, was is'n los?" fragte eine Stimme.

Sie hob den Kopf und erblickte ihre Tante und ihren Onkel, wie sie Äpfel von den Bäumen holte. In diesem Moment erschienen ihre Eltern.

„Wenn i sag du bleibsch do, dann bleibsch do, i glob, jetzt spinnsch total…" keuchte ihre Mutter hektisch.

„Was is'n los?" fragte Markus und sah seine Schwägerin an.

„Hah..was los is? Die Anne hat a Techtelmechtel mit'm Neger. A Ami von der Armee. Kannsch dir des vorstelln? Mei Tochter macht mitm Neger rum. Wenn des rauskommt, kömma nirgends mehr higeha…"

Maria Klammthaler sah Anne an.

„Stimmt des echt?"

„I hab mi doch bloß verliebt und der Jason liebt mi au. Wir wolln doch bloß zamsei...warum dürfma des ned?"

„Anne...a Neger. Was hatn der dir antan?" sagte Maria und sah sie an. Anne verstand nicht.

„Antan? Was soll des? Gar nix hat er mia antan. Mia ham uns verliebt, des is alles. Is doch völlig wurschd, ob er schwarz, weiß oder rotgelbgrün is…"

„Na, wurschd is des wirklich ned, Anne. Du kannsch doch ned einfach mit nem Schwarzen rummachen…"

„Was hoist denn rummachen? Was redets ihr denn do? Mia machen ned rum, wir mögen uns. Und zwar richtig, verstehts ihr des denn ned."

„I glob, du verstehst ned. Du hasch ab sofort Hausarrest und zwar so lang, bis wieder gscheid woarn bisch. Du gesch nirgends mehr hin außer in'd Schul und…"

227

„Hallo", sagte eine Stimme hinter ihnen. Alle drehten sich um und sahen den Mann an, der an der Scheunentür stand und lächelte. Nie war ein Erscheinen so fehl am Platz wie in diesem schicksalhaften Moment.

„Ich hab´ geklingelt, aber niemand hat aufgemacht, da hörte ich Stimmen und habe mir erlaubt, durch den Stall zu gehen, ich...."

„Jason!!!" schrie Anne und stürmte auf ihn zu. Mit einem tiefen Seufzer fiel sie in seine Arme und küsste ihn.

Die Klammthalers verloren augenblicklich die Fassung und starrten auf das verwirrende Bild vor sich. Anton Klammthaler war der erste, der wieder Worte fand. Sein Gesicht glühte vor Wut und er verlor sämtliche Kontrolle.

„Nimm´ sofort die Scheißbratzen von ihr, du schwarze Sau!!!!" schrie er ihn an.

Jason starrte ihn völlig verständnislos an.

„Wie bitte? Wie haben Sie mich gerade genannt?"

„Nimm´ die Händ´ von ihr, du Drecksau oder i schlags dia ab..." schrie jetzt die Mutter von Anne.

„Entschuldigung, wollen wir uns nicht mal beruhigen, ich weiß jetzt nicht, was ich..."

„Ich hab´ ihnen von uns erzählt, Jason. Warum bist du da?"

Anton Klammthaler stampfte mit einer nie gesehenen Zornesröte auf ihn zu und Jason ahnte nichts Gutes. Er war vollkommen überrollt worden von der Situation, aber innerlich ahnte er bereits, was vorgefallen war. Er schob Anne von sich weg und hob die Hände.

„Herr Klammthaler, nehme ich an. Ich wollte mich heute bei Ihnen vorstellen, weil Anne und ich diese Geheimnistuerei nicht mehr wollen. Und wir meinen, dass unsere Liebe füreinander echt ist. Darum...."

„Halt dai bleds Maul, du Scheißkaffer. Was bildsch dir ein, einfach her zu komma und mei Tochter anzugrabschn. Ha, was bildsch dir ein?!! Verschwind dohin, wo herkomma bisch. In Urwald, zu die Affen, da ghörsch hi, du dreckige Sau…"

„Jetzt mal langsam. Warum beschimpfen Sie mich so? Wir kennen uns doch gar nicht…"

„Des is au guad so…!!!"

Anton hatte ihn erreicht und fuchtelte mit geballten Fäusten vor ihm herum.

„Papa, hör auf damit…!!!" rief die weinende Anne, aber Anton Klammthaler war nicht mehr zu stoppen. Er holte aus und wollte auf Jason einschlagen, aber der sprang zur Seite, so dass Anton fast das Gleichgewicht verlor.

…und dann eskalierte die gesamte Situation.

Markus sah seinen Bruder stolpern, nahm die Sense, die an der Scheunenwand stand und stürmte auf Jason zu. Die Mutter von Anne hatte bereits die Handsense in der Hand und schwang sie über dem Kopf. Mit einer ungezügelten Kraft sauste ihr Arm herunter, Jason wollte sich noch schützen und nahm die Arme hoch. Die messerscharfe Klinge traf auf sein Handgelenk in dem Moment, als die größte Kraft und die größte Geschwindigkeit aufeinander trafen. Die Hand wurde abgetrennt und ein Blutschwall schoss aus der schrecklichen Wunde. Gleichzeitig hatte sich die große Sense in der Hand von Markus Klammthaler um Jason´s Hals gelegt und mit einem Ruck wurde seine Kehle durchtrennt. Anton Klammthaler hatte im selben Moment ausgeholt und mit seiner Sense mit seiner ganzen Wut zugeschlagen. Die Spitze drang in den Bauch von Jason ein. Anton zog sie nicht heraus, sondern beschrieb einen Bogen, wie wenn er Gras schneiden würde. Die Bauchdecke öffnete sich und Blut quoll heraus. Jason sackte auf die Knie, hielt sich noch den Hals, aber er begann schon zu sterben. Mit aufgerissenen, ungläubigen Augen sah er die Menschen vor ihm an, mit Mühe suchte er Anne. Aber es war nicht mehr sicher, ob er sie noch sehen konnte. Seine

Augen brachen und der Körper fiel auf den Boden. Jason war tot.

Die Klammthalers standen einen Augenblick um den Leichnam. Ganz langsam kamen sie wieder zu sich, erwachten aus einem wahren Blutrausch und erkannten, was sie angerichtet hatten. Keuchend stellten sie die Mordwerkzeuge zur Seite und sahen sich verwirrt an. Einzig Maria Klammthaler hatte sich an dem Mord nicht beteiligt. Sie stand daneben und zitterte am ganzen Leib. Ihr Blick glitt hinüber zu Anne, die nur dastand. Mit geöffnetem Mund, sprachlos, leblos.

In dem Moment, als sie sah, dass ihre Mutter mit der Handsense auf Jason zustürmte, versagte ihre Stimme. Die gnadenlose lautlose Stimme des Todes war in sie eingedrungen und erklärte ihr, dass in diesem schrecklichen Moment nicht nur Jason sterben musste, sondern auch sie. Auch wenn ihr Körper noch am Leben war, starb ein Teil ihres persönlichen Ichs. Sie nahm noch wahr, dass ihre eigene Familie ihre große Liebe abschlachtete wie ein Stück Vieh. Dann erfüllte sie nur noch die abgrundtiefe Starrheit. Würde man die Persönlichkeit Geist und Seele nennen, dann starb in diesem Augenblick die Seele. Sie nahm alles mit, was das Menschsein ausmachte, ließ nichts zurück, nicht einmal Asche. Sie verabschiedete sich ohne Vorwarnung, ließ eine seelenlose Hülle zurück, die ihre Umwelt zwar erkennen konnte, aber kein Empfinden mehr dafür hatte. Ein Mädchen mit sechzehn Jahren wurde getötet, ohne dass man ihr körperliches Leid angetan hatte. Sie stand einfach da, ihr Blick war leer wie der eines Toten. Nur das Herz schlug noch und versorgte den Körper mit Leben. Die Seele hatte den Menschen verlassen und dafür gesorgt, dass sich der Geist nicht mehr zurecht finden konnte. In ihm befand sich im Bruchteil einer Sekunde so viel Leere, die er nicht mehr füllen konnte. Ein Vakuum war am Entstehen, das sich nie wieder verflüchtigen würde. Bis zum körperlichen Tode…

...Gerd Stöcklein lehnte sich zurück und starrte unter Tränen an die Decke. Er war aufgewühlt wie noch niemals in seinem ganzen Leben. Unwillkürlich sah er auf die Uhr. Er hatte die Zeit vergessen. Es war halb drei in der Nacht. Er stand auf und reckte die müden Glieder. Langsam schlurfte er ins Bad, drehte den Wasserhahn auf und spritzte sich eiskaltes Wasser ins Gesicht. Dann fühlte er sich besser. Er setzte sich wieder auf den Stuhl und sah auf den Bildschirm.

Anne Klammthaler hatte die schrecklichen Geschehnisse von 1965 erst im Jahre 1999 aufgeschrieben. Vierunddreißig Jahre später erst war sie in der Lage, sie nieder zu schreiben. Sehr detailliert, wie Stöcklein fand. Er fragte sich, wie es möglich war, nach so langer Zeit sich an jede Einzelheit erinnern zu können. Oder waren die Dinge doch frei erfunden? Nein, das konnte er sich nicht vorstellen. Die Tagebucheintragungen über Jason und sie waren konkret, sie waren zeitnah aufgeschrieben worden. Dieser Tag, dieser 20. September 1965, war minutiös beschrieben worden. In einer sachlichen Chronologie. Vielleicht war Anne erst nach so langer Zeit in der Lage gewesen, ihren Erinnerungen eine sachliche Priorität zu geben. Stöcklein schüttelte sich. Er verstand nicht, wie jemand es schaffen konnte, seine Emotionen und seinen unsagbaren Schmerz hinter eine gewisse Rationalität stellen zu können. Wie viel Mut und wie viel Selbstbeherrschung waren wohl nötig, dies in so einer Art und Weise tun zu können? Er stand wieder auf und blieb stehen. Er hatte nur eine Geschichte gelesen, ein Tagebuch zwar, aber nur eine Geschichte. Er schüttelte den Kopf. Nein, es war nicht nur eine Geschichte, es war ein Leben. Er erinnerte sich an die Grabinschrift, auf der stand, dass das Leben mit sechzehn Jahren bereits beendet worden war. Das hatte auch Anne in ihren Zeilen geschrieben. Jetzt wusste er, wie diese Worte auf den Grabstein gekommen waren. Derjenige, der den Grabstein beauftragt hatte, musste auch das Tagebuch gelesen haben. Er kam gar nicht auf den Gedanken, dass vielleicht Anne selbst den Auftrag dazu gegeben haben könnte. Insgeheim traute er ihr das auch nicht zu. Anne Klammthaler war alles andere als ein Selbstdarsteller gewesen. Sie hätte so einen Grabzusatz niemals beauftragt.

Nicht ohne eine tiefe Trauer in sich legte er sich ins Bett. Aber er konnte nicht einschlafen. Anne Klammthaler beschäftigte seine Gedanken, sie wühlte durch seinen Geist und ließ ihn nicht zur Ruhe kommen. Erst gegen den frühen Morgen fielen ihm die Augen zu. Dementsprechend gerädert wachte er erst nach halb zehn Uhr auf. Mit denselben Gedanken, mit denselben Emotionen, mit derselben undefinierbaren Trauer in sich. Er musste zugeben, dass ihm dieser Fall so nahe ging wie noch keiner vor ihm. Er stellte sich die letzte Frage. Wer hat die alten Klammthalers letztendlich ermordet und wer war im Besitz der originalen Tagebücher?

Stöcklein fuhr noch einmal ins Präsidium. Er hatte mit seinem Vorgesetzten in Hamburg und mit Meitinger ausgemacht, noch eine Zeit lang Datenzugang zu haben. Er erklärte es damit, noch mehr hieb- und stichfeste Beweise gegen Moltern suchen zu wollen. Er war nun fest überzeugt, dass der wohnungslose Mann das Opfer von zugegebenermaßen brillanten Täuschungsmanövern gewesen war. Alle Beweise waren ihm untergeschoben worden. Stöcklein musste nun seine eigenen erstellten Beweisketten in einen Gegenbeweis führen. Und das konnte nur funktionieren, wenn er den wahren Täter finden konnte. Er befürchtete, dass ihm das kaum gelingen könnte. Aber irgendwer in ihm drinnen ließ ihn nicht in Ruhe. Spornte ihn an, stach permanent einen winzigen Stachel in seinen Geist und forderte ihn auf, seine Suche nicht einzustellen. Es musste eine Spur geben.

Am Abend setzte er sich wieder vor den Bildschirm und las weiter. Anne erwähnte auch nach dem Millennium mit keinem

Wort das Kind, das sie geboren hatte. Stöcklein machte das mehr als stutzig. Sie hatte die sechziger Jahre detailliert beschrieben, hatte doch nichts ausgelassen, erinnerte sich an jede Einzelheit. Erinnerte sich an jeden Augenblick auch an diesem schrecklichen Abend im September. Aber ihr Kind erwähnte sie nicht. Stöcklein konnte weder einen Hinweis noch eine Bemerkung finden. Das Tagebuch beschränkte sich auf den Alltag in der Klinik. Anne beschrieb den Tagesablauf mit einer blumigen Wortwahl. Das parkähnliche Gelände wurde zu ihrem Zufluchtsort, wo sie Ruhe und Frieden finden konnte. Die vielen Sträucher, Bäume und Blumen gaben ihr Kraft und Zuversicht. Für Stöcklein waren die ganzen Beschreibungen der Farben und Formen und auch die Beschreibungen ihrer eigenen Gefühlswelt fast schon Poesie. Manchmal waren größere zeitliche Abstände vorhanden, was Stöcklein sagte, dass es ihr in dieser Zeit wieder schlechter ging. Kein Wort wurde geschrieben. Dann knüpfte sie irgendwann wieder an ihren unverwechselbaren Schreibstil an. Silvia Meinhart wurde immer wieder erwähnt. Er konnte erkennen, wie eng die beiden Frauen mit den Jahren miteinander umgingen. Es war mehr als nur eine Freundschaft entstanden. Anscheinend vertraute Anne ihr auf der ganzen Linie – und Gerd Stöcklein kam langsam der Verdacht, dass die Tagebücher in ihrem Besitz sein könnten. Er beschloss, die alte Frau noch einmal aufzusuchen. Er bezweifelte, dass sie ihm die ganze Wahrheit erzählt hatte.

Noch einmal scrollte er die Seiten rauf und runter. Sie hatte ihm erzählt, dass sie im Jahre 2005 in Rente gegangen war. Er suchte das Datum. Tatsächlich. Anne erwähnte diesen Tag, den sie als äußerst schmerzlich empfand. Er überflog die nächsten Seiten, ohne konkret zu lesen. Dann stoppte er. Verblüfft starrte er auf die Zeilen. Anne fragte nach ihrer Tochter. Im Jahre 2010 hatte Anne Klammthaler ihre schon pensionierte Freundin Silvia Meinhart nach ihrer Tochter gefragt. Also wusste sie es, hatte immer gewusst, dass sie ein Kind geboren hatte. Sie hatte

233

es weder verdrängt noch vergessen. Warum hatte sie niemals etwas in ihr Tagebuch geschrieben? Stöcklein las weiter.

`Silvia will mir nicht sagen, was aus ihr geworden ist. Sie sagt nur, dass es ihr bestimmt gut geht und dass sie nicht weiß, wer sie adoptiert hat und wo sie wohnt. Ich merke ihr an, dass sie mir nicht die Wahrheit sagen will. Vielleicht darf sie es auch nicht. Vielleicht will sie mich auch nur schützen. Ich verstehe das. Meiner Neugier hilft das nicht. Ich möchte doch wissen, was aus unserem Kind geworden ist, Jason. Was soll ich tun, Liebster? Ich möchte Silvia keinesfalls vor den Kopf stoßen, aber ich weiß, dass sie es weiß...Hilf mir, Jason...´

Stöcklein lehnte sich zurück. Sie sprach immer wieder mit Jason, so als ob er noch hier wäre. Er blätterte wieder zurück an den Tag, an dem Anne ihr Tagebuch wieder aufgenommen hatte. Es war das Jahr 1999 – März...

...24. März 1999

´Das Frühjahr beginnt. Seit gestern ist ein warmer milder Wind aufgekommen, der die Kälte einfach mitgenommen hat. Ob der Wind aus der Sahara gekommen ist? Wenn, dann wäre ich so gerne mit ihm geflogen, hätte die Wüste mit den riesigen Sanddünen sehen können, das Meer, Italien. Wie schön muss die Toskana sein. Da wäre ich gerne einmal hingefahren...

Ich habe nachgesehen, wann ich das letzte Mal in dieses Buch geschrieben hatte. Es war an meinem 16. Geburtstag gewesen. Ich kann es kaum glauben, dass seither 34 Jahre vergangen sind. Ich konnte mich nach Jasons Tod nicht mehr überwinden, auch nur ein Wort zu schreiben. Aber heute, da weiß ich, dass irgend jemand meine und Jasons Geschichte einmal erfahren muss. Ich glaube an das Schicksal, das für uns einfach diesen Weg auserwählt hat. Noch weiß ich nicht, warum, aber ich bin sicher, ich werde einmal begreifen, was das alles bedeutet hat. Denn dass es eine Bedeutung geben muss, das war mir immer klar. Silvia hat mir über diese lange Zeit sehr geholfen. Ich bin ihr dafür sehr dankbar. Sie ist ein wunderbarer Mensch und sie versteht mich. Sie ist auch ein Grund, warum ich wieder schreiben möchte. Vielleicht hat die Zeit sein müssen, damit ich ohne diese große Trauer alles aufschreiben kann. Es ist mir besonders wichtig, dass verstanden wird, dass ich meine Familie für ihre Tat nicht hassen werde. Ich empfinde auch keine Rachegefühle oder so was in der Art. Vielmehr empfinde ich großes Mitgefühl für sie, da sie ihr restliches Leben mit dieser Schuld und dieser Last leben müssen. Das wird niemals aus ihren Köpfen verschwinden und sie werden wahrscheinlich nie mehr so einen Hauch von Glück empfinden können, wie mir das mit Jason gegönnt war. Ich finde es furchtbar traurig, dass es nur eines Augenblickes und der dem Menschen angehörigen Vorbehalte bedurfte, um ein normales Denken durch das abgrundtief Böse verdrängen zu lassen. Aber vielleicht haben wir Menschen eben nicht die Fähigkeit, das Gute in uns alles beherrschen zu lassen. Ich glaube, dass an diesem Abend alle Teufel und alle dunklen Mächte sich auf unserem Hof versammelt haben, um ein großes Fest zu feiern. Und meine Familie war das willkommene Medium. Sie haben wohl das Schicksal eingeladen, dabei zu sein. Vielleicht hat das Schicksal damals schon anderes mit mir vorgehabt. Vielleicht hat es mit Absicht so viel Zeit vergehen lassen, damit ich sehe, dass unsere Welt niemals die einzige sein kann. Seit ich das verstehe, kann ich wesentlich leichter an die vergangene Zeit denken. Und weil das so ist, werde ich ab heute all das aufschreiben, was ich all die Jahre nicht konnte, ohne meinen spirituellen Geist zu überfordern. Ich denke oft an dich Jason. Und ich weiß, dass irgendwann der Tag kommen wird, an dem wir wieder zusammen sein können. Dann wird uns nichts mehr trennen können, weil es nicht in der Hand der Menschen liegen wird...`

Das nächste Datum, das sie zualleroberst geschrieben hatte, war der 20. September 1965. Der Tag, der alles veränderte und zwei Menschen sterben ließ.

Der Hauptkommissar war dermaßen erschüttert, dass er nicht mehr still sitzen konnte. Ständig stand er auf und ging auf und ab. Er war aufgewühlt wie niemals in seinem Leben. Er wusste, dass er nah dran war. Er wusste, dass er kurz vor der ultimativen Erkenntnis stand. Er musste nach Koblenz. Unbedingt.

*

Als die Türe sich öffnete, sah ihn Silvia Meinhart erstaunt an.

„Nanu, Herr Kommissar? Ich denke, Sie sind wieder in Augsburg…"

Stöcklein lächelte und schüttelte den Kopf.

„Eigentlich schon, aber ich würde gerne noch einmal mit Ihnen sprechen, wenn es nichts ausmacht. Ich habe noch ein paar Fragen."

„Ja. Natürlich. Wenn ich Ihnen helfen kann. Ich dachte, der Fall ist abgeschlossen und Sie haben den Täter. - Bitte, treten Sie doch näher."

Stöcklein betrat den Gang und Frau Meinhart führte ihn in das bekannte kleine Wohnzimmer.

„Bitte, nehmen Sie Platz. Darf ich Ihnen etwas anbieten?"

„Nein, danke. Der Fall ist für die Ermittler abgeschlossen, das stimmt. Die Staatsanwaltschaft bereitet die Anklage vor."

„Dann ist doch alles gut, oder nicht?"

Stöcklein sah sie fest an.

„Nein, leider nicht. Ich…als ich Sie fragte, ob Sie die Tagebücher von Anne schon einmal gesehen haben, haben Sie das verneint."

„Ja, sicher, ich kannte sie nicht. Hab sie nie gesehen."

„Frau Meinhart, sind Sie sicher? Überlegen Sie bitte sehr genau."

Die alte Dame musterte ihn mit ernster Miene.

„Was wollen Sie denn damit sagen, Herr Kommissar? Glauben Sie mir nicht?"

„So ist es, ich glaube das nicht und wissen Sie warum?"

„Nein…"

„Ich lese gerade die Tagebücher von Anne Klammthaler."

Frau Meinhart wurde blass und stand langsam auf.

„Wie bitte? Woher haben Sie die? Das ist nicht möglich…"

„Also kennen Sie sie doch?"

Sie setzte sich wieder und nickte langsam. Ihre Schultern waren nach vorne gefallen und sie wirkte resigniert.

„Ja, ich kenne sie. Natürlich kenne ich sie. Anne hat sie mich, lange nachdem ich in Rente gegangen bin, lesen lassen. Sie wollte, dass ich alles wissen sollte, was geschehen ist und warum das geschehen ist."

„Haben Sie sie?"

„Was? Nein, ich habe sie ihr wieder zurück gegeben."

„Wann war denn das?"

„Ich weiß nicht mehr. Ein paar Jahre vor ihrem Tod. Ich kann Ihnen das Jahr nicht mehr sagen."

„Und Sie haben die Tagebücher wirklich nicht mehr?? Haben Sie Kopien angefertigt?"

„Nein, nein, habe ich nicht. Ich habe sie wirklich nicht mehr, Herr Kommissar. Anne hat sie alle wieder zurück bekommen. Was sie danach noch geschrieben hat, weiß ich nicht."

„Hmmm….sie schreibt, dass sie Sie einmal aufgefordert hat, nach ihrer Tochter zu suchen. Stimmt das?"

„Ja, das stimmt. Aber ich hatte dazu keinen Zugang mehr. Sie hat mich das nach meiner Pensionierung gefragt."

„Dann frage ich Sie noch einmal: Wissen Sie, wer die Tochter adoptiert hat?"

„Nein, ich weiß es wirklich nicht. Ich sagte ja schon, dass ich bei der Geburt nicht dabei gewesen bin. Normalerweise wird der Säugling noch genau untersucht und bleibt zwei oder drei Wochen in der Klinik. Dann entscheidet sich erst, zu wem das

Kind kommen kann. Das konnte ich aber damals nicht einsehen. Das wusste nur der Chef. Und eben die Akten. Aber wie Sie sagten, fehlen hier Dokumente."

„Ja, sie sind nicht auffindbar. Verschwunden."

Stöcklein hob den Kopf und sah zur Decke. Er stand auf der Stelle. Frau Meinhart wusste wirklich nicht mehr.

„Allerdings bin ich vor ein paar Jahren einmal angerufen worden…"

Er sah sie an.

„Ja? Von wem denn?"

„Es war eine Frau. Sie hat sich nach Anne erkundigt."

„Wer war das?"

Sie zuckte die Schultern.

„Ich weiß nicht mehr. Sie hatte ihren Namen gesagt, aber ich hab's vergessen. Sie wollte wissen, ob ich die Betreuerin von ihr war."

„Aha. Und was noch?"

„Sie wollte wissen, wie es ihr geht. Ihr Gesundheitszustand. Ihr Geisteszustand. Ihre gesamte Konstitution."

„Haben Sie nicht gefragt, warum sie das wissen will?"

„Doch. Natürlich. Sie hat sich mit irgendeinem Amt gemeldet und gemeint, es gehe um die zukünftige Kostenübernahme. Ich weiß nicht mehr, welches Amt. Hab auch nicht mehr gefragt."

„Hat sie nur einmal angerufen?"

„Ja, das war nur das eine Mal."

„Haben Sie das gegenüber Anne erwähnt oder hat Anne einmal erwähnt, dass sie Besuch bekommen hatte?"

„Nein, nie. Ich kenne keinen Besuch. Zumindest so lange ich noch dort war. Was danach war, kann ich Ihnen nicht sagen."

„Na ja, als diese Frau angerufen hat, waren Sie ja längst im Ruhestand."

Sie nickte.

„Ja…"

„Wenn Sie die Tagebücher nicht haben, wer dann?" murmelte er wie in einem Selbstgespräch.

„Wer hat Ihnen denn die Tagebücher gegeben, wenn ich fragen darf?"

„Es sind ja nicht die Originalen. Jemand hat mir einen USB-Stick geschickt. Die gesamten Tagebücher sind digitalisiert worden…"

„Was? Das ist aber eine Menge Arbeit. Sie wissen nicht, von wem Sie es bekommen haben?"

Stöcklein schüttelte den Kopf.

„Nein. Abgestempelt in Frankfurt, aber das hilft mir nicht weiter. Ich habe sogar alles auf Fingerabdrücke untersuchen lassen, aber auf dem Stick waren gar keine und auf dem Kuvert…tja, wie viele Menschen haben das wohl in der Hand gehabt…"

„Ich kann Ihnen nur versichern, dass sie sich nicht in meinem Besitz befinden."

„Na ja, ich wollte eben jeder Spur nachgehen."

„Welcher Spur? Ich denke, Sie haben den Täter. Was beschäftigt Sie denn noch, Herr Kommissar?"

Stöcklein stand auf.

„Anne Klammthaler beschäftigt mich noch. Immer noch. Jetzt ist mir wenigstens klar, was damals alles passiert ist. Vielleicht möchte ich auch nur die Tochter finden. Schließlich hat sie eine leibliche Familie. Hier in Deutschland und wohl auch in den Staaten. Ich finde, sie hätte ein Recht, das zu wissen. - Vielen Dank für Ihre Zeit, Frau Meinhart. Alles Gute für Sie."

Er wollte sich verabschieden, aber Silvia Meinhart hielt ihn noch zurück.

„Wissen Sie, ich bin ja nicht sicher, aber ich kann mir vorstellen, dass Anne´s Tochter versucht hat, etwas über ihre leibliche Mutter heraus zu finden. Schließlich ist sie eine dunkelhäutige Person und wahrscheinlich hat sie ihre

Adoptiveltern schon früh mal gefragt, wo sie herkommt und warum. Vielleicht haben die Adoptiveltern ihr das erzählt."

„Ja, vielleicht. Vielleicht war die Anruferin die Tochter und wollte Kontakt zu ihr aufnehmen."

„Ja...wenn das so ist, Herr Kommissar, dann wissen Sie, wo die Tagebücher sind. Anne hat sie ganz bestimmt ihrem Kind gegeben..."

Stöcklein nickte.

„Ja, da haben Sie Recht."

Und wenn dem wirklich so ist, dann habe ich möglicherweise auch den Täter, dachte er.

„Nun, so oder so fehlen mir die Hinweise auf sie. Danke für Ihre Offenheit, Frau Meinhart. Machen Sie´s gut. Wiedersehen."

„Wiedersehen, Herr Stöcklein. Ich hoffe, Sie werden finden, was Sie suchen."

Er nickte ihr lächelnd zu und verließ das Haus. Er würde noch einmal zur Klinik fahren müssen und das Personal befragen. Wenn Anne´s Tochter herausgefunden hatte, wer ihre Mutter ist, war sie todsicher hier und hatte sie besucht.

„Ja, das stimmt. Anne hat regelmäßig Besuch erhalten," sagte die junge Frau zu Stöcklein.

„Wirklich? Seit wann denn? Können Sie das ungefähr sagen?" Sie überlegte und nickte dann.

„Also, ich habe im Jahre 2010 hier angefangen. Zu der Zeit hat sie nur Silvia Meinhart regelmäßig besucht. Ich glaube, es war ein Jahr später, als das erste Mal eine Frau gekommen ist und nach ihr gefragt hat..."

Stöcklein wurde aufgeregt und sein Puls beschleunigte sich.

„Wie hat denn die Frau ausgesehen? Kennen Sie vielleicht ihren Namen?"

Doch sie schüttelte den Kopf.

240

„Nein, tut mir leid, einen Namen kenne ich nicht. Aber es war eine dunkelhäutige Frau. Recht attraktiv."

„Dunkelhäutig…"

„Ja, aber nicht so richtig schwarz, Sie verstehen? So, als ob wohl eines der Elternteile weiß gewesen sein musste. Vielleicht die Großeltern, wer weiß..."

„Mulattin?"

„Ja, ich glaube, so kann man es nennen. Was ist mit dieser Frau? Sie war immer sehr freundlich und Anne war an diesen Tagen besonders ruhig und fast glücklich."

„Ich denke, es war ihre leibliche Tochter," sagte Stöcklein ernst.

„Was? Wirklich? Ihre Tochter? Dann ist der Vater ein Schwarzer?"

„Richtig. Aber er ist schon lange tot."

Er presste die Lippen zusammen und dachte nach.

„Hat diese Frau niemals etwas Schriftliches hinterlassen? Vielleicht eine Adresse oder Telefonnummer? Nichts?"

Sie schüttelte den Kopf.

„Nein, nicht dass ich wüsste. Es war ja nie notwendig gewesen. Anne Klammthaler hatte doch so viele Jahre keinerlei Kontaktadressen. Ihre Bezugsperson war immer Frau Meinhart gewesen."

„Verstehe...ich weiß schon. Anne hat viele Jahre Tagebücher geschrieben. Wissen Sie etwas darüber?"

„Ja, ich weiß. Ich hatte mich damals, als sie gestorben war, gewundert, wo sie hingekommen sind. Wir hatten ja ihre persönlichen Sachen verpackt und nach Augsburg geschickt. Oder in diese Kleinstadt...ich weiß nicht mehr, wie die heißt."

„Neusäß. - Haben Sie das Paket fertig gemacht?"

„Ja, ich habe es dann an die Pforte gebracht. Dort wird die Post abgeholt."

„Die Tagebücher sind also nicht mehr aufgetaucht?"

„Nein. Niemand wusste etwas davon. Und ich habe ja auch nicht mehr nachgefragt. Sie waren nicht da. Ich dachte, vielleicht hat sie Frau Meinhart mitgenommen, das wäre wohl naheliegend. So nah, wie sich die beiden standen."

„Könnte es sein, dass diese Frau sie alle mitgenommen hat?"

„Natürlich könnte das auch sein. Wir sind kein Gefängnis, Herr Kommissar. Die Besucher werden hier nicht kontrolliert."

Sie grinste ihn an und zog die Augenbrauen hoch.

„Ja, natürlich. Nun gut, schade, dass man nichts über diese Frau weiß. Sie haben mir trotzdem weitergeholfen. Vielen Dank."

Er stand auf und verabschiedete sich. Aber nach ein paar Schritten drehte er sich noch einmal um.

„Ach...eine Frage hätte ich noch."

„Ja, bitte?"

„War diese Frau eigentlich hier, als Anne gestorben ist? Oder zumindest zeitnah?"

Die junge Frau nickte.

„Ja, sie war hier und hat die Beerdigung organisiert. Zusammen mit Frau Meinhart."

Jetzt war der Kommissar überrascht.

„Zusammen mit Frau Meinhart? Sind Sie da sicher?"

„Ja, da bin ich ganz sicher. Sie waren sogar hier im Foyer gesessen und haben sich darüber unterhalten, welchen Grabstein mit welcher Inschrift in Frage kommen würde."

„Das ist ja interessant. Woher wissen Sie das denn?"

„Sie haben mich gefragt, welcher Bestattungsdienst verlässlich wäre."

„Aha! Gut. Danke sehr..."

„Keine Ursache. Wiedersehen."

Stöckleins Gedanken rasten. Die alte Dame hatte ihn ganz schön eingeseift mit ihrem vorgespielten Nichtwissen. Sehr durchtrieben, trotz ihres Alters. Sie kannten sich also. Frau Meinhart kannte die Tochter von Anne. Beide kannten ihre

Geschichte und beide hatten die Tagebücher gelesen. Jetzt traf ihn die Erkenntnis wie ein Schlag ins Genick. Vielleicht hatten sie beide einen Racheplan ausgearbeitet. Silvia Meinhart war körperlich dazu nicht mehr in der Lage. Und die Frau? Kaum vorstellbar, aber sie hätten auch jemanden aus der kriminellen Szene beauftragen können.

Als er den Wagen startete, war er bereits fest davon überzeugt, dass die beiden zumindest bei der Planung involviert gewesen waren. Er würde die alte Dame jetzt sofort mit seinem Verdacht konfrontieren. Jetzt hatte er genug von ihren Geschichten. Er spürte, wie sich Ärger einnistete. Er ärgerte sich nicht über Silvia Meinhart, sondern über sich selbst, dass er dieser Frau das alles abgenommen hatte, weil er meinte, in ihrem Alter hatte man eine Lüge nicht mehr nötig. Heute würde er nicht eher gehen, bis er alles erfahren hatte, was sie wusste.

Als er die Klingel betätigte, waren seine Gesichtszüge schon verhärtet. Sie sollte ruhig sehen, dass er wütend war. Die Türe wurde geöffnet und sie sah ihn mit keinem überraschten Blick an, den er eigentlich erwartete. Ihre Miene war sehr ruhig und gelassen, so als ob sie ihn schon früher erwartet hätte.

„Sie haben es heraus gefunden, nehme ich an?"

Er nickte.

„Wenn Sie es schon erwartet haben, warum haben Sie mir trotzdem nicht die Wahrheit gesagt?"

„Ich habe es versprochen, Herr Kommissar. Bitte kommen Sie rein…"

Er trat ein und drehte sich um. Irgendwie kam sie ihm sehr niedergeschlagen vor. Sie setzten sich in das Wohnzimmer und er wartete.

„Man hat Ihnen wohl gesagt, dass Anne´s Tochter herausgefunden hatte, wo ihre Mutter ist."

„Nein, das nicht. Die hatten keine Ahnung, dass das die Tochter ist. Wie auch? Sie hatte sich anscheinend nicht vorgestellt. Zumindest nicht als Verwandte."

„Als Anne mir ihre Tagebücher zum Lesen gegeben hatte, wusste sie noch gar nicht, dass ihre Tochter sie suchen würde. Ich hatte alles gelesen und ihr die Bücher zurück gebracht. Aber in demselben Jahr tauchte dann diese Frau auf. Sie war es auch, die mich angerufen hatte. Es war, glaub ich im Oktober gewesen, da bin ich in die Klinik gefahren und hab Anne in ihrem Zimmer aufgesucht. Sie stand nur am Fenster, hat hinaus gesehen und gelächelt. Immerzu gelächelt. Ich hatte sie noch nie so gesehen. Sie hat so glücklich ausgesehen."

„Hat sie Ihnen erzählt, dass die Tochter da war?"

„Ja. Sie hat gesagt, sie hätte dieselben Augen wie Jason. Und da wusste ich, dass sie dagewesen ist."

„Wie heißt sie?"

„Auch wenn Sie mir das jetzt nicht glauben werden, aber ich weiß es nicht. Sie hat nie ihren vollen Namen genannt."

„Mal angenommen, ich glaube Ihnen...wie haben Sie sie denn angesprochen?"

„Sie sagte, sie heißt Severine...ich habe sie immer mit ihrem Vornamen angesprochen."

„Severine. Nichts weiter? Wirklich nicht?"

Er sah ihr sehr ernst in die Augen. Aber sie schüttelte den Kopf.

„Wirklich nicht. Ich habe auch nicht weiter gefragt."

„Und wann hat diese Severine die Tagebücher gelesen?"

„Es war kurz vor Anne´s Tod, als mich Severine angerufen hat und mir mitgeteilt hat, dass sie die Tagebücher ihrer Mutter gelesen hatte. Ich weiß, dass sie mit ihr darüber sehr lange gesprochen hatte. Sie wollte alles über ihren Vater wissen."

„Hat sie irgendwelche Rachegedanken geäußert?"

„Zuerst nicht. Anne hat mir erzählt, dass sie ihrer Tochter das Versprechen abgenommen hat, sich nicht einer unnützen

244

Vergeltung hinzugeben. Aber nach Anne´s Tod war alles anders."

„Wie anders? Was meinen Sie damit?"

„Severine...ich nenne sie mal so...hat…"

„Sie nennen sie so?" unterbrach sie Stöcklein. „War das doch nicht ihr richtiger Name?"

„Dessen war ich nie sicher. Ich habe keinen Ausweis von ihr gesehen, wenn Sie das fragen wollen. Also, nachdem Anne beerdigt worden ist, hat mich Severine gefragt, wie ich dazu stehe, dieses Verbrechen zu sühnen. Rache für das zu nehmen, was Jason und Anne angetan worden war."

„Und was haben Sie gesagt?"

„Ich wollte sie davon abbringen, so wie es Anne oft genug gesagt hat. Anne hatte keinerlei Rachegedanken. Hass war ihr fremd gewesen. Sie war dazu gar nicht fähig. Aber ich glaube, damit konnte sie ihr Kind nicht überzeugen. Ich habe gespürt, wie sich der Hass in ihr breitmachte, je mehr sie über das Leben ihrer Mutter erfahren hatte."

„Verstehe. Trotzdem muss ich wissen, wer diese Frau ist. Wo sie wohnt, wer sind die Adoptiveltern. Sie hat ihre Rachepläne wohl realisiert, denke ich."

„Ja, Sie haben da sicherlich recht. Ich weiß es nicht, sie hat nach Anne´s Tod so gut wie keinen Kontakt mehr zu mir aufgenommen."

„Man müsste wissen, woher sie kommt, dann könnte man…" überlegte er.

„Sie fuhr ein Auto mit einem Berliner Kennzeichen."

„Sind Sie sicher? Berlin? Was für ein Auto?"

„Das weiß ich nicht. Ich kenn mich doch nicht mit Autos aus. Keine Ahnung. Aber B ist Berlin, das weiß ich schon noch."

Stöcklein nickte. Er hatte den Eindruck, dass Silvia Meinhart ihm diesmal alles erzählt hatte, was sie wusste.

„Herr Kommissar, wenn Anne´s Tochter wirklich Rache genommen hatte, dann...dann ist dieser Mann, der jetzt angeklagt wird, unschuldig."

„Ja, so ist es. Das stimmt. Leider würde ein Tagebuch nicht ausreichen, diese ganze Beweislast zu entkräften. Das ginge nur, wenn wir den wahren Täter entlarven könnten."

„Ich versichere Ihnen, ich kann Ihnen nicht mehr sagen als das, was Sie jetzt wissen. Da Sie jetzt ja das ganze Tagebuch gelesen haben, kann ich nichts mehr hinzufügen, was Ihnen nicht schon bekannt ist, denke ich."

„Ich habe noch nicht alles gelesen. Es fehlt noch einiges, aber ich glaube, das wird mir in diesem Falle nicht wirklich helfen. Ich kenne jetzt die Wahrheit, ja, aber den Täter kann ich weder identifizieren noch habe ich eine Möglichkeit, ihn zu verhaften."

„Es ist ja nicht gesagt, dass diese Severine oder wie immer sie auch heißen mag, der wahre Täter ist."

„Richtig. Dazu müssten wir sie erst einmal finden. Na ja, ich glaube, ich habe alles erfahren, was nötig ist. Ich kann Ihnen nur den guten Rat geben, solche Informationen der Polizei nicht vorzuenthalten, Frau Meinhart. Sie machen sich damit strafbar und manch ein Kriminalist wird nicht so nachsichtig sein."

„Ich habe ein Versprechen gegeben, Herr Kommissar. Nach meinen moralischen Grundsätzen steht das immer noch über dem Gesetz."

„Nur solange es nicht von Belang ist, ein Verbrechen aufzuklären. Lassen wir das alles ruhen. Ich bin froh, dass ich erfahren habe, was ich erfahren wollte. Wenn sich diese Severine noch einmal bei Ihnen melden sollte, bitte sagen Sie mir sofort Bescheid. Schreiben Sie die Telefonnummer auf oder was immer mir weiterhelfen könnte. Werden Sie das tun?"
Sie nickte.

„Ja, ich werde Ihnen Bescheid geben, wenn sie sich melden sollte. Aber ich glaube es jetzt eigentlich nicht mehr."

„Wahrscheinlich. Trotzdem...Auf Wiedersehen, Frau Meinhart."

Er stand auf und verließ die Wohnung. Er konnte wieder zurück nach Augsburg fahren. Er hatte jetzt alle Informationen, die man noch erfahren konnte. Dass Anne´s Tochter längst schon herausgefunden hatte, wer ihre Mutter war und was geschehen war, weswegen sie zur Adoption freigegeben worden war, setzte den ganzen Fall in ein neues Licht. Die Tagebücher waren ausschlaggebend gewesen. Ohne die Bücher wäre Anne´s Geschichte niemals ans Tageslicht gekommen. Mit ihm hatten nun drei Menschen diese Tagebücher gelesen. Er fragte sich, warum ein Rachefeldzug erst jetzt stattgefunden hatte. Drei Jahre nach Annes Tod. Drei Jahre sind eine sehr lange Zeit, wenn der Hass und die Idee einer Vergeltung bereits nach Einsichtnahme der Tagebücher entstanden war.

Jemand hupte hinter ihm. Er sah in den Rückspiegel und erkannte einen fuchtelnden Mann hinter seinem Steuer. Sein Blick fiel auf die Ampel. Sie war bereits grün und er fuhr weiter. Bevor er wieder nach Augsburg fuhr, wollte er noch einmal das Grab besuchen. Wahrscheinlich würde er nie wieder hierher kommen. Irgendwie war dieser Drang stärker als alles andere. Er wusste nicht, warum, aber er wollte noch einmal dorthin.

*

Es war nach wie vor akkurat gepflegt. Eine neue Schale war darauf platziert worden. Bepflanzt mit ein paar Erika, etwas Efeu und einem Stiefmütterchen. Es war nicht viel, aber gab dem ganzen Grab etwas Würdevolles. Lange stand er vor der steinernen Einfassung und starrte auf den Grabstein.

`Mit sechzehn schon gestorben´ ging ihm nicht aus dem Kopf. Als er das erste Mal hier gestanden hatte, war er erschüttert über dieses Statement. Jetzt, da er die ganze Geschichte kannte – noch mehr. Sein Traum kam ihm wieder ins Bewusstsein. Sein Traum von ihr, wie sie auf einem Grabstein saß und ihm zulächelte. Ihm winkte, zu ihr zu kommen. Er fragte sich seitdem, was das zu bedeuten hatte. Was wollte ihm sein Unterbewusstsein damit andeuten? Und wie zum Teufel war seine Vorstellung von ihr so deckungsgleich mit dem Foto, das Frau Schäfer ihm geschickt hatte? Er hatte keinerlei Erklärung und das ließ ihm, dem pragmatischen Ermittler, keine Ruhe. Warum schickte ihm jemand – er nahm an, der Täter – die Tagebücher, die denjenigen doch schützten, wenn sie eben niemand lesen konnte? Was wollte er damit bezwecken? Oder wollte irgend jemand ihm nur einen Weg zeigen, den richtigen Mörder zu fassen. Er konnte dies alles nicht richtig einordnen.

Sein Blick fiel wieder auf die Schale. Er bückte sich und fasste in die Erde. Sie war zu trocken. Wenn die kleinen Pflänzchen kein Wasser bekamen, würden sie schnell verdorren. Er sah sich um und erkannte einen Brunnen, nicht weit von Anne´s Grab. Er lief darauf zu und sah sich noch nach einem Gefäß um, in das er das Wasser füllen konnte. Eine Gießkanne stand in einer niedrigen Stellage. Er füllte die Kanne und ging wieder zurück. Langsam goss er das Wasser in die Schale, wartete, bis es versickerte und goss nach. So lange, bis die Erde vollständig gesättigt war. Dann brachte er die Gießkanne zurück, drehte sich um, blieb noch einen Augenblick stehen und verabschiedete sich innerlich tatsächlich von Anne Klammthaler. Er verließ den Friedhof, setzte sich ins Auto und machte sich auf den Weg nach Augsburg.

Er hatte nicht mehr bemerkt, dass er schon wieder beobachtet worden war. Die Gestalt wartete, bis sich der Wagen entfernt hatte, dann schritt sie langsam auf das Grab zu, kniete sich nieder und betete ein leises Gebet. Ihre Hand prüfte die Erde in der Schale und ein feines Lächeln umspielte ihre Mundwinkel. Das Lächeln erreichte die dunklen Augen, die sich auf den Grabstein gerichtet hatten.

„Ich hätte so niemals weiterleben können, Mama. Es tut mir leid. Ich hoffe, du und Papa seid wieder zusammen...ich liebe euch..." flüsterte sie ganz leise.

Dann stand sie auf und ging. Ein leichter Wind war aufgekommen und blies verwelkte Blätter von den Bäumen. Es waren gelbe, braune, rote und auch noch grüne. Sie wirbelten herum und blieben auf dem Grab liegen. Sie versammelten sich um die Schale und bildeten ein buntes Kaleidoskop von herbstlichen Farben. Aber niemand konnte das in diesem Augenblick sehen.

*

Gerd Stöcklein saß an seinem Dienstschreibtisch und verfasste den letzten Bericht der Ermittlungen gegen Bernhard Moltern. Er hatte versucht, über das Vormundschaftsgericht die alten Akten aus den sechziger Jahren zu bekommen, aber ein Brand im Jahre 1988 hatte einen großen Teil der Akten vernichtet. Auf seine Nachfrage, ob die Akten nicht damals schon als EDV-Datei angelegt worden waren, wurde er lachend darauf hingewiesen, dass dies ein Amt sei und keine IT-Consultingfirma. Stöcklein hatte den Kopf geschüttelt. Nicht über die Antwort, sondern über diese ganzen Zufälle, die es ihm nicht erlaubten, herauszufinden, wer Anne´s Tochter adoptiert hatte. Jede Möglichkeit, jede Quelle, jede noch so kleine Hoffnung ergoss sich in ein dunkles Meer, in dem man nichts mehr fand außer tiefste Dunkelheit. Mittlerweile hatte er das gesamte Tagebuch gelesen. Er war eingetaucht in ein Leben, in den Alltag eines Pflegeheimes, in die Gedanken einer wunderbaren Frau, wie er fand. Sie hatte niemals aufgehört, ihre Neugierde und damit ihr Wissen auf die Welt weiter zu vergrößern. Sie beschrieb detailliert, mit was sie sich beschäftigte, was sie verstehen konnte und was ihr Kopfzerbrechen bereitete. Es waren so viele Fachgebiete, dass Gerd Stöcklein irgendwann nicht mehr nachvollziehen konnte, über was alles sich Anne dieses immense Wissen angeeignet hatte. Immer wieder spürte er diese Begeisterung für ferne Länder und Kulturen, für Wissenschaft und Technik, für Astronomie und der Forschung darin. Sie beschäftigte sich anscheinend sehr oft mit Religion. Mit der Frage, was nach dem Tod geschieht und wie man sich auf das Sterben vorbereiten könnte. Einen Absatz fand er besonders interessant. Über mehrere Seiten schrieb sie über Meditation. Sie hatte wohl gelesen, dass nachweislich spirituell hochstehende Meditationsmeister in der Lage waren, innerhalb der Meditation ihren eigenen Tod herbeiführen zu können. Ob sie sich diese Fähigkeit aneignen konnte? fragte sich Stöcklein. Im selben Moment verwarf er diesen Gedanken und schimpfte sich als Idiot, diese These ernsthaft in Erwägung zu ziehen.

Als er die letzte Seite gelesen hatte, war er in der Mordfallsache nicht weiter gekommen. Anne hatte zwar sehr leidenschaftlich über ihre Tochter geschrieben und dass sie tatsächlich noch im Alter dieses Glück erleben durfte. Ob sie ihr aber den Grund für ihr Hiersein im Heim erklärt hatte, darüber schrieb sie nichts. Er konnte nicht herausfinden, ob Anne mit ihr über den Mord an Jason gesprochen hatte. Wohl eher nicht, sonst würde bestimmt etwas im Tagebuch zu lesen gewesen sein. Aber eine Stelle berührte ihn dann doch. Es war der Tag, als ihre Tochter Severine zum ersten Mal im Pflegeheim auftauchte und ihr offenbarte, dass sie ihre Tochter sei…

…5. Mai 2011. Heute war ein Tag, den ich niemals vergessen werde. Ich habe heute tatsächlich unser Kind in die Arme schließen können. Sie heißt Severine und ist so hübsch. Sie hat deine Augen, Jason. Sie hat dasselbe Strahlen wie du. Als sie vor mir gestanden ist, habe ich sofort gewusst, dass das unser Kind ist. Ich habe dich gesehen, als du neben ihr gestanden bist und mich angelächelt hast. Ich bin so glücklich. Wir sind in den Park gegangen und haben stundenlang geredet. Sie hat mir erzählt, wie sie aufgewachsen ist und sie hat mir erzählt, dass ihre Adoptiveltern sie so sehr liebten, ihr alles, was nötig war, ermöglichten. Sie hat ein sehr schönes Leben bisher gehabt und ich kann gar nicht sagen, wie mich das glücklich gemacht hat. Sie kommt mich jetzt regelmäßig besuchen. Sie wohnt in Berlin, also schon weit weg. Ihr Beruf erlaubt es nicht, so oft hierher zu fahren. Leider ist sie geschieden, hat keine Kinder, aber sie ist sehr intelligent und richtig stark. Nicht so wie ich damals. Ich wünschte, du hättest sie umarmen können, Jason. Sie sieht dir so ähnlich und ich bin überzeugt, dass du genauso glücklich gewesen wärst wie ich heute…

Er wurde in seiner Gedankenvielfalt durch ein Klopfen an der Türe unterbrochen. Daniela Schäfer kam herein und hatte eine Tasse Kaffee in der Hand.

„Kaffee, Herr Stöcklein?"

„Oh ja, gerne. Vielen Dank. Den brauch ich jetzt."

Er nahm die Tasse und den kleinen Teller mit ein bisschen Gebäck, Milch und Zucker. Während er an dem Keks knabberte und den Kaffee umrührte, bemerkte er den intensiven Blick von Frau Schäfer.

„Was ist? Liegt Ihnen was auf dem Herzen, Frau Schäfer?"

„Eigentlich schon…"

„Raus damit."

„Darf ich mich setzen?"

Stöcklein sah sie überrascht an. Sie wirkte ernst.

„Nur wenn Sie sich auch eine Tasse holen."

Sie nickte, ging nach draußen und kam mit einer dampfenden Tasse Kaffee zurück.

„Nun? Ich merke, dass Sie etwas sehr beschäftigt. Was ist los?"

„Ich...ich glaube, Sie sind von Molterns Schuld nicht überzeugt, oder irre ich mich da?"

„Hmm...wie kommen Sie da drauf? Die Beweisführung ist abgeschlossen und absolut wasserdicht."

„Ja, schon, aber...Sie haben so viel Zeit in die Recherche von Anne Klammthaler gesteckt, dass ich überzeugt bin, Sie haben mehr gefunden, als für diesen Fall gut ist. Ich denke auch, Sie haben eine Vergangenheit aufgedeckt, die Sie vielleicht doch lieber begraben sehen wollen. Habe ich recht?"

Stöcklein starrte sie entgeistert an. Dann nickte er schwach.

„Ja, Sie haben recht. Ich habe Dinge aufgedeckt, die die Zeit längst zu Staub verarbeitet hat. Andererseits haben sich die Fakten schon richtig aufgedrängt, man konnte sie unmöglich ignorieren. Und..."

Jetzt lächelte Daniela Schäfer.

„Sie sind besessen von Anne Klammthaler..."

Er lachte kurz auf. Sie hatte es auf den Punkt gebracht mit ihrer weiblichen Intuition.

„Krass ausgedrückt, aber durchaus zutreffend. Ja, aus anfänglichem Interesse ist natürlich wesentlich mehr daraus geworden, weil der damalige Mordfall eng verbunden ist mit den jetzigen. Wäre dieser junge Soldat nicht getötet worden, würden die Klammthalers heute noch leben."

„Darf ich fragen, was Sie heraus gefunden haben? Oder wollen Sie lieber nicht darüber sprechen? Ich weiß, wie tief Sie in diesen ganzen Fall involviert sind."

Er sah sie nachdenklich an und massierte sich das Kinn. Dann lehnte er sich zurück und nickte leicht.

„Na gut. Ich bitte Sie insbesondere, das für den Moment noch für sich zu behalten. Mir fehlen die Beweise und das, was ich habe, würde vor Gericht nicht standhalten."

„Moltern ist also unschuldig."

„Es ist anzunehmen, dass ihm alle Beweise untergeschoben worden sind, ja. Aber ich kann nicht beweisen, dass es auch so ist."

„Wer ist dann der Mörder?"

Stöcklein atmete tief ein und aus.

„Jason Louis Gallaghan wurde im September 1965 von den Klammthalers getötet, weil Anne mit ihm ein Verhältnis hatte. Dass sie zu diesem Zeitpunkt bereits schwanger war, wusste niemand. Wahrscheinlich nicht einmal sie selbst. Im April ′66 wurde das Kind geboren. Ein Mädchen. Es wurde sofort nach der Entbindung zur Adoption freigegeben. Die Vormundschaft für Anne wurde dem Vormundschaftsgericht übertragen und die gaben sofort grünes Licht für das Neugeborene. Was bestimmt auch richtig war. Nun, ein paar Jahre vor Annes Tod hat die Tochter herausgefunden, wer und wo ihre leibliche Mutter sich befindet. Ich denke, die Adoptiveltern haben es ihr gesagt. Sie hat dann mit Anne Kontakt aufgenommen. Das erste Mal war das 2011. Danach eben regelmäßig. Bis zu Anne′s Tod."

„Du lieber Himmel, woher wissen Sie denn das alles?"

„Können Sie sich noch an das Kuvert erinnern, das an mich adressiert war?"

„Ja, klar…"

„Es war lediglich ein USB-Stick drin. Die Datei enthielt das gesamte Tagebuch von Anne Klammthaler. Es war eingescannt worden."

„Was? Ein Tagebuch? Aber von wem haben Sie …?"

„Ich habe keine Ahnung. Jedenfalls hat Anne ein sehr umfangreiches Tagebuch verfasst. Begonnen im Jahr 1962. Sie hat bis in den September 1965 darin geschrieben."

„Bis dieser Mord geschah. Ich verstehe. Dann nichts mehr?"

„Doch. Im Jahr ′99 hat sie wieder angefangen zu schreiben. Darin beinhaltet ist auch die genaue Beschreibung und ein exakter Ablauf des 20. September 1965."

Er atmete tief ein und aus und sah Frau Schäfer an.

„Der Tag des Mordes, nehme ich an."

„Ja. Sie beschreibt, wie Jason getötet worden ist, was vorgefallen ist und wer dabei war. Wenn man das liest, würde man am liebsten aufhören, glauben Sie mir. Ich glaube nicht an ein Schicksal, das unser Leben bestimmt, aber nachdem ich alles gelesen habe, bin ich mir gar nicht mehr so sicher..."

„Unsere vier Opfer..."

„Genau..."

„Und jetzt denken Sie, dass die Tochter die Täterin sein könnte?"

„Ich bin sicher. Aber ich kann nichts beweisen, weil ich nicht weiß, wer sie eigentlich ist. Ich weiß nur, dass sie in Berlin wohnt."

„Keinen Namen? Adresse? Telefonnummer? Beschreibung? Nicht den kleinsten Anhaltspunkt?"

„Beschreibung gibt es schon, aber das bringt uns nicht weiter."

„Woher wollen Sie wissen, dass sie es gewesen ist?"

„Nur drei Personen haben das Tagebuch gelesen und wissen, was damals vorgefallen war und warum Anne in dieses Heim kam."

„Drei? Also Sie und..."

„Silvia Meinhart. Sie hat Anne von Anfang an betreut und nachdem sie in Rente gegangen ist, haben sie immer noch regen Kontakt gehabt. Sie hat die Tagebücher gelesen."

„Könnte dann nicht sie...?"

„Sie ist 81 Jahre alt. Ein Mütterchen. Nein, wirklich nicht."

„Also hat die Tochter die Tagebücher eingesehen?"

„Ja, so ist es. Das ist Fakt. Nur sie kannte die ganze Wahrheit. Außer den Klammthalers natürlich."

„Warum ist es so schwierig, die Adoptiveltern aufzutreiben? Das ist doch eigentlich ein Leichtes."

Stöcklein schüttelte den Kopf.

„Es fehlen die Dokumente. Alles, was mit der Adoption zu tun hatte, ist verschwunden. Vielleicht bei diesem Umzug, vielleicht auch nicht. Ich habe beim Vormundschaftsgericht angerufen, weil die ja auch Unterlagen haben müssen."

„Lassen Sie mich raten: auch verschwunden?"

„Nein, das nicht. 1988 hat es einen Brand gegeben, bei dem der Großteil der damaligen Schriftstücke vernichtet worden ist. Ja, ich weiß, Datenverarbeitung. Fehlanzeige. Die haben damals alles noch mit der Hand geschrieben…"

„Was??? Das glaub ich jetzt nicht…"

Stöcklein machte eine wegwerfende Geste.

„Leider ist das so. Also, keinerlei Hinweise, nichts. Mir fällt grad nichts mehr ein."

„Ist Anne dort nicht beerdigt worden?"

„Ja, schon. Ich war an ihrem Grab."

„Ein Grab? Hat das das Heim beauftragt? Oder die Stadt?"

„Weiß ich nicht. Warum? Das ist halt der Friedhof dort…"

„Eine Beerdigung muss ja organisiert werden. Hat das das Heim gemacht? Oder jemand anderer?"

Jetzt wusste Stöcklein, auf was sie hinaus wollte. Ihm fiel die junge Schwester ein, die ihm gesagt hatte, dass Silvia Meinhart und Anne´s Tochter die Beerdigung geplant hatten. Er stand auf und sah Frau Schäfer an.

„Sie haben recht. An das habe ich überhaupt nicht gedacht. Das Naheliegendste. Ich bin ein Idiot."

Er schlug sich mit der flachen Hand gegen die Stirn. Auf das Einfachste war er nicht gekommen.

Sie stand auf und sah ihn nickend an.

„Ich kümmere mich darum. Ich rufe sofort das Friedhofsamt an. Die müssen wissen, wer das Grab gekauft hat und für wie lange."

Stöcklein sah sie mit großen Augen an. Sie drehte sich um und ließ einen aufgeregten Hauptkommissar zurück.

Seit dreißig Minuten spielte er mit seinem Handy. Ließ es durch die Finger gleiten, legte es wieder auf den Tisch, nahm es wieder auf. Und das Spiel begann von Neuem.

Die Türe ging auf und Daniela Schäfer kam herein. Sie war kreidebleich im Gesicht und sah aus, als ob sie einen Geist gesehen hatte. Stöcklein war aufgestanden. Offensichtlich hatte sie etwas in Erfahrung bringen können. Er sah ihren Gesichtsausdruck und eine fremde dumpfe Ahnung beschlich ihn.

„Und? Wer hat das Grab gekauft? Ich vermute, Silvia Meinhart…"

Sie schüttelte nur den Kopf.

„Nein...es ist, Sie glauben das jetzt nicht…"

Sie sah ihn mit aufgerissenen Augen an.

„Was? Was glauben? Nun sagen sie schon…" keuchte er.

„Der Käufer des Grabes ist...Jasmin…"

„Jasmin? Jasmin wer? Den Namen…."

„Der Name ist...Jasmin von Heesen…"

Sie stockte und sah ihn nur an, sah, wie er alle Farbe aus dem Gesicht verlor. Das Handy, das er in der Hand gehalten hatte, fiel mit einem lauten Krachen auf den Tisch. Beide, sie und er, standen ganz lange Augenblicke nur da und starrten sich an. Das Begreifen hatte größte Mühe, sich im Gehirn festzusetzen. Doch dann war es dort – und verströmte Unglauben, grenzenlose Überraschung und totale Fassungslosigkeit.

„Das...das gibt's doch nicht...ist das sicher? Ganz sicher?"

„Es ist sicher. Die Beschreibung passt und ist wohl identisch mit der Beschreibung der Schwester im Heim. Jasmin von Heesen ist die leibliche Tochter von Anne Klammthaler. Unsere Jasmin von Heesen...ich werd´ glaub´ grad verrückt…"

Stöcklein griff ungelenk nach seinem Stuhl und setzte sich. Immer noch starrte er Daniela Schäfer an und immer noch konnten sie es kaum begreifen. Der Schock hatte sie übermannt und ließ sie festfrieren. Alle beide. Frau Schäfer setzte sich wieder und sah fortwährend auf den Zettel, auf den sie den Namen geschrieben hatte.

*

Rolf Griesmann stand da wie vom Donner gerührt. Er brachte keinen Ton heraus und sein Denken wurde in diesem Moment blockiert.

„Was? Das...das ist doch Quatsch...ich...nein, das glaub' ich nicht. Das ist doch eine Verwechslung, vielleicht der gleiche Name, das kann doch alles sein...nein, nein...nein…"

„Die Beschreibungen passen alle exakt. Jasmin ist definitiv die Tochter von Anne Klammthaler. Ich habe gerade mit ihrer Adoptivmutter gesprochen. Sie hat es bestätigt."

„Was bestätigt?"

„Dass sie Kommissarin bei der Kripo ist und für diesen Fall nach Augsburg abgestellt worden war. Und dass sie ihr schon vor Jahren gesagt hat, wer ihre Mutter ist – oder war."

Griesmann wurde noch eine Spur blasser.

„Oh, mein Gott...ich glaub' ich dreh' durch. Wo ist Jasmin jetzt?"

Stöcklein zuckte die Schultern.

„Ihr Handy ist abgemeldet. Nummer nicht vergeben. Ich habe in ihrem Präsidium angerufen. Sie hat Urlaub genommen und zu Hause ist sie auch nicht erreichbar. Ihre Adoptivmutter weiß auch nicht, wo sie ist. Sie hat sich nicht bei ihr gemeldet. Wir haben in einer Stunde einen Termin bei Meitinger. Ich habe ihn schon vorbereitet. Er ist genauso schockiert wie wir. Wenn wir mit Meitinger gesprochen haben, werden wir eine Großfahndung einleiten."

„Wenn sie dir die Tagebuchdatei geschickt hat, dann würde mich aber interessieren, warum. Nur darum hast du doch noch genauer recherchiert. Das verstehe ich nicht...du vielleicht?"

Stöcklein hob resignierend die Schultern, ließ sie fallen und schüttelte den Kopf. Ein Fragenpuzzle begann von Neuem.

„Versteh´ ich auch nicht. Aber wir werden sie fragen, wenn wir sie haben. Mein Gott, das habe ich wirklich noch nie erlebt. Das ist absolut krank."

Sie verließen das Büro, nickten Frau Schäfer noch zu und begaben sich zu den Treppen in Meitinger´s Büro. Schweigend gingen sie nebeneinander her.

„Hättest du ihr das zugetraut?"

„Nein. Niemals. Auf so einen Gedanken wäre ich nie gekommen. Wer kommt denn auf den Gedanken, dass die Ermittlerin in einem Mordfall auch die Täterin sein kann? Das ist so abwegig, dass ich keinen einzigen Gedanken daran verschwendet hätte. Warum auch? Es hat weder einen Grund noch einen Verdacht gegeben."

„Ob sie gar nicht vorhatte, zu flüchten?"

„Weiß ich nicht. Es ist ja noch nicht sicher, von wem ich die Tagebücher habe. Es könnte auch Silvia Meinhart sein, die sie mir geschickt hatte, weil sie nicht einverstanden war, dass Jasmin die Tötungen der Klammthalers geplant hat. Vielleicht wollte sie mir damit nur sagen, wer der wahre Täter wäre. Oder sie wollte nicht, dass ein Unschuldiger dafür büßen muss. Ich weiß es wirklich nicht. Klarheit bekommen wir wohl erst, wenn wir Jasmin haben."

Sie erreichten das Büro des Chefs und klopften an. Als sie eintraten, befand sich Meitinger gerade im Vorraum und sah beide Ermittler mit einem lauten Ausatmen an.

„Puh...meine Herren, bitte kommen Sie. Sie machen mich fertig, das muss ich schon sagen..."

„Das sind wir schon, ganz ehrlich..." meinte Stöcklein und sah vielsagend Rolf an.

Im Büro gab Hauptkommissar Stöcklein einen exakten Bericht ab. Über seine Bedenken bezüglich der Beweiskette von Bernhard Moltern und über seine Neugier, was Anne

258

Klammthaler betraf. Er unterrichtete Meitinger über das Tagebuch und was er alles über das junge Mädchen damals herausfinden konnte. Er erwähnte seine Besuche im Heim, seine Recherchen bei den verschiedenen Ämtern und seinen Verdacht, was Anne´s Tochter betraf. Mit Bedacht betonte er, dass die ursprünglichen Recherchen eigentlich nur dazu gedacht waren, den Klammthaler-Kindern ihre verstorbene Schwester nahe zu bringen, von der sie bisher nichts gewusst hatten. Erst im Laufe der Ermittlungen wurde Anne zum zentralen Teil der Mordfälle. Er erzählte alles haarklein, ließ nichts aus und verursachte bei den beiden anwesenden Männern hie und da Atemaussetzer. Zum Schluss stellte er klar, dass er Moltern trotz dieser scheinbar todsicheren Beweise für unschuldig hielt und den Rat gab, schnellstmöglich einen Haftbefehl gegen Jasmin von Heesen auszustellen.

„Unser Problem ist im Moment, dass wir keine schlüssigen Beweise haben. Im Grunde genommen können wir ihr die Morde nicht nachweisen."

Meitinger sah beschwörend an die Decke.

„Verdammt, aber der ganze Fall ist so offensichtlich. Was können wir tun?"

Er sah wieder Stöcklein und Griesmann an.

„Im Moment steht sie erst Mal unter Mordverdacht. Wir müssen sie erst verhören. Aber ich denke…"

Er wandte sich an Griesmann.

„Rolf, sind eigentlich die Sachen von Moltern untersucht worden? Fingerabdrücke oder DNA-Spuren?"

„Ich bin nicht sicher, aber ich checke das gleich. Was geht dir durch den Kopf?"

„Wenn sie Moltern das Messer untergeschoben hat, muss sie ihn oder zumindest seine Sachen angefasst haben. Prüf das mal nach und wenn nicht, sollen die Kollegen sich sofort an die Arbeit machen."

Er sah wieder Meitinger an.

„Der Haftbefehl sollte so schnell wie möglich raus."
Meitinger nickte.

„Ja, werden wir sofort tun. Recherchieren Sie bitte noch, ob sie das Land verlassen hat. Flughäfen, Zugverbindungen und so...wenn dem so ist, wird Interpol mit einbezogen."
Stöcklein nickte und stand auf.

„Oh, Mann, das wird ein Presserummel nach sich ziehen, der sich gewaschen hat," seufzte Meitinger.

„Schon möglich. Ich würde im Moment keinerlei Kommentar abgeben, sollten irgendwelche Fragen diesbezüglich auftauchen."

„Das schon, aber irgendwann..."

„Ja, irgendwann vielleicht...erledigen wir erst unseren Job."

„Ja, richtig..."

Stöcklein und Rolf drehten sich um und wollten gehen.

„Ach, meine Herren..."

Sie drehten sich noch einmal um.

„Klasse Arbeit, wirklich. Auch wenn mich absolut schockiert, dass die eigene ermittelnde Kollegin die Täterin gewesen ist...auf das muss man erst mal kommen."

„Ja, danke..."

Stöcklein nickte ihm zu und verließ mit Rolf das Büro. Schweigend begaben sie sich wieder auf den Treppenaufgang.

„Wie willst du jetzt deinem Freund beibringen, dass seine eigene Familie den Soldaten umgebracht hat und dass seine eigene Familie schuld an dem Schicksal seiner Schwester ist? Damit nicht genug, müssen sie damit leben, dass die eigene Nichte die Eltern und Tante und Onkel getötet hat."

Ja, Rolf hatte recht. Wie sollte er das Flo beibringen? Er hatte in der Vergangenheit gegraben und viel zu viel ausgegraben. Wie würde Flo reagieren? Wie würde er diese Tatsachen verkraften? Vielleicht würde er ihm, dem Ermittler, ankreiden, dass er an diesem ganzen Drama schuld war. Wäre er nicht so neugierig gewesen, wäre die Vergangenheit niemals aufgedeckt

260

worden. Moltern wäre verurteilt worden und jeder hätte damit zumindest leben können. Abgesehen von dem grausamen Verlust der Angehörigen - und natürlich der Tatsache, dass damit ein Unschuldiger eine nicht begangene Tat zu büßen hatte. Aber gab es nicht auch eine andere Seite? Die der Gerechtigkeit, die der Klarheit, die der letztendlichen Aufklärung eines Schicksals, das so grausam und hart zugeschlagen hatte. Die Seite der Wahrheit. Natürlich gab es das. Es war absolut unumgänglich, die Vergangenheit wieder zum Leben zu erwecken, wollte man das Geschehene von Grund auf verstehen. Es war nicht möglich, Teile der Geschichte einfach auszublenden, als ob sie nicht von Belang waren. Sie waren der Schlüssel zu allem. Sie waren der Schlüssel zu Anne Klammthaler. Sie war das Zentrum von allem. Sie und ihr trauriges Schicksal.

Stöcklein sah Rolf an, der auf eine Antwort wartete.

„Es wird nicht einfach werden. Aber wer die Wahrheit wissen möchte, muss auch damit rechnen, dass sie nicht immer so ist, wie man sich sie vorstellt oder wünscht. Wir sind Kriminalisten, Rolf. Wir müssen Verbrechen aufklären. Jedes Verbrechen hat doch seinen Hintergrund. Der ist sehr oft dramatisch und traurig, aber nur durch dieses Verstehen können wir Gerechtigkeit schaffen. Es gibt in diesem Land Gesetze, die wir zu befolgen haben. Glaubt einer, sich darüber hinwegsetzen zu können, muss er damit rechnen, mit seiner Freiheit zu bezahlen. Alle wissen das, etwas anderes kann nicht relevant sein, auch wenn manche Dinge einfach nichts mit Gerechtigkeit zu tun haben."

„Ja, natürlich...trotzdem glaube ich, dass die Familie deines Freundes dann nie mehr so sein wird wie es war."

„Das wird eh nicht so sein. Sie haben in einem Trugschluss gelebt, ohne es zu wissen. Sie können nichts dafür und haben für nichts, was passiert ist, die Verantwortung. Aber sie werden damit leben müssen. Sie werden mit dem neuen Wissen leben müssen. Wie sie das tun, das können wir bestimmt nicht beeinflussen."

„Manchmal ist es eben ein Scheißjob...warum, glaubst du, hat sich Jasmin nach so vielen Jahren für diese grausame Vergeltung entschieden?"

„Sie hat die Tagebücher gelesen, Rolf...wenn du sie gelesen hättest, könntest du sie verstehen..."

„Sag´ bloß, du hast Verständnis für Ihre Tat."

„Nein, ich habe kein Verständnis für ihre Tat, aber ich habe Verständnis für ihre Motivation. Anne war ihre Mutter, die sie aufgrund ihrer Auffindung schon sehr geliebt hat. Als sie die Tagebücher gelesen hatte, noch mehr. Genau wie ihren Vater, den sie nicht einmal kannte. Nur aus den Tagebüchern. Nur aus den Erzählungen ihrer Mutter."

„Versteh´ ich nicht....was meinst du?"

„Ich meine, dass Anne ein unglaubliches Talent hatte, ihre Gefühle und die Menschen, die sie liebte, so darzustellen, dass einem nur der Gedanke kommen konnte, sie als ganz besondere liebevolle Person zu sehen. Ich bin ja nur ein Außenstehender, aber selbst ich war vollkommen gefangen von dem, was sie geschrieben hat und wie sie es geschrieben hat. Wenn ich das schon so sehe, was meinst du, dachte dabei wohl Jasmin?"

Rolf zuckte die Schultern.

„Weiß nicht. Ich habe ja nichts davon gelesen...kann ich schlecht beurteilen."

„Ich kann dir nur sagen, dass ich noch niemals so fasziniert und bewegt war wie von diesen Tagebucheintragungen. Wenn ich mir vorstelle, was dieses Mädchen für eine Zukunft gehabt haben könnte, wird mir ganz schlecht."

„Sie hat dich wohl ganz schön beeindruckt, was?"

„Ja, das hat sie...das hat sie..."

*

Die Fahndung war angelaufen. Die Ermittler ließen Flughäfen, Bahnhöfe und Grenzübergänge kontrollieren. Stöcklein glaubte nicht, dass sie Erfolg haben würden. Jasmin war viel zu intelligent und zu clever, als dass sie eine Spur hinterlassen würde. Eines konnte er dennoch nicht verstehen. Warum ließ sie ihn die Tagebücher lesen? Sie musste doch wissen, dass er gerade dann noch mehr recherchieren würde. Ohne die Tagebücher wäre er doch niemals so weit gekommen. Dann hätten sich Verdachtsmomente nicht als Fakten heraus gestellt und wären manche Fragen niemals beantwortet worden. Er fragte sich, auf was sie hinauswollte. Er hatte noch einmal Silvia Meinhart gefragt, ob sie ihm wirklich nicht den USB-Stick geschickt hatte. Aber sie hatte es vehement verneint und Stöcklein glaubte ihr. Er fragte sich ernsthaft, was sie vorhaben würde. Jetzt, wo doch klar war, dass sie gesucht wurde. Langsam kam ihm der Verdacht, dass sie das alles eingeplant hatte. Möglicherweise wollte sie, dass man herausfand, dass sie als Tochter Rache nehmen würde an dem grausamen Unrecht, das begangen worden war. Aber was war mit ihrem weiteren Leben? Wie wollte sie leben? Mit was, wo und mit wem? Was war mit ihrem Beruf, ihren Adoptiveltern, die sie bestimmt sehr liebte? Was war mit dem allen?

Stöcklein war verwirrt. Was wollte Jasmin von Heesen? Er holte Rolf in sein Büro und sie setzten sich an den Schreibtisch. Bevor er etwas sagen konnte, begann Rolf.

„Also, auf dem Rucksack von Moltern wurden etliche Fingerabdrücke gefunden. Sie werden grad abgeglichen mit den Personen, mit denen er verkehrte. Es ist…"

Sein Telefon klingelte.

„Griesmann...ja, okay, super. Danke."

Er legte auf und grinste.

„Also…es sind die Fingerabdrücke von Moltern und von Sofia Braun drauf. Sie haben noch zwei fremde Abdrücke gefunden, die nicht von Gering oder Braun stammen."

263

„Könnte von ihr sein?"

„Vielleicht. Ich denke ja nicht, dass Moltern seine Sachen irgendwem zur Aufbewahrung gibt. Wissen wir wohl erst, wenn wir sie haben und einen Abgleich vornehmen können."

„Na gut, das ist ja schon etwas. Ich…"

„Der eine Fingerabdruck befand sich übrigens am unteren Lappen des Rucksacks, wo eine Tasche eingearbeitet worden ist. Brandel sagt, das kommt daher, dass man den Reißverschluss nur aufziehen kann, wenn man unten festhält. Man muss nach oben ziehen. Vielleicht hat sie ihre Handschuhe ausziehen müssen, weil es sonst nicht geht."

Stöcklein grinste und schüttelte den Kopf.

„Was dieser Brandel alles entdeckt…" murmelte er.

„Ich frage mich, was in ihrem Kopf vorgeht, dass sie dir hilft, die ganzen Vorkommnisse zu durchschauen…"

Fragend blickte er den Hauptkommissar an, der Antworten suchte und im Moment keine finden konnte. Ihm fehlten immer noch verschiedene Zusammenhänge, die er als Kriminalist nicht nachvollziehen konnte.

„Ich blicke nicht mehr durch…" sagte Stöcklein, sah den Kollegen an und trommelte mit den Fingern auf der Tischplatte.

„Was will sie erreichen?"

„Ich glaube, sie will gefasst werden. Und ich glaube, alle sollen wissen, warum sie das getan hat…"

„Was?" Stöcklein sah Rolf mit einem unverständlichen Blick an.

„Ja, ich bin überzeugt, dass sie einfach möchte, dass der Fall ihrer Eltern für jeden verständlich wird. Dafür hat sie all das geplant, für die Rache, für Vergeltung, wahrscheinlich auch für Gerechtigkeit und für die Wahrheit. Sie ist Polizistin, Gerd, sie hat wohl eine eigene Art von Gerechtigkeit. Ich denke, sie wird nicht lange untergetaucht bleiben. Und…"

Er stockte.

„Und?"

„Ich bin mir sicher, dass sie will, dass du sie verhaftest. Mir wird jetzt vieles ganz klar. Sie hat mich während der Ermittlungen ein paarmal gefragt, warum du dich so vehement dieser Anne angenommen hast. Damals dachte ich, sie will es eben wissen, weil es für den Fall relevant ist. Heute weiß ich sicher, dass du in ihrer gesamten Planung ein nicht einkalkulierbarer Faktor warst."

„Wieso? Was meinst du damit?"

„Sie dachte doch, dass sie einfach hierher kommen kann, Beweise manipulieren und dann, nachdem wir den Täter fassen konnten – auch mit ihrer Hilfe – sie dann wieder nach Hause fahren würde. Ihr Leben weiterleben mit der Gewissheit, dass ihre Aufgabe erledigt worden ist. Möglicherweise hat sie ihre Einstellung dazu während unserer Zusammenarbeit geändert. Sie hat gemerkt, dass dein Interesse an Anne Klammthaler weit über das hinausgeht, was eigentlich für einen Kriminalisten nötig wäre. Das hat sie grübeln lassen, weil du eine persönliche Verbindung aufgebaut hast. Und dich darin verbissen hast, das sie nicht vorhergesehen hat. Und darum hat sie dir auch die Tagebücher überlassen."

„Hmm...das erklärt aber nicht, warum sie dann so leichtsinnig war, ihren richtigen Namen beim Friedhofsamt anzugeben. Sie hätte doch wissen müssen, dass wir irgendwann drauf kommen, nachzufragen, wer das Grab beauftragt hat."

„Wieso? Damals bei der Beerdigung hat sie wohl noch nicht daran gedacht, Rache auf diese Weise zu nehmen. Das wird wohl erst später gekommen sein. Schließlich sind inzwischen drei Jahre vergangen."

„Ja, klar...stimmt. Ich bin schon völlig meschugge. Trotzdem sehe ich nicht, auf was sie eigentlich hinaus will..."

Rolf lachte leise auf.

„Du verstehst immer noch nicht, was?"

Stöcklein schob die Unterlippe nach oben und sah wirr aus.

„Nee...nicht so ganz."

„Jasmin hat dich nicht nur unterschätzt, sondern sie hat dich geschätzt. Sie hat deinen Enthusiasmus und deine besondere Hingabe erkannt. Damit warst du für sie nicht nur ein Kollege, mit dem sie kurzzeitig einen Fall bearbeitete, sondern damit warst du ihr größter Feind und gleichzeitig aber auch ihr größter Versteher. Sie hat gewusst, dass niemand außer ihr und vielleicht diese Frau Meinhart ihre Mutter so gesehen hat wie sie gewesen ist - und wie du mir anhand der Aufzeichnungen auch erklärt hast. In einem gewissen Sinn warst du für sie ein Mitstreiter, der Anne´s Leben aufgedeckt hat. Das hat bisher niemand getan. Du hast am Leben dieser Frau ein ehrliches Interesse gehabt und du hast nicht nur nach Gründen und Ursachen gesucht. Du wolltest Anne Klammthaler kennenlernen – wie sie dachte, was sie fühlte, was sie träumte. Und das ist, glaube ich, der Grund, warum sie nicht spurlos verschwinden wird. Sie weiß doch selbst, dass sie Morde begangen hat, die bestraft werden müssen und für die sie die Verantwortung zu tragen hat. Vielleicht kämpft ihr Gerechtigkeitssinn auch mit ihrem kriminalistischen Sinn für Gerechtigkeit. Du wirst sie verhaften müssen, Gerd. Niemand anderes. Da kommst nur du in Frage…"

Stöcklein sah ihn lange an. Da kam jetzt wirklich so ein junger Bursche daher und klärte ihn über Motivation und Hintergrund eines Mordfalles auf – erstellte ein durchaus nachvollziehbares psychologisches Profil, das jetzt auch für Stöcklein verständlich geworden war.

Er kratzte sich am Kopf und begann zu lächeln.

„Mein lieber Mann, Rolf. Ich glaube, du hast gerade deine Reifeprüfung zum Kriminalisten gemacht. Das war ja eine unglaubliche Analyse. Jetzt versteh´ ich..."

Rolf nickte nur.

„Und noch etwas geht mir durch den Kopf."

„Und das wäre?"

„Ich glaube, ich weiß auch, wo du sie finden wirst. Es wird dir nicht gefallen…"

„Jaaa????"

Rolf machte es spannend.

„Jetzt warst du ja schon am Grab ihrer Mutter. Ich glaube, du wirst sie am Grab ihres Vaters finden."

Stöcklein nickte schwer. Das hatte er auch schon bedacht, aber wieder verworfen.

„Wahrscheinlich. Ich soll also in die Staaten fliegen?"

Rolf zuckte die Schultern und grinste breit.

„Wär doch cool, oder?"

„Ich habe gar keine Befugnis."

„Das wird keine Rolle spielen. Es geht nur um dich. Interpol macht den Rest."

Stöcklein stand auf und begann, auf und ab zu wandern. Er dachte an seinen Traum, als er Anne auf dem Grabstein sitzen sah. Sie hatte ihm gewunken, zu ihr zu kommen. Damals wusste er noch nicht, warum. Er hatte immer gedacht, dass sie auf ihrem eigenen Grabstein sitzen würde. Nein…Sie saß auf dem Grabstein von Jason. An seinem Grab würde sich alles wieder zusammenfinden. Stöcklein war überzeugt davon. Er sah Rolf an, der ihn genau beobachtete.

„Was meinst du? Habe ich recht?"

„Ja, du hast recht, Rolf. Du hast recht…"

„Wenn du dort Jasmin findest, musst du mir aber auch einen ausgeben," lachte er.

„Das werde ich, da kannst du sicher sein."

Rolf stand auf und sah auf die Uhr.

„Ich muss heut pünktlich gehen. Hab´ Jahrestag mit meiner Freundin. Wir sehen uns morgen…"

„Viel Spaß…"

Rolf hob die Hand und öffnete die Türe.

„Rolf!!!" rief ihm Stöcklein nach.

„Ja?"

„Tolles Statement, wirklich…danke."

Jetzt grinste der junge Mann über das ganze Gesicht. Mit viel Freude und mit noch mehr Stolz.

„War mir ein Fest, bis dann."

*

Der wolkenverhangene Himmel war dunkel und es begann leicht zu regnen. Die ganze Umgebung fiel in ein schmieriges Grau mit noch dunkleren Stellen. Stöcklein stand unter einer riesigen Douglasie und sah nach oben. Der Regen würde stärker werden, dachte er und richtete den Blick wieder auf die kleine Trauergemeinschaft, die vor einem Grab stand. Alle waren schwarz gekleidet, so als ob der Verstorbene gerade beerdigt worden wäre. Stöcklein wusste es besser. Er war schon frühmorgens hier gewesen und suchte das Grab von Jason Louis Gallaghan.

Als er ganz allein davor gestanden war und die Inschrift lesen konnte, spürte er nicht nur eine innere seltsame Seelenruhe, sondern auch die Anwesenheit von Menschen. Aber es war zu dieser frühen Stunde niemand hier gewesen. Der Grabstein war schlicht und zeigte längst Spuren der vielen vergangenen Jahre. Moos hatte sich schon auf der Nordseite gebildet und feine Flechten wucherten an den Stellen, an denen der Stein aus der Erde ragte. Die Grabinschrift hatte keinen Zusatz wie der Grabstein von Anne. Es wusste ja niemand, was geschehen war. Jason wurde hier begraben, weil seine gesamte Familie hier wohnte.

Stöcklein befand sich im Maple Park Cemetery in Springfield/Missouri. Der parkähnliche Friedhof befindet sich im Zentrum der 160000-Einwohner-Stadt. Tatsächlich hatte er vor ein paar Tagen einen Flug gebucht und war über Atlanta und Kansas City hierher gekommen. Seine Dienststelle hatte Interpol eingeschaltet, weil Jasmin nicht mehr aufzufinden war.

268

Erst dadurch konnte ermittelt werden, dass sie bereits vor Wochen in die Staaten gekommen war. Sie war nach Rom gefahren, hatte einen Flug nach Lissabon gebucht und war von dort weitergeflogen nach Atlanta. Dann verlor sich ihre Spur. Aber für Stöcklein war das auch nicht nötig. Er wusste, wo sie hinwollte. Er hatte ein Auto gemietet, war in einem Motel untergekommen und wartete. Er war nicht zu Jasons Familie gefahren. Nicht zu der Schwester, die das Grab der Familie pflegte. Er kam seit Tagen jeden Tag an den Friedhof und war sicher, dass sie über kurz oder lang wieder erscheinen würde. Und heute war es soweit gewesen. An diesem regnerischen, Wolken verhangenen Donnerstag. Anscheinend war ein Priester anwesend, der eine kleine Zeremonie abhielt. Stöcklein hörte ihn sprechen, aber er konnte nicht verstehen, was.

Die Trauergäste hatten mittlerweile die Regenschirme aufgespannt. Einer hielt einen Schirm über den Priester, damit er seine Gebete sprechen konnte. Neben ihm stand eine Frau, die einen schwarzen Hut aufhatte und mit gefalteten Händen auf das Grab starrte. Ein Mann hielt den Schirm über sie.

Dann verstummte der Priester und trat zur Seite. Stöcklein setzte sich langsam in Bewegung und schritt aus dem Baumschatten heraus. Er spannte den Schirm auf und ging langsam auf die Gruppe zu. Und mit jedem Schritt, den er tat, tauchten die seltsamen Bilder aus seinem Traum wieder auf, wurden klarer und klarer. Mit zusammen gekniffenen Augen ging er weiter und weiter. Als er stoppte, war er keine fünf Meter von den Menschen entfernt. Einer drehte sich um und sah ihn an. Es waren alle dunkelhäutige Menschen, manche mit einem weniger dunklen Teint als andere. Der Mann, der ihn bemerkte, flüsterte der Frau am Grab etwas ins Ohr und sie nickte, ohne sich umzudrehen.

Jetzt wandten sich auch die anderen um und sahen Stöcklein an, ohne etwas zu ihm zu sagen. Der Mann trat ein paar Schritte auf ihn zu, nickte kurz und hob die Hand. Er bedeutete

269

ihm, näher zu treten – und Stöcklein folgte der Aufforderung. Sie traten zur Seite und bildeten eine winzige Gasse. Wie in dem Traum, durchfuhr es Stöcklein und er spürte die Hitzewallung, die ihn langsam durchströmte. Dann stand er neben der Frau, die jetzt den Kopf drehte und ihn ansah. Es war Jasmin. Ein leichtes Lächeln umspielte ihre Augen und sie hatte kaum merklich die Lippen zusammen gepresst. Wortlos sah sie ihn an. Dann richtete sie ihre Aufmerksamkeit wieder dem Grab. Wie auch Stöcklein. Einige Minuten standen sie nur da, ohne etwas zu sagen.

„Ich habe dich schon früher erwartet," sagte sie dann leise, ohne den Kopf zu drehen.

Stöcklein nickte.

„Ich weiß. Es ging nicht früher, ich musste ja erst noch alles klären."

Jasmin drehte sich um und sah die Anwesenden an.

„Thank you for being here," sagte sie zu den Menschen, die lächelnd nickten. Eine ältere Frau trat auf sie zu.

„Is that the guy you´ve been waiting for?"

„Yes, he is. - Gerd, das ist Sarah, die Schwester von meinem Vater. Sie hat immer das Grab gepflegt. Und ich habe ihr alles erzählt. Wie den anderen Verwandten auch. Sie mussten die ganze Geschichte kennen, damit auch sie abschließen können. Jason hatte noch zwei Brüder, aber die sind schon gestorben. Sarah ist die letzte von seiner Familie. Mit mir zusammen."

Stöcklein sah die Frau an.

„Nice to meet you, Madam. I am Gerd…"

„You want to arrest her…" sagte sie streng.

„No, I have no authority. Others are responsible."

„And why are you here? You are a policeman. I know, who you are."

„Yes I am, but I´m just here to finish a very sad story. A very sad criminal story. I am here to make sure the peace of Anne and Jason…"

270

Sarah sah ihn mit ungläubigen Augen an.

„Really? Why?"

„They deserved it."

Sarah sah Jasmin an, die lächelnd nickte.

„This is true, Sarah. He says the truth, believe me."

„Okay. Anyway Jasmin will be arrested."

Stöcklein nickte.

„That´s the law. The law applies to everyone…"

„Yeah…I see…I see…" sagte sie nur, nickte ihm zu und ging wieder zu den anderen.

„Auf der anderen Seite des Parks ist ein nettes Café. Haben wir noch Zeit, uns zu unterhalten?"

„Natürlich haben wir die."

„Gut."

Sie saßen sich gegenüber und Jasmin hatte längst den schwarzen SUV bemerkt, in dem zwei Männer saßen und sie beobachteten.

„Sind die von Interpol?" fragte sie Stöcklein.

„Ja, ich glaub´ schon. Oder Bundesagenten, weiß nicht genau. Sie werden warten, bis wir soweit sind."

„Es war nicht meine Absicht, euch zu täuschen," sagte sie plötzlich.

„Wieso? Das war doch genau der Plan, oder nicht?"

„Zuerst schon. Niemals hätte man mich verdächtigt als Ermittlerin in dem Fall."

„Ja, hat ja auch niemand. Hast du mir die Tagebücher geschickt?"

Sie nickte.

„Ja."

„Warum? Hätte ich sie nicht gelesen, wären viele Fragen unbeantwortet geblieben."

„Früher oder später hättest du es doch heraus gefunden. Du warst längst so tief involviert, dass jemand wie du sich niemals mit der Hälfte abgegeben hätte. Du bist ein hervorragender Polizist, Gerd. Und deine Intuition spricht für dich und deiner Gabe, die Dinge grundsätzlich zu hinterfragen. Im Laufe der Ermittlungen ist mir vieles klar geworden."

„Du weißt gar nicht, wie viele Zufälle da nötig gewesen waren."

„Ich frage mich wirklich, ob das Zufälle waren. Wie bist du überhaupt auf meine Mutter gekommen? Und warum hast du uns nicht darüber von Anfang an aufgeklärt?"

„Es war doch zuerst nur Neugier und eine gewisse Pflicht, meinem Freund sagen zu können, was aus der Schwester geworden war, die sie alle nicht kannten."

„Aber niemand hätte dir einen Vorwurf gemacht, wenn du das nicht gemacht hättest."

„Doch! Ich. Manchmal muss man eben Dinge tun, die vielleicht schmerzlich sind. Aber die Wahrheit hat immer das Recht, aufgedeckt zu werden."

„Es war nur eine vage Andeutung gewesen, meine ich...es hat doch kaum jemand etwas von meiner Mutter gewusst."

„Das schon, aber der alte Bauer hat mich doch neugierig gemacht und ich habe schon damals geahnt, dass alles miteinander verwoben sein muss."

„Also doch Zufälle…"

„Vielleicht. Ich weiß es nicht. Aber eines weiß ich, dass Anne mir nicht mehr aus dem Kopf gegangen ist. Ihre tragische Geschichte hat mich sehr berührt und ich wollte irgendwann unbedingt wissen, was damals passiert war. Manch einer von den verbliebenen Alten hat die Vermutung ja ausgesprochen, dass ihre eigene Familie Jason getötet haben könnte, aber es wurde damals wie heute alles totgeschwiegen. Und die damaligen Ermittlungen waren eigentlich keine. Man wollte wohl keinen Skandal heraufbeschwören."

Sie nickte zustimmend.

„Ist Moltern wieder auf freiem Fuß?" fragte sie auf einmal.

„Ja. Der Haftbefehl ist vorerst aufgehoben und er ist wieder draußen. Muss sich noch verantworten wegen ein paar Ladendiebstählen, aber das war's für ihn."

„Du darfst nicht annehmen, dass ich keine Gewissensbisse hatte. Die hatte ich. Aber mein Hass und mein Rachebedürfnis waren einfach viel größer."

„Ich weiß. Ich kann das sogar verstehen."

Sie sah ihn fragend an.

„Du verstehst das? Das glaub´ ich jetzt aber nicht."

„Ich verstehe deine Motivation, aber ich verstehe nicht die Taten. Dafür kann niemand Verständnis haben. Ich als Polizist sowieso nicht."

Sie senkte den Kopf.

„Ich hatte immer das Gefühl, dass da jemand in mir ist, der immer wieder sagte, dass ich nicht verdrängen kann. Nicht verdrängen darf, nur weil so viel Zeit vergangen ist. Die Zeit spielte keine Rolle, nur das, was passiert war. Ob damals oder heute, es macht keinen Unterschied. Du kannst dir nicht mal ansatzweise vorstellen, wie ich mich gefühlt habe, als ich meine Mutter das erste Mal umarmen konnte. Und du kannst dir nicht vorstellen, wie ich mich gefühlt habe, als ich alles erfahren habe. Ich habe nächtelang nicht geschlafen. Hab´ immer nur gegrübelt und mit einem grausamen Schicksal gehadert."

„Ich kann´s mir vorstellen, aber ich weiß es nicht. Das weißt nur du."

Sie nickte nur und ihr Blick wurde warm.

„Warum hast du dich deiner Mutter eigentlich als Severine vorgestellt? Es war deine Mutter – warum einen falschen Namen?"

„Es ist kein falscher Name. Ich heiße wirklich Severine. Es ist mein zweiter Vorname und der Name, den mir bei meiner Geburt die Hebamme gegeben hatte."

„Du heißt also Jasmin Severine von Heesen?"

Sie nickte.

„Ja. Meine Adoptiveltern hatten entschieden, dass ich den Namen Severine behalten sollte, weil es meine erste Identität darstellte. Meine Mutter hat sehr viel Ähnlichkeit mit meiner richtigen Mama."

Sie lächelte ihn an. Er nickte verstehend.

„Ich möchte dich etwas fragen," sagte er.

„Dafür haben wir uns die Zeit heute genommen, Gerd."

„Wann hast du denn Anne´s Tagebücher gelesen? Und wann kam der Entschluss, das alles zu rächen?"

„Meine Mutter gab mir die ganzen Tagebücher etwa ein halbes Jahr vor ihrem Tod. Eigentlich wollte sie sie mir erst danach überlassen, aber sie hat befürchtet, dass ich dann mit meinem Schmerz nicht zurechtkommen würde. Also hat sie mich alles lesen lassen und dann hat sie mit mir darüber gesprochen."

„Was hat sie denn darüber gesagt?"

Jasmin lächelte sanft.

„Sie hat gesagt, ich soll keine Rache in mir aufkommen lassen, keinen Hass und keinerlei negativen Gefühle. Das Schicksal hat entschieden, dass sie und Jason erst in einer anderen Welt zusammenkommen würden. Und ich soll nicht mein Leben gefährden, nur weil die dunklen Gedanken das Denken übernehmen wollen."

„Das hat sie wirklich gesagt? Frau Meinhart hat ja schon angedeutet, dass sie keinerlei Hassgefühle gegenüber ihrer Familie hegte. Aber ich konnte ihr das nicht glauben."

„Doch, sie war wirklich so. Sie war der Inbegriff von Mitgefühl. Sie hat einmal zu mir gesagt, dass ihre Familie sich selbst vergiftet hat. Sie würden bis zu ihrem Tod damit konfrontiert werden, dass in einem winzigen Augenblick ihr sonst klares Denken ausgesetzt hat und das Böse alle Macht in Händen hatte. Sie war sicher, dass alle vier das bitterlich bereut haben."

„Versteh´ ich nicht. Sie haben alles für sich behalten, haben sich nicht der Verantwortung gestellt und haben noch dazu ihr eigenes Kind abgeschoben, ohne ihr die Chance zu geben, ein normales Leben wieder führen zu können. Sie haben ihr Leben so weiter gelebt, als ob nichts geschehen sei. Schlimmer geht's nicht mehr und ehrlich gesagt, könnte ich solchen Menschen niemals verzeihen – auch wenn ich die Klammthalers ganz anders kennen gelernt hatte. Aber Mitgefühl zeigen? Tut mir leid, welcher Mensch denkt denn so?"

„Meine Mutter dachte so. Ich habe sie dafür sehr bewundert und ich habe sie dafür auch sehr geliebt. Aber ich wusste schon sehr früh, dass ich nicht so bin. Ich hätte so nicht weiterleben können. Gerade weil meine Mama eben so war. Meinen Vater habe ich ja nicht gekannt, aber sie hat mir so viel von ihm erzählt. Sarah hat übrigens genau das bestätigt, was mir auch meine Mama über ihn erzählt hatte. Gerd, die beiden waren das ideale Paar. Auch wenn sie aus unterschiedlichen Kreisen gekommen sind und auch, wenn sie verschiedene Hautfarben hatten."

Er nickte. Das hatte er auch immer gedacht, je mehr er gelesen hatte.

„Ja, das waren sie wohl. In einer falschen Zeit, am falschen Ort, mit einem in dieser Hinsicht feindlichen Umfeld. Es war wohl von vornherein zum Scheitern verurteilt, weil man sie nicht lassen würde."

„Irgendwann konnte ich nicht mehr zurück. Nach ihrem Tod habe ich mich lange gewehrt, aber nach zwei Jahren konnte ich nicht mehr. Ich habe es ein Jahr lang geplant, habe recherchiert, nachgedacht. Ich habe Moltern nur zufällig entdeckt. Er war in eine Schlägerei verwickelt und hat rücksichtslos auf einen Wehrlosen eingeprügelt. Er erschien mir derjenige zu sein, mit dem ich keinerlei Gewissensbisse haben würde. Moltern ist ein Schwein, Gerd. Der hat keine Ehre, keinen Stolz und kein Mitgefühl. Es wäre um ihn nicht schade gewesen."

„Es bleibt trotzdem Unrecht, Jasmin. Und du weißt das auch. Es gibt eben keine Rechtfertigung – was hat dich entscheiden lassen, nicht wieder spurlos zu verschwinden?"

Er sah sie unverwandt an und nagelte ihren Blick fest.

„Eigentlich war es dein außergewöhnliches Engagement. Du hast keine Ruhe gegeben und ich habe gespürt, dass Anne Klammthaler den Kriminalisten in dir nicht einfach loslassen würde. Vor allen Dingen warst du mit dem Herzen dabei, das alles wegen der Wahrheit aufklären zu wollen. Als ich das gespürt habe, habe auch ich alle meine Taten und meine Motivation in Frage gestellt. Und dann war mir klar, dass meine Selbstjustiz nur zur Folge haben kann, dafür bezahlen zu müssen. Deswegen habe ich nicht bereut, es getan zu haben, das muss ich auch sagen. Nur ein spurloses Verschwinden konnte ich vor mir selbst nicht mehr gutheißen. Vielleicht ist das auch die Polizistin in mir, ich weiß es nicht."

„Würdest du es wieder tun, wenn du könntest?"

Sie zuckte die Schultern.

„Ich weiß es nicht. Solche Fragen sind nicht zu beantworten. Sind nur spekulativ. Ich kann´s nicht sagen."

„Wir sind wirklich aus allen Wolken gefallen, als wir erfahren haben, wer das Grab beauftragt hatte. - Hast du die Dokumente verschwinden lassen?"

„Die Dokumente? Welche Dokumente?"

„Die Adoptionspapiere. Mit den Namen der Adoptiveltern."

„Ach das? Ja, zum Teil. Viel musste ich da nicht tun. Das meiste war wirklich verschlampt worden und der Brand damals im Vormundschaftsgericht war wirklich so schlimm. Da ist sehr viel vernichtet worden. Ich habe jedenfalls nichts mehr entdecken können."

„Hat dir Silvia Meinhart dabei geholfen?"

„Silvia?? Nein, sie hat mit dem allen nichts zu tun. Lass sie in Ruhe, sie hat wirklich nichts getan. Wahrscheinlich hat sie dir nur nicht die ganze Wahrheit gesagt. Aber nur um Anne´s

Willen...Silvia und Anne waren sehr vertraut miteinander und ich weiß, wie fürchterlich sie geweint hat, als meine Mutter gestorben ist."

Er schwieg und drehte die Tasse in seinen Händen.

„Hast du eine Ahnung, wie sie das gemacht hat?"

„Was gemacht hat? Gestorben? Was meinst du?"

Sie lachte unverständlich auf. Stöcklein nickte.

„Sie war gesund und fit. Sie war 68. Es gab überhaupt keinen Grund, warum sie sterben sollte."

„Weißt du, meine Mutter war nicht irgendeine Frau. Sie hatte seltsame Fähigkeiten."

„Das hat man mir schon einige Male gesagt. Aber nie irgendwas genaues. Was für Fähigkeiten? Ich habe gelesen, dass sie sich sehr viel mit Yoga und Meditation beschäftigt hatte. Also, was waren denn das für Fähigkeiten?"

„Sie war einfach in der Lage, mehr zu sehen als das, was wir wahrnehmen. Sie konnte die Aura von Menschen erkennen. Sie konnte dir auf Anhieb sagen, wer ein guter Mensch war und wer Probleme hatte, seine dunklen Seiten in den Griff zu bekommen. Sie hat mir ein paar Wochen vor ihrem Tod gesagt, dass ihre Zeit gekommen ist. Sie sagte, jetzt ist es Zeit, wieder mit Jason zusammen zu kommen. So hat sie mir das gesagt. Als ich sie gefragt hatte, was sie damit meint, hat sie nur meine Hand gehalten und gelächelt. Dann hat sie gesagt, ich soll mir keine Sorgen mehr machen, weil alles wirklich gut ist. Sie hat einfach über den Horizont schauen können. Wahrscheinlich ohne es wirklich zu wissen. Ich hatte oft das Gefühl, dass sie Zugang zu einer ganz anderen Welt hatte. Wie eine Parallelwelt sozusagen. Aber ohne dass sie aus dieser Welt verschwunden wäre."

„Hat sie meditiert und ist dabei gestorben?" fragte Stöcklein.

Jasmin zuckte die Schultern.

„Ich weiß es nicht genau, aber ich glaube, genau so ist es gewesen. Ich habe sie noch einmal gesehen, nachdem sie tot war. Sie hatte ein lächelndes, vollkommen entspanntes Gesicht. Als ich das gesehen hatte, war ich beruhigt. Was nichts damit zu tun hatte, dass ich diese Familie so sehr hasste."

„Diese Familie? Es ist deine Familie."

Sie schüttelte sofort den Kopf.

„Nein, das ist nicht meine Familie. Vielleicht biologisch, aber sonst nicht."

„Was ist mit deinem Onkel und deinen Tanten?

„Was soll damit sein? Ich kenne sie nicht und sie können nichts dafür, was ihre Eltern getan haben. Sie sind ganz einfach Fremde für mich, Gerd. Ich habe nichts mit ihnen zu tun."

„Nein, dafür können sie nichts, aber es waren nun mal ihre Eltern…"

Sie sah ihn streng an.

„Darum geht es nicht, Gerd. Diese Rücksichtnahme, wie du sie meinst, ist unangebracht. Es ging nur um diese vier Klammthalers, die meine Eltern grausam getötet hatten. Sie hatten ihnen allen nichts, aber auch gar nichts getan. Sie wollten nur lieben und geliebt werden, aber selbst das wurde ihnen verwehrt. Für ihre Liebe, die so echt war, mussten sie sterben. Ich kann für diese Menschen kein Mitleid empfinden. Gar keins."

Er nickte.

„Verstehe…ich bin kein Richter, Jasmin. Ich muss dafür sorgen, dass Verbrechen aufgeklärt und geahndet werden. Urteile sprechen die Gerichte, nicht ich."

Ihr Blick wurde wieder locker.

„Ja, ich weiß. Du hast gefragt, ich habe geantwortet."

Einen Augenblick lang sprachen sie nichts. Stöcklein sah nachdenklich in seine Kaffeetasse. Jasmin tat ihm leid. Sie tat ihm leid, weil sie sich dazu hinreißen ließ, ihren Rachegefühlen und dem Durst nach Vergeltung nachzugeben. Es tat ihm furchtbar leid, dass sie jetzt ihr Leben geben musste für die Taten anderer Menschen. Auch sie hatte in einem Augenblick

278

der Schwäche den dunklen Mächten die Freiheit gegeben, sich ihr und ihrem Hass hinzugeben und dafür zu sorgen, dass die scheinbare Gerechtigkeit vollzogen wird. Stöckleins Gedanken sprangen umher zwischen Verständnis und Unverständnis. Im Moment konnte er sich nicht entscheiden.

„War es das wert?" fragte er nach einer Weile.

„Ja!"

Ihre Antwort kam wie aus der Pistole geschossen. Ohne Zweifel, ohne Reue.

Er glaubte ihr ohne Weiteres. Sein Blick fiel auf die Beamten, die mittlerweile ausgestiegen waren. Jasmin sah es.

„Ist es soweit?"

„Ja. Sie begleiten dich noch zu deiner Familie, da kannst du deine Sachen zusammenpacken und dich von deiner Familie verabschieden. Interpol übernimmt die Auslieferung."

„Fliegst du wieder zurück?"

Er nickte.

„Was wirst du deinem Freund sagen? Oder hast du schon mit ihm gesprochen? - Oh ja, er ist auch mein Onkel..."

„Nein, noch nicht. Ich weiß es wirklich nicht. Aber sagen muss ich es ihm."

„Wird wohl nicht einfach werden..."

Er zuckte die Schultern.

„Wahrscheinlich."

Sie stand auf und nickte den Männern zu, die höflich Abstand hielten. Sie konnte nicht flüchten. Stöcklein erhob sich ebenfalls. Sie gaben sich die Hände.

„Ich danke dir, Gerd, für deine sensible Art und Weise. Es hat mich gefreut, dich kennengelernt zu haben. Auch wenn es jetzt nicht unbedingt unter einem guten Stern stand. Sag´ bitte Rolf, dass es mir wirklich leid tut. Er wird bestimmt einmal ein hervorragender Ermittler werden. Ich wünsche dir alles Gute..."

„Danke. Das wünsch´ ich dir auch..."

Angesichts der Tatsachen hörte sich das sehr seltsam an. Sie nickte ihm zu und zusammen mit den beiden Beamten stieg sie in den Wagen. Noch einmal winkte sie ihm und Stöcklein hob die Hand. Dann war sie weg.

Er begab sich ein letztes Mal auf den Friedhof und suchte das Grab von Jason auf. Still und gedankenversunken stand er davor und ließ diese ganze verdammte Geschichte durch seinen Geist wandern. Seine Träume kamen ihm wieder in den Sinn. Das Bild von Anne auf dem Grabstein. Ihr ebenmäßiges Gesicht mit diesen schönen dunklen Augen und den schwarzen Haaren, die über ihre Schultern fielen. Die Regentropfen, die über ihre Wangen liefen, auf die Schultern tropften und fast schon in einer zärtlichen Umarmung ihre zarte Haut kitzelten.
Es begann wieder zu tröpfeln. Er sah nach oben in den Himmel, der sich schon wieder verdunkelte. Als er den Kopf wieder senkte, sah er Anne auf dem Grabstein sitzen. Der Regen wurde stärker und er konnte die Wassertropfen über ihr hübsches Gesicht laufen sehen. Sie lächelte ihn an und nickte ihm zu. Das reale Bild deckte sich mit seinen Bildern im Traum. Er war nicht einmal überrascht. Sie hatte denselben Gesichtsausdruck wie in der Zeit vor diesem unseligen Tag im September. Liebevoll, freundlich, zufrieden, glücklich. Eine dunkle Hand erschien und legte sich auf ihre Hüfte. Sie hob den Kopf und sah das Gesicht an, das sich zu ihr hinunterbeugte. Es war Jason, der seine Lippen auf ihren Hals presste und sie umarmte. Sie schloss die Augen und schlang ihre Arme um ihn. Dann lösten sie sich und sahen den Kommissar an. Sie waren aufgestanden, hielten sich bei den Händen und winkten ihm beide zu. Stöcklein nickte leicht und seine Hand bewegte sich kaum merklich hin und her. Er spürte, wie sich ein Kloß in seiner Kehle löste und wie ein imaginärer Druck von seinem Herzen genommen wurde. Er fühlte sich

befreit und leicht und ein intensives Glücksgefühl überschüttete ihn.

Der Regen nahm zu und er spannte den Schirm auf. Er klemmte und er half mit der anderen Hand nach. Als er den Kopf wieder hob, waren die beiden verschwunden. Der Grabstein stand genauso da wie vorher. Nichts deutete auf die Erscheinung hin, aber Stöcklein nahm sie tief in sich wahr. Er drehte sich um und verließ den Friedhof. Der Regen wurde stärker und prasselte auf den Regenschirm. Die dunklen Wolken über ihm öffneten alle Schleusen, als wenn sie irgend etwas wegwaschen wollten. Etwas, das so lange Zeit bedeckt war und sich nun in aller Klarheit zeigen konnte. In der Ferne erkannte er ein helles Licht. Die Wolkendecke brach auf und die ersten Sonnenstrahlen funkelten die Erde an. Noch einmal drehte er sich um. Er wollte gerne daran glauben, dass sich Anne und Jason wieder vereint hatten. Und eigentlich zweifelte er schon nicht mehr an diesem Gedanken. Mit einem warmen Gefühl in sich ging er weiter. Der Regen prasselte immer noch heftig auf seinen Schirm. Aber er wusste, dass sich bald die dunklen Wolken verziehen und die Sonne wieder das Land in ein helles strahlendes Licht tauchen würde.

*

Flo sah ihn fassungslos an.

„Du moinsch, der richtige Mörder hat meine Familie getötet, weil sie den schwarzen Soldaten getötet haben solln? Des is jetzt aber ned Ernst, oder?"

Stöcklein zuckte die Schultern.

„So lautet jedenfalls ihre Aussage. Mehr kann ich dir auch nicht sagen, Flo. Aber sie hat alles gestanden. Ihre detaillierten Aussagen beweisen ihre Schuld. Die Beweise gegen den Obdachlosen waren von ihr manipuliert worden. Auch das können wir nachweisen."

„Aber...wie kommt die denn darauf? Die kann doch bloß irre sein, oder ned?"

„Es gibt keinerlei Beweise dafür, Flo. Lass´ es einfach so stehen, wie es ist. Dieses Verbrechen ist aufgeklärt, der Mörder verhaftet. Mehr ist ja auch nicht nötig."

Flo schüttelte den Kopf und sah Stöcklein fest an. Die Fassungslosigkeit und eine gewisse Verständnislosigkeit standen immer noch in seinem Gesicht geschrieben.

„I hätt trotzdem scho gern gwusst, warum sie das gmacht hat. Es muss doch an Grund gebn...i versteh´ des ned..."

Stöcklein hob die Hände zum Zeichen, dass er es auch nicht verstehen konnte. Dann stand er auf. Er vermied es, Flo auch nur ansatzweise etwas zu sagen, was nur aufgrund von Anne´s Tagebücher wissenswert sein könnte. Es genügte vollkommen, dass er und die anderen Geschwister wussten, wer Anne gewesen ist und was all die Jahre passiert war. Er würde alles andere für sich behalten. Ob Flo es möglicherweise über die Gerichtsverhandlung erfahren würde, konnte er nicht steuern. Aber er würde ihm nichts sagen.

„Ich werde morgen wieder abreisen, Flo. Mein Job in Hamburg wartet auf mich und so, wie es aussieht, auch jede Menge Arbeit. Ich war gern mal wieder hier, unabhängig von den Gründen. Ich hoffe, ihr könnt mit den Geschehnissen leben und es irgendwann vielleicht akzeptieren. Ich weiß, das wird schwer sein aber ich wünsche es dir und deiner Familie. Also, mach´s gut und bleib gesund..."

Er gab ihm die Hand und wandte sich zur Türe.

„Du auch, Gerd. Und danke für alles. I bin scho froh, dass du den richtigen Täter gfundn hasch. Dadurch kömma au nen Schlussstrich ziehen. Mach´s gut und komm guad hoim..."

Er lächelte ihn an und schlug ihm auf die Schultern.

Stöcklein lächelte zurück und verließ das Haus. Er war eigentlich erleichtert, dass das ganze Gespräch ruhig verlaufen war. Flo brauchte nicht zu wissen, dass seine Familie es damals wirklich getan hatte. Und wenn es trotzdem im Verfahren zur Sprache kommen sollte, dann konnte er es auch nicht mehr ändern. Allerdings glaubte er gar nicht, dass Jasmin das alles breit treten würde. Sie würde verurteilt werden für die Morde, die sie begangen hatte. Die Gründe dafür konnte sie leicht für sich behalten. Sie spielten in der Urteilsfindung wohl nur eine untergeordnete Rolle.

Als sein Wagen am verlassenen Klammthalerhof vorbeirollte, blieb er noch kurz stehen und blickte hinein. Zwiespältige Gefühle übermannten ihn. Ganz helle und auch ganz dunkle. Er hörte wieder Kindergeschrei und er konnte fast den Geruch eines Bauernhofes mit all seinen Tieren wahrnehmen. Das freudige Jauchzen veränderte sich und es wurden Schreie des Schmerzes daraus. Laut blies er die Luft nach draußen. Er wandte den Kopf und sah den alten Schorsch auf der Bank sitzen. Ein plötzlicher Entschluss ließ ihn den Wagen parken und er stieg aus. Der Alte lächelte, als er ihn erkannte. Die Thermoskanne stand wieder neben ihm und er hatte einen Becher in der Hand.

„Hallo, Schorsch, i möcht mi no verabschieden. I fahr morgen hoim…"

„Ja, der Gerd…grias di, Bua…des is ja nett, dass nommol vorbei schaust. Jetzt redsch ja wieda normal.."

Er lachte laut auf und Stöcklein begann auch zu lachen.

„Hab´s bloß versucht. Wie geht's?"

„Wia immer guad. Mogsch an Kaffee?"

Stöcklein nickte und grinste.

„Deswegen bin ich hier," sagte er zu ihm.

Schorsch griff die Thermoskanne und gab Stöcklein einen Becher.

„Do. Machsch selber. Do is Zucker und a Muich."

Stöcklein schenkte sich ein und schlürfte das heiße Getränk.

Der Whisky war immer noch zu schmecken.

„Guad?"

„Genial."

Schorsch grinste ihn erfreut an.

„Hasch alles rausgfundn, was wichtig war?"

„Ja, der Fall ist geklärt. War schwer genug."

„Hasch den andern Fall au klären könna?"

Stöcklein nickte. Sein Blick wurde ernst und er sah wieder auf den Klammthalerhof hinüber.

„Ja, alles ist aufgeklärt. Zumindest für mich…"

„Aba den Täter von den Klammthalers habts scho, oder?"

„Ja, haben wir."

„Und was is mit der Anne?"

„Willsch di ganze Gschicht hörn?"

„Ja, wenn i darf…"

„Jason hieß der Soldat. Und Anne hatte mit ihm tatsächlich was gehabt. Aber nicht nur ein Techtelmechtel, sondern es war für beide die große Liebe. Irgendwann wollte sie es ihren Eltern sagen, weil sie die Heimlichtuerei nicht mehr mitmachen wollte."

„Dia san durchdreht, oder?"

„Ja. Schlimmer als man sich vorstellen könnte."

„Woher woisch des jetzt alles?"

„Wart´s ab…"

„Machsch mi neugierig."

Stöcklein lachte und schlürfte wieder den Kaffee.

„Tatsächlich haben ihre Eltern und auch der Bruder und seine Frau Jason getötet. Eine Affekthandlung, weil genau an dem Tag, als Anne ihren Eltern von Jason erzählte, er aufgetaucht ist und dasselbe wollte."

„Was?? Des glaubsch doch ned, oder? Woher willsch denn des wissen?"

„Ich weiß es. Anne war dabei gewesen. Sie hat das ganze nicht verkraftet. Ihr Verstand hat kollabiert und dann hat man sie in eine Anstalt gebracht."

„Sie hat sich gar ned umbrochd?"

„Nein. Sie ist erst vor drei Jahren gestorben…"

„Und des hasch alles du rausgfundn?"

„Ja…"

„Aba wie kannsch des denn alles wissn? Und die Anne hat immer in dem Heim glebt?"

„Ja, ihr ganzes Leben lang."

„Omeiomeiomei...des is ja...omei…"

Stöcklein sah ihn an und konnte tatsächlich eine Träne sehen, die aus den Augen des alten Mannes tropfte.

„Das ist noch nicht alles, Schorsch…"

„Was denn no? Des is ja unglaublich. Des arme Madl, mei, des arme Madl."

Er holte ein Taschentuch hervor und schneuzte sich.

„Anne hat im darauffolgenden Jahr nach ihrer Einlieferung ein Kind geboren."

„Was?? Des darf ned woar sei. Ham des die Klammthalers gwusst?"

„Nein. Niemand hat das gewusst. Das Kind wurde sofort zur Adoption freigegeben. Anne war ja erst sechzehn Jahre alt."

„Mensch, Bua, woher woisch des denn alles?"

„Anne hat ein Tagebuch geführt und ich hab's gelesen. Aber behalt das alles für dich. Diesmal ist Schweigen wirklich die gute Lösung. Flo und seine Schwestern wissen das nur zum Teil. Sie haben gar nicht gewusst, dass sie eine Schwester hatten."

„Ja, des war mia au klar gwesen. Der Flo hats au ned gwusst?"

„Nein. Seine Erinnerung war zwar für sie da, aber als Schwester hat er sie nicht gesehen. Aber mittlerweile wissen sie, wer sie war und wo sie immer gewesen ist."

„Mei, do hasch aba ganz schee in der Vergangenheit gstochert. Und was is mit dem Kind passiert? Wois ma des au?"

„Das Kind hat irgendwann ihre leibliche Mutter ausfindig gemacht und die Tagebücher gelesen. Anne hat viele Jahre später alles haarklein aufgeschrieben, ohne dass sie jemals die Eltern dafür verurteilt hätte."

Schorsch starrte ihn erschrocken an. Die Erkenntnis traf ihn wie ein Schlag.

„Die Tochter hat die alle umbrochd?"

Stöcklein nickte.

„Und genau so, wia dia ihren Vater umbrochd ham. Wirklich woar?"

„Ja, so ist es. Sie hat alle genauso getötet, wie ihr Vater getötet worden war. So ist die Vergangenheit zurück gekommen, Schorsch. Wie du mir damals gesagt hast. Genau so…"

Der Alte nickte und senkte den Kopf.

„Wia is dann die Anne gstorben?"

„Sie ist eingeschlafen und nicht mehr aufgewacht. Sie hatte längst ihren Frieden gefunden, glaub mir."

„Woher willsch des wissen? Hasch sie ja ned mol kennt."

„Doch, Schorsch, ich habe sie gekannt. Ich habe sie gut gekannt…viel zu gut…." murmelte er leise.

„Die Tagebücher?"

„Ja, sie war eine ganz außergewöhnliche Frau. Liebenswert und immer freundlich. Sie hat ein gutes Leben gehabt. Vielleicht nicht das, was sie sich vorgestellt hatte, aber sie war bis zu ihrem Tod mit sich und ihrem Schicksal im Einklang gewesen. Und sie hat die Menschen geliebt."

Schorsch nickte und klopfte dem Kommissar lächelnd auf die Schultern.

„Des hasch guad gmachd Bua. Ganz guad. Jetzt kömma endlich des alles abschließn und jetzt hat die Anne ihre Ruhe. Des freut mi scho ganz arg...und wia…"

Stöcklein sah ihn an und er sah einen alten Mann sich richtig freuen. Fast wie ein Kind. Stöcklein freute das auch sehr.

„Ob sie mit dem Soldat wieda beinand is? Was moinsch, Gerd?"

„Ja, da bin ich sicher. Es sind in der ganzen Zeit ein paar seltsame Dinge passiert, Schorsch. Nicht erklärbar, aber richtig aufklärend."

Schorsch sah ihn an und lächelte wissend.

„Kann i mia vorstelln."

„Ich war am Grab von Jason gestanden."

„In Amerika? Wirklich?"

„Ja. Dort habe ich die Tochter von Anne wieder gefunden. Sie hat sich gestellt und mich sogar erwartet. Bevor ich wieder heim geflogen bin, habe ich das Grab noch einmal besucht. Anne war auf dem Grabstein gesessen und hat mich angelächelt. Zusammen mit Jason. Ich bin überzeugt, dass sie wieder zusammen sind. Und jetzt für immer und ewig."

Er sah wieder Schorsch an, der ihn aufmerksam beobachtete.

„Klingt wie ne Geistergeschichte, ich weiß schon." sagte er lächelnd zu ihm.

„Na, des klingt genau so, wia es sein soll. Vielleicht moinsch du des bloß, dass die beiden gsehn hasch, aba i bin sicher, die warn au do. Manchmal is des au Realität, Bua. Au wenn mia ned dran glauben. I wois gwies, dass des so is. Und schee is des. I freu mi, dass du des alles freiglegt hasch. Kannsch dir gar ned vorstelln, wia…"

Stöcklein nickte.

„Ja, das war wirklich die unglaublichste und tragischste Geschichte, die ich je erlebt habe. Es ist alles persönlich geworden…"

„Es hat alles so komma müssen. So was nennt ma wohl Schicksal, oder ned?"

„Vielleicht…ich weiß es nicht…."

Er sah auf die Uhr. Es wurde Zeit.

„Zeit für mich zu gehen. Ich wollte dir nur dies alles noch mitteilen. Wahrscheinlich werde ich noch einmal nach Augsburg kommen müssen, wenn die Gerichtsverhandlung ist.

Die werden mich wohl als Zeugen einladen. Je nachdem. Wenn dem so ist, komm´ ich nochmal vorbei, okay?"

„Tät´ mi freun, Gerd. Kaffee gibt's immer…."

Er lachte und sie gaben sich die Hände.

„I bin froh, dass do gwesn bisch und den Fall übernommen hasch. Hab´ von Anfang o gwusst, dass du die ganze Gschichd aufn Tisch legen wirsch. Bravo!"

Er tätschelte ihm die Wange und grinste über beide Ohren.

„Na ja, ich bin zwar froh, den Fall geklärt zu haben. Über die ganzen Umstände bin ich aber nicht so glücklich. Schließlich habe ich hier eine tolle Kindheit verbracht. Jetzt ist da schon ein großer schwarzer Fleck drauf."

„Es is halt nix hundertprozentig. Aba des Scheene und des Guade überwiegt immer, glaub´ ma des. I wois des."

„Da bin ich sicher. Mach´s gut, Schorsch…"

„Du au, mein Freund…"

Stöcklein hob die Hand und stieg in seinen Wagen. Noch einmal winkte er dem alten Mann, dann fuhr er an die Ampel der Kreuzung der Hauptstraße. Er wandte sich nach links, fuhr durch den alten Tunnel und war kurze Zeit später schon am Kreisverkehr. Als er den Kobelweg Richtung Augsburg schon zur Hälfte passiert hatte, sah er nach rechts auf die Gebäude, die entstanden waren. Vor seinem geistigen Auge konnte er wieder die alte Flak-Kaserne der Amerikaner sehen, den hohen Zaun mit dem Stacheldraht oben drauf und die Panzer und Fahrzeuge, die sie als Jungs immer bewundert hatten. Er sah sich mit den Freunden am Zaun stehen. Sie starrten mit großen Augen auf die Ungetüme mit dem langen Rohr und wünschten sich damals, auch einmal in einen Panzer steigen zu können. So wie Anne damals, als sie das erste Mal auf Jason getroffen war. Sein Blick richtete sich wieder auf die Straße. Langsam setzte sich der Verkehr wieder in Bewegung. Ob er jemals wieder zurück kommen würde, wusste er nicht. Wenn nicht, würde er trotzdem diese vergangenen Wochen niemals mehr vergessen.

Er würde Anne Klammthaler niemals mehr vergessen. Auf ewig würde sie in seinen Gedanken herumwandern. Nicht als etwas Dunkles oder gar Schlechtes, sondern als Beispiel dessen, was das Leben mit einem anstellen konnte - und man doch dieses besondere Licht, das einen umgeben konnte, greifbar machte, plastisch formte und trotz aller schrecklichen Geschehnisse dieses grelle Strahlen in sich aufnehmen konnte. Als Zeichen dafür, wie mächtig das Licht gegen die dunklen Mächte ankämpfte und am Schluss niemals die Hoffnung sterben ließ. Er hatte einen ganz besonderen Menschen kennenlernen dürfen. Einen Menschen, der ihm niemals begegnet war und der niemals mit ihm gesprochen hatte. Eine seltene Verbindung war entstanden, die ihm, dem sachlich handelnden Kommissar unmissverständlich beibrachte, dass es eine Welt gab, die weit außerhalb unserer sogenannten Realität angesiedelt war. Eine Welt, in die nur die wenigsten einen Zugang finden konnten. Die nur denen offenstand, die möglicherweise fast so etwas wie Auserwählte waren. Er hatte wenige Blicke darauf werfen können. Anne hatte ihm dieses Privileg gewährt. Vielleicht um der Wahrheit willen. Vielleicht auch nur um seinetwillen. So richtig würde er es niemals erfahren. Aber das war schon alles mehr als genug gewesen. Er würde niemals dieses besondere Mädchen vergessen...